verlag duotincta

Über die Autorin

Kathrin Wildenberger wurde 1971 in Sangerhausen/Sachsen-Anhalt geboren und lebt nach Lehr- und Wanderjahren in Göttingen und Heidelberg seit 2006 in Leipzig. Sie arbeitet als freischaffende Autorin und Medizinisch-Technische Assistentin in einer Forschungsgruppe am Uniklinikum Leipzig.

www.montagsnächte.de

Kathrin Wildenberger
Montagsnächte

Roman

Dies ist ein Roman. Die Handlung und die Figuren der Geschichte sind frei erfunden, Ähnlichkeiten mit lebenden oder toten Personen rein zufällig.
Den zeitgeschichtlichen Hintergrund des Geschehens habe ich versucht, wirklichkeitsgetreu darzustellen. Personen der Zeitgeschichte und relevante Handlungsorte werden konkret benannt.

Erste Auflage im Verlag duotincta 2017
Copyright © 2017 Verlag duotincta, Berlin
Alle Rechte vorbehalten.
Satz und Typographie: Thomas Eifler, Berlin
Einband: Nadine Tsalawasilis, Stuttgart
Cover Fotografie: Bundesarchiv, Bild 183-1989-1023-022 / Friedrich Gahlbeck / CC-BY-SA 3.0
Printed in Germany
ISBN 978-3-946086-18-5
Die Erstauflage erschien 2007 im Plöttner Verlag, Leipzig

*Einmal im Leben, zur rechten Zeit,
sollte man an Unmögliches geglaubt haben.*

Christa Wolf *Nachdenken über Christa T.*

Sonntag, 31. August 1986,
G./Südharz

Wenn ich es doch nur jemandem erzählen könnte. Drei Stunden habe ich geschlafen und bin immer noch müde. Aber wenigstens ist die Zeit schneller vergangen. Im Haus ist es still. Sie scheinen also noch nicht angekommen zu sein.

„Ania!" Mama ruft schon zum zweiten Mal. Ich ziehe meine Jeans an und gucke aus dem Fenster. Die Straße ist menschenleer. Sein Auto steht nicht auf dem Parkplatz. Aber es ist auch erst fünf Uhr. Einfach zu früh. Viel zu früh.

Aus unserem Wohnzimmer dringt Musik. Beethovens Neunte, Papas Lieblingssinfonie. Er hat sich zurückgezogen, wird mit geschlossenen Augen auf der Couch liegen und seine Finger im Takt auf dem Bauch tanzen lassen. Am liebsten würde ich mich zu ihm setzen. Aber ich gehe die Treppe hinunter, am Gästezimmer vorbei, das Mama hergerichtet hat, als wäre es eine Suite im Interhotel.

In den letzten Tagen haben Brit und ich die Fenster im ganzen Haus geputzt, während Mama und Oma Gardinen wuschen, die Holzmöbel polierten und über den Speiseplan stritten. Papa tat alles, was sie ihm auftrugen und schmunzelte gelegentlich in seinen Bart, was Mama noch nervöser machte.

Die Tür von Omas Küche ist nur angelehnt, und als ich hereinkomme, sitzen sie schweigend am Küchentisch.

„Was ist denn los?" Mama pickt eine Fussel von meinem T-Shirt.

„Nichts." Ich setze mich zu Brit aufs Sofa. Sie schaut nur kurz von der „FRÖSI" auf und blitzt mich aus ihren Puppenaugen an. Irgendetwas in ihrem Blick warnt mich.

„Hast du jetzt wenigstens ausgeschlafen?" Mama gießt sich Kaffee nach und dreht hastig den Verschluss der Thermoskanne zu. „Reiß dich nachher bloß zusammen."

Oma legt zwei Handvoll schrumpelige grüne Gurken vor mich hin und nimmt eine Salatschüssel aus dem Schrank. Das Armband der silbernen Uhr ist an ihrem fülligen Arm kaum zu erkennen. Ihre Füße stecken in den Pantoletten mit Plateauabsatz, die sie sich vor ein paar Tagen gekauft hat.

„Ania, du schnippelst, und Brit, du holst Dill aus dem Garten", sagt sie.

Wahrscheinlich geht das schon seit Stunden so. Es gibt kaum noch etwas zu tun, die Kittelschürzen hängen seit dem Mittagessen hinter dem geblümten Vorhang in Omas Küche, und so trinken sie eine Tasse Kaffee nach der anderen, gucken immer wieder auf die Wanduhr, und Mama zupft an ihrer neuen gelben Bluse. Ich könnte wetten, dass sie im letzten Moment doch noch das Bügeleisen aus dem Schrank holt.

„Sie kommen", ruft Oma.

Mamas Hände huschen über ihre auftoupierte Frisur. Ich höre Papas Schritte auf der Treppe und spähe aus dem Fenster. Tatsächlich, der Mercedes rollt die holprige Gasse herab. Ich schiebe die Salatschüssel in den Kühlschrank, renne nach draußen, und als sich die Autotüren öffnen, ist er da, dieser Duft nach guter Seife, nach Schokolade, nach Orangen. Onkel Volker drückt mich so fest, dass ich kaum noch Luft kriege.

„Na, Kleine, ach, was sage ich, du bist ja schon eine richtige junge Dame. Wie alt bist du jetzt?"

„Fünfzehn", sage ich, betäubt von der Parfümwolke, die ihn umgibt.

„Und schon größer als Tante Ute", stellt er fest und lässt mich frei, um Brit hochzuheben. „Und du?"

„Zwölf", ruft sie und grinst ihn an.

„Was, erst zwölf?"

Tante Ute tippelt in ihrem türkisfarbenen Kostüm auf mich zu. Ihre Löckchen kitzeln an meiner Wange. Über ihre Schulter kann ich Lehnes Haus auf der anderen Straßenseite sehen. Für mich fängt das Warten jetzt erst richtig an.

Onkel Volker isst schon die zweite Portion Kirschkompott mit Sahne. Er hat den Gurkensalat gelobt. Wie jedes Jahr. Er hat mich wieder gefragt, warum ich davon nichts esse, und ich habe ihm wieder erklärt, dass ich gegen Gurken allergisch bin. Ich trinke mein Wasserglas aus und frage, ob Brit und ich aufstehen dürfen.

„Geht nur, Kinder", sagt Tante Ute, bevor Mama den Mund aufmachen kann. Ich ignoriere ihre Blicke und gehe zusammen mit Brit in Omas Küche, wo die Kiste mit den Geschenken steht. Ich greife mir eine der dunklen Flaschen, und wir huschen die Treppe hinauf in unser Zimmer.

„Was meinst du, sollen wir sie aufmachen?", fragt Brit und betrachtet andächtig das rotweiße Etikett.

„Wenn wir jeden Tag ein kleines Glas trinken, ist sie am Mittwoch leer."

„So wenig ist da drin?"

Ich zucke mit den Schultern. „Einteilen ist alles. Wir könnten sie auch mit Wasser verdünnen."

„Hast du noch alle Tassen im Schrank? Dann bleib ich lieber gleich bei Club-Cola."

„Nun tu mal nicht so. Außerdem sollst du gar nicht so viel davon trinken."

„Was?"

„Mama will das nicht. Weißt du doch."

„Du willst bloß alles für dich alleine haben, blöde Kuh!"

„Du spinnst ja!" Ich nehme meinen blauen Pullover und knalle die Tür hinter mir zu.

Aus Omas Wohnzimmer kommen Stimmen. Sie sitzen also noch beim Abendessen. Ich hole meine Turnschuhe aus dem Schränkchen und hocke mich auf die Treppe.

„Dieter, hol uns doch noch einen Kognak zur Verdauung." Mama klingt aufgekratzt. Ich sehe vor mir, wie Papa die gute Flasche aus dem Vertiko holt und bedächtig den Schnaps in die polierten Gläser gießt.

„Dann seid ihr einigermaßen durchgekommen, Volker?", höre ich seine Stimme.

„Ja. Keine Probleme an der Grenze."

„Von Berlin geht es doch schnell. Die Dortmunder haben es weiter." Ich muss grinsen, wie immer, wenn Oma versucht, hochdeutsch zu sprechen.

„Es ist schön, wieder bei euch im Harz zu sein. Diese Ruhe. Und alles so gepflegt", sagt Tante Ute.

„Hier kümmern sich die Leute noch um ihre Anwesen. Was man da zum Teil in Ostberlin sieht", sagt Onkel Volker.

Ich höre leises Gläserklirren, binde die Schnürsenkel meiner Schuhe zu und seufze. Heute Abend werden meine Mundwinkel vom Lächeln spannen. Und mein Kopf wird sich dumpf anfühlen vom Dankesagen und Nicken. Wenn sie ihre Gläser ausgetrunken haben, werden sie zusammen zu einem Spaziergang aufbrechen, den Kirschberg hinter unserem Haus hinauf zur neuen Eigenheimsiedlung und auf dem Rückweg über Rothmanns Wiesen, von wo aus man bis zur Kreisstadt S. gucken kann. Ich glaube, wenn Tante Ute und Onkel Volker mit mir spazieren gehen würden, würden wir ein ganzes Stück die Hauptstraße entlanglaufen, an den Fachwerkhäusern vorbei, deren Fenster hinter Brennnesseln und Löwenzahn verschwinden, zum mausgrau verputzten Wohnblock, wo Bettdecken auf den Fensterbrettern liegen und Brinkes Kinder barfuß auf den Treppenstufen sitzen. Am Ufer des Flusses würde ich ihnen die Stelle zeigen, wo Brit und ich heimlich gebadet haben, bis zum Bauch im schlammig aufgewühlten Wasser. Ich würde darauf achten, dass Tante Ute mit ihren Pumps nicht in den Löchern des Bürgersteigs steckenbleibt und ihnen erzählen, dass ich es kaum erwarten kann, nach der Schule wegzugehen, nach Halle oder nach Leipzig oder gleich nach Berlin.

In Omas Wohnzimmer werden Stühle gerückt. „Wie wäre es mit einem kleinen Verdauungsspaziergang über den Kirschberg?", fragt Mama.

„Wo willst'n du hin? Falls es dich interessiert, Bernd Lehne sitzt nicht draußen."

Brit kauert über mir am anderen Ende der Treppe. „Meine Schwester geht mit nem Assi. Was Papa dazu sagen wird?"

Ihre kräftige Stimme hallt durch den Flur. Ich stürme die Treppe hinauf:

„Das geht dich einen Dreck an!"

„Was man so alles erfährt, wenn man zufällig am Treff vorbeikommt. Schwesterchen, Schwesterchen, ein bisschen mehr Geschmack hätte ich dir schon zugetraut."

Sie weicht mir aus und schlägt die Tür vor meiner Nase zu. Hinter der geriffelten Glasscheibe erkenne ich ihre verschwommene Gestalt.

„Pennerbraut", ruft sie. Ich haue gegen die Scheibe und renne nach draußen in den Vorgarten. Es hat sich also herumgesprochen. Was habe ich auch erwartet? Pennerbraut. Ich kauere mich auf der Holzbank zusammen und lege den Kopf auf die Knie.

Ich kenne ihn, seit ich denken kann. Früher war er ein Typ, der nie den Mund aufbekam. Spargeldürr, strähnige Locken, dicke Hornbrille. Bei Wind und Wetter fuhr er mit seinem klapprigen Fahrrad ins Nachbardorf zur Schule. Im Sommer wie im Winter trug er Jesuslatschen und eine verwaschene grüne Kutte.

„Oh, dein Nachbar kommt", sagte meine beste Freundin Suse, wenn er an uns vorbeiradelte. Wir prusteten los. Er ignorierte uns. Er schien überhaupt kaum etwas mitzukriegen.

Ich glaube, niemand wusste wirklich etwas über ihn. Alle hier guckten ihn immer nur schräg an. Selbst sein eigener Vater. Vor drei Jahren ging er weg. Zur Lehre, hieß es. Erst vor einigen Wochen tauchte er wieder im Dorf auf. Und damit fing alles an.

Es war Anfang Mai, Suse und ich kamen von der Schule, ihr Fahrrad war kaputt, und wir gingen den einen Kilometer zu Fuß. Die Sonne schien und es war schon richtig warm, da hockte er auf der Steintreppe vorm Haus seiner Eltern und blätterte in einem Buch. Ich habe ihn fast nicht wiedererkannt. Die dunkelblonden Locken hingen ihm ins Gesicht. Und als er uns ansah, leuchteten seine blauen Augen hinter der kleinen Nickelbrille. Er trug ein schwarzes T-Shirt, zerschlissene Jeans mit aufgekrempelten Beinen und natürlich Jesuslatschen, sagte „Hallo" und lächelte. Ich spürte seinen Blick bis in den Bauch. Noch nie hatte mich ein Junge so angeschaut. Ich war völlig fertig, während Suse nur sagte: „Was macht'n der wieder hier?"

Seitdem war nichts mehr wie vorher. Das Herzklopfen ging schon in der letzten Schulstunde los. Ich konnte kaum noch still sitzen, und auf dem Weg nach Hause hoffte ich nur noch, dass er draußen sitzt, liest oder Zigaretten dreht, egal was, wenn er mich nur anschaute und lächelte, dieses Lächeln, es ließ mich nicht mehr los.

Suse setzte ihr spöttischstes Grinsen auf und nannte ihn den Dorfintellektuellen. Sie lästerte über seine Klamotten und regte sich auf, dass er den ganzen Tag herumsaß, abends im Kino von S. ein paar Filme zeigte und dafür noch Geld bekam. „Mit uns würde der sich doch nie abgeben", sagte sie und erzählte mir, was sie von ihrem Bruder über ihn wusste. Bernd hatte keinen Abi-Platz gekriegt, weil er nicht in die **FDJ** eingetreten war und ständig die Lehrer provoziert hatte. Zur Lehre wurde er ins tiefste Erzgebirge geschickt. In der Kirche soll er aktiv sein und sich mit seinem Onkel, dem Pastor, besser verstehen als mit seinem Vater. Sein Onkel hatte ihm auch die Lehrstelle als Filmvorführer besorgt. Außerdem soll er oft in Leipzig unterwegs sein und in einer dieser Umweltgruppen mitmachen.

„Kein Wunder, dass der bewacht wird, der Penner", sagte Suse. Ich glaube, sie hätte am liebsten die Straßenseite gewechselt, um nicht direkt an ihm vorbeilaufen zu müssen. Aber die Typen im Lada waren auch ihr unheimlich. Seit Bernd zurück war, stand das Auto auf dem kleinen Platz neben der Bushaltestelle. Und die zwei Männer, die drin saßen, waren starr wie Puppen. Ich wurde das Gefühl nicht los, Suse plapperte nur nach, was sie irgendwo aufgeschnappt hatte. Sie würde es nie verstehen. Zum ersten Mal hatte ich ein Geheimnis vor ihr.

Als es im Juni tagelang regnete und er nicht auf der Treppe saß, war in mir alles leer. Ich schlich durch die Gegend, konnte nicht schlafen und fühlte mich schlecht wie noch nie. Suse fragte, was mit mir los sei, und ich war ein paar Mal kurz davor, es ihr zu erzählen, aber ich hatte solche Angst, dass sie mich dann heimlich auslachen und verachten würde, so wie ihn.

Nachmittags stand ich in meinem Zimmer hinter der Gardine und nahm mir vor, zu ihm zu gehen. Es war doch ganz einfach, nur diese paar Schritte über die Straße, an der Tür klingeln und ... Aber ich war wie festgewachsen und hätte verrückt werden können, wenn ich daran dachte, wie mir Suse jetzt helfen würde, wenn es jemand anderes wäre. Wie sie mir vor Begeisterung um den Hals gefallen wäre. Wie wir mit Feuereifer einen Plan geschmiedet hätten.

Warum musste ich mich auch gerade in ihn verknallen? Was war mit den anderen, die in ihren Jeansanzügen auf dem Schulhof standen und Sprüche klopften? Die mir in der Buswartehalle oder beim Zusammentanzen ihre Zungen tief in den Mund schoben und entweder aufdringlich nach Rasierwasser oder nach Schweiß rochen? Ach, ich hatte es einfach satt. Bernd war so anders, außerdem war er schon achtzehn, und als die Sonne wieder schien und er draußen saß und mich anstrahlte, hätte ich heulen können vor Glück.

An einem dieser Abende fingen meine Eltern an, über die Männer im Lada zu reden.

„Eine Zumutung", sagte Mama, während Papa stumm die Leberwurst auf seinem Brot verteilte. „Der tut doch keinem was, der Bernd."

„Harmloser Spinner", murmelte Papa und biss in sein Brot. Ich verschluckte mich an meinem Tee und rannte hustend raus. Als ich zurückkam, redeten sie zum Glück über etwas anderes. Mir waren die Ladatypen mehr als unheimlich. Aber Bernd schien sie gar nicht zu bemerken. Ob er jemals Angst hatte? Er roch förmlich nach Freiheit, nach Abenteuer, nach ich weiß nicht was.

Ein roter Wartburg fährt vorbei. Es ist schon nach acht Uhr. Die anderen kommen vom Spaziergang zurück. Sie winken mir, und ich winke zurück, während ich darüber nachdenke, ob er nicht doch den Abendfilm zeigen muss und von Leipzig gleich nach S. gefahren ist. Vielleicht habe ich gestern etwas falsch verstanden. Es ist kühler geworden, aber das Holz der Bank ist noch warm. Durch die Lücken zwischen den dichten Zweigen des Apfelbaums habe ich die Straße im Blick. Vielleicht war das gestern nur ein Traum. Vielleicht ist es gar nicht passiert.

Es war mal wieder Disko im Nachbardorf. Mama und Papa waren nicht zu Hause, und Suses Bruder Frank hatte bei der Ordnungsgruppe ein gutes Wort für uns eingelegt, so dass wir bis Mitternacht bleiben konnten, obwohl wir noch keine sechzehn sind. Alle waren aus den Ferien wieder da, große Wiedersehensfreude, wir tanzten wie besessen, und der Abend war schon fortgeschritten, als Bernd auf einmal vor mir auftauchte. Er hielt ein Bierglas in der Hand und lächelte. Der Schreck fuhr mir in alle Glieder, ich stand stocksteif da, ich konnte es einfach nicht glauben. Der Saal war voll, stickig und heiß, ich hatte zu viel Wodka-Cola getrunken, meine Bluse klebte am Rücken, die Frisur löste sich auf, das Make up war längst hinüber. Außerdem musste ich dringend an die frische Luft. Suse war zum Glück mit einem rothaarigen Typen unterwegs. Ich hatte Bernd schon eine Ewigkeit nicht mehr gesehen. Was machte er hier? Gerade heute? Gerade jetzt?

Er stand vor mir und lächelte noch immer, und um mich herum versank alles. Ich nahm ihm das Bierglas ab, stellte es auf einen der Tische und zog ihn auf die Tanzfläche. Es war alles so einfach, ich hatte wirklich jede Menge getrunken, legte die Hände auf seine Schultern und spürte seine an meiner Hüfte. Der DJ spielte „Hunting High And Low" von a-ha. Ich zitterte am ganzen Körper und hatte Angst, dass er es merkt. Er roch nach Rauch und Pfefferminzkaugummi. Ich wünschte mir so sehr, dass er mich küsst, und gleichzeitig kriegte ich die nackte Panik bei dem Gedanken, dass alle hier zusehen würden.

„Ich habe dich noch nie hier getroffen", sagte ich in sein Ohr, Im flackernden Licht erkannte ich die Stoppeln an seinem Kinn.

„Ich kann nur herkommen, wenn ich Urlaub habe", sagte er. Ich kam mir völlig bescheuert vor, aber er fragte nur: „Findest du die Musik gut?"

„Ja, schon."

„Ist nicht ganz mein Stil", meinte er.

Sein Atem streifte mein Gesicht.

„Ich würde gern was trinken", sagte ich schnell. Als wir uns nach vorn durchdrängelten, starrte ich auf den winzigen Hintern in der engen Jeans und die Locken, die sich fast bis auf die Schultern kringelten. Er war einen halben Kopf größer als ich, und ich dachte die ganze Zeit: Es ist ein Traum, und du bist mittendrin, und hoffentlich hört es nicht auf.

Er holte zwei Cola, und wir kämpften uns bis zum geöffneten Fenster durch. Erst jetzt fiel mir auf, wie hell seine Haare geworden waren und wie viele Sommersprossen er hatte, auf der Nase, auf der Stirn und auf seinen schmalen Armen. Wir lehnten uns gegen das Fensterbrett, und ich umklammerte mein Glas, während er vom Zelten in Bulgarien erzählte. Ich musste dicht an ihn heranrücken, um alles zu verstehen, unsere Arme berührten sich, und ich traute mich kaum zu sagen, dass ich mit meinen Eltern in Lichte war. Thüringer Wald. Wenn's wenigstens die Ostsee gewesen wäre.

„Ania? Wo bist du? Du sollst reinkommen, hat Mama gesagt."
Brit winkt am Fenster, sie ist schon im Nachthemd, und mir fällt auf, dass die Sonne bereits untergegangen ist. Bevor ich hineingehe, werfe ich noch einen letzten Blick über die Straße.
An der Haustür kommt mir Mama entgegen. „Ihr habt euch noch gar nicht bei Tante Ute und Onkel Volker bedankt."
„Klar haben wir das."
„Na dann." Sie hat die Lippen mit rosa Lippenstift nachgezogen. Die Bluse und der braune Popelinerock sitzen tadellos, doch ihr Mund zuckt, und ich nehme sie in den Arm. „Warum bist du denn so nervös, Mama, es läuft doch alles super."
Sie versucht zu lächeln. Ihr Atem riecht nach Wein.
„Du musst jetzt ins Bett."
Im Flur stoße ich mit Tante Ute zusammen. Sie wünscht mir eine gute Nacht und drückt mir einen Kuss auf die Wange. Als ich an unserem Wohnzimmer vorbei gehe, höre ich Onkel Volkers Stimme.
„Wirst du wegen uns wieder Schwierigkeiten kriegen, Dieter? Du kannst es ruhig zugeben."
„Ach was. Ich sage es dir zum letzten Mal, das ist nicht so schlimm, wie es bei euch immer erzählt wird. Klar gab es Zeiten, wo sie mich zum Parteisekretär zitiert haben, aber inzwischen …"

Spätestens jetzt hat ihn Mama unterm Tisch getreten. Spätestens jetzt hätte sie Brit und mich ins Bett geschickt.

„Möchte noch jemand etwas trinken? Volker? Aber du nimmst noch ein Glas, Ute, oder?"

Ich gehe in unser Zimmer und schaue, ob das Fenster angekippt ist. Er wird noch vorbeikommen. Er hat es mir doch versprochen. Und wenn sein Auto kommt, werde ich mich hinausschleichen.

Auf dem Schreibtisch steht die Colaflasche. Selbst im Dunkeln kann ich sehen, dass sie nur noch halbvoll ist. Kein Wunder, dass sich die kleine Hexe im Bett herumwälzt. Jetzt, wo sie das mit Bernd weiß, denkt sie wohl, sie kann sich alles erlauben. Am liebsten würde ich sie aus dem Bett zerren, aber ihre Kommentare würden mir gerade noch fehlen.

Ich schließe die Augen und denke an gestern.

Er schaute mir so lange in die Augen, bis ich weggucken musste. Die anderen steckten die Köpfe zusammen und grinsten. Aber das kümmerte mich nicht. Unsere Arme berührten sich immer noch, als wir am Fenster lehnten und auf die Straße guckten. Irgendwann sah ich Suse Arm in Arm mit ihrem Typen aus der Wartehalle kommen.

Im Saal lief die nächste Schmuserunde. Und er so nah bei mir. Ich hätte gern noch mal getanzt, aber ich traute mich nicht, ihn zu fragen.

Plötzlich ging das Deckenlicht an. Ich schielte auf meine Armbanduhr. Tatsächlich schon zwölf.

„Darf ich dich nach Hause bringen?", fragte er.

Ich zögerte nur kurz: „Na, gut."

Während wir geredet hatten, war ich ein bisschen ruhiger geworden, aber jetzt, wo ich in sein Auto einsteigen und mit ihm allein sein sollte, wenn auch nur für ein paar Minuten, wurde mir schlecht vor Aufregung.

Er hatte ein Kassettenradio im Skoda seines Onkels. Wir hörten „Bohemian Rhapsody".

Freddie Mercurys Stimme ging mir unter die Haut. Überall lagen mit krakeligen Buchstaben beschriftete Kassetten rum. Jimi Hendrix, The Who, Frank Zappa und Marillion. Ich kannte das alles nur flüchtig, doch es passte zu ihm, genau wie das zerfledderte Buch, das auf dem Rücksitz lag. Dostojewski, Erzählungen.

„Ich leihe es dir gern, wenn du magst", sagte er. Ich beobachtete seine Hand auf dem Schalthebel. Von seinen Fingern bis zu meinem Knie war es nicht weit, und mein Magen zog sich zusammen von dem Geruch nach kaltem Rauch und Leder. Er parkte auf dem Platz, wo sonst der unheimliche Lada wartete. Die Straßenbeleuchtung war schon ausgeschaltet, das Dorf lag fast völlig im Dunkeln. Ich wollte den Gurt lösen, fingerte nach der Schnalle. Plötzlich spürte ich seine kühle Hand auf meiner. Wir sahen uns an, er war mit einem Mal so ernst und sein Mund leicht geöffnet und seine Finger in meinen Haaren, sein Gesicht kam näher, und ich schloss die Augen. Er flüsterte meinen Namen, nahm mich in den Arm, und alles, was ich mit anderen Jungs bisher erlebt hatte, war vergessen. Seine Haare waren so weich, und seine Hände strichen manchmal, nur ganz kurz und wie zufällig, über meine Brust. Das ließ das Ziehen in mir noch stärker werden. Als die Kirchturmuhr zwei Mal schlug, löste ich mich aus seinen Armen. Ich musste nach Hause, sonst konnte ich das Ausgehen an den nächsten Samstagen vergessen.

„Sehen wir uns morgen Abend?", fragte er und meinte dann: „Kann später werden, ich muss mittags nach Leipzig fahren."

„Musst du abends nicht im Kino arbeiten?"

Er schüttelte den Kopf.

„Wieso nicht? Machst du jetzt was anderes?"

„So ähnlich", sagte er und wich meinem Blick aus, umfasste mein Gesicht mit seinen Händen, und wir küssten uns wieder und wieder. Er war plötzlich traurig, das spürte ich, aber ich fragte lieber nicht nach.

Ich schlich mich ins Haus, ohne Licht zu machen, mit den Schuhen in der Hand. Als ich im Bett lag, fiel mir auf, dass ich mein Haarband verloren hatte.

Ich drücke mein Kissen an mich. Brit atmet leise.

Was ist, wenn er morgen wieder auf der Treppe sitzt und so tut, als wäre nichts gewesen? Oder wenn er gar nicht mehr da ist? Und was werden meine Eltern sagen? Papa kennt viele Leute. Irgendwer erzählt ihm immer, was auf den Diskos so passiert. Spätestens in ein paar Tagen wird er wissen, dass ich mich mit dem Spinner von nebenan eingelassen habe. Eigentlich muss ich Onkel Volker und Tante Ute dankbar sein, dass sie für so viel Aufregung gesorgt haben. Bis jetzt fiel nämlich noch kein Wort über letzte Nacht.

Ein Auto kommt. Mein Herz bleibt vor Aufregung fast stehen, und ich springe aus dem Bett. Scheinwerferlicht wandert über unsere Zimmerdecke. Es fährt vorbei.

Was habe ich nur falsch gemacht? Ich habe noch nie jemanden getroffen, der so aufregend ist, dem so egal ist, was alle über ihn denken. Und der so gut küsst. Bestimmt ist ihm aufgefallen, wie wenig Erfahrung ich habe. Oder haben ihn meine

Fragen genervt? Er könnte mir wenigstens meine Haarschleife vorbeibringen. Bestimmt will er nie wieder etwas mit mir zu tun haben. Wahrscheinlich bin ich für ihn nichts weiter als ein kleines Mädchen, gut genug für einen Abend.

Montag, 1. September 1986,
G./Südharz

Der Pfefferminztee ist lauwarm. Ich trinke in kleinen Schlucken.

„Ania, hast du denn gar nicht geschlafen?"

„Doch, Oma", sage ich und krempele die Ärmel meiner FDJ-Bluse hoch. Brit versucht mit vorgeschobener Unterlippe, einen geraden Pionierknoten zu binden.

„Lass das, ich krieg's alleine hin", mault sie, als Oma ihr helfen will.

„Wir müssen los", sage ich. Wenn der Fahnenappell nur erst vorbei wäre. Zu Beginn des Schuljahres dauert er besonders lange. Eine halbe Stunde stillstehen, endlose Reden anhören, immer wieder „Freundschaft" rufen. Ich kann nur hoffen, dass ich mich nachher nicht mehr so müde fühle.

Draußen ist es noch nicht richtig hell. Grauer Himmel, feiner Nieselregen. Wir trotten die Straße hinauf. Der Riemen der Schultasche reibt auf meiner Schulter. Auf dem Parkplatz wartet der beigefarbene Lada mit laufendem Motor. Einer der Männer schraubt eine Thermoskanne auf.

Die leben ja, denke ich.

„Was wollen die denn jetzt schon hier?", fragt Brit.

Als ich Bernds Auto vor der Garage entdecke, verfliegt die Müdigkeit, und ich bin voller Freude und Angst.

An der Bushaltestelle kommt uns Suse entgegen. „Wie siehst du denn aus, Ania? Alles klar?"

„Ist wegen ihrem Typen", sagt Brit.

„Halt du doch die Klappe."

Suse grinst. „Hättest dich gestern ruhig mal melden können."

„Keine Zeit. Westbesuch."

„Ach, ja."

Ich kann Suse nicht in die Augen schauen.

„Der Bus kommt", ruft Brit.

Meine Beine zittern, als ich einsteige. Ich lasse mich auf einen Sitz am Fenster fallen, meine Hände hinterlassen feuchte Abdrücke auf dem Leder der Schultasche. Der Bus füllt sich rasch. Um uns herum schwatzende und kichernde Schüler. Warum habe ich nur das Gefühl, dass alle mich anstarren? Pennerbraut.

Suse bleibt neben mir stehen. „Mensch, Anni", sagt sie leise.

Ich gucke durch die staubige Fensterscheibe und kriege einen Schreck, als sich Lehnes Haustür öffnet. Bernd hat einen Pferdeschwanz, er trägt Jeans und einen schwarzen Pulli. Auf seiner Schulter hängt eine blaue Reisetasche. Er umarmt seine Mutter, und sie küsst ihn auf die Stirn.

Suse legt ihre Hände auf meine Schultern. Ich verstehe nicht, was sie sagt. Der Bus fährt langsam an. Ich presse meine Hände an die Fensterscheibe. Bernd geht auf sein Auto zu. Er hebt den Blick, und als er mich erkennt, huscht ein Lächeln über sein Gesicht. Er winkt mir zu. Da fährt der Bus um die Ecke. Ich kann Bernd nicht mehr sehen, aber meine Hände kleben noch immer an der Scheibe. Tränen laufen aus meinen Augen. Suse nimmt mich in den Arm. Jetzt muss ich hemmungslos weinen, und mir ist egal, dass alle es mitkriegen. Suse drückt mir ihr Taschentuch in die Hand.

„Wusstest du nicht, dass er heute weg muss? Er geht zur Fahne, wie Frank auch. "

„Aber ..."

„Er wird Bausoldat."

„Was?! ... Warum ...?"

Suse streichelt meine Schultern.

„Er hat den Wehrdienst verweigert, Anni. Nun beruhige dich doch, hör auf zu weinen, komm."

August 1989,
Baabe/Rügen

„Das war mehr als knapp", sagt Tom und nimmt mir den Rucksack ab. Ich lasse mich auf einen der Sitze fallen, wische mir den Schweiß von der Stirn.

„Dieser Scheißbummelzug ... ne ganze Stunde ... und dann noch von Bahnsteig elf auf Bahnsteig neunzehn ..."

Tom schiebt das Fenster herunter. Die Türen knallen zu. Der Schaffner hebt die Kelle, und wir fahren langsam an einem Schild mit der Aufschrift „Leipzig Hbf" vorbei.

„Wenn wir morgen früh aufwachen, sind wir da!", sagt Tom und schnürt seine Schuhe auf. Ich ringe noch immer nach Luft, gebe ihm einen flüchtigen Kuss und strecke mich mit meiner Jeansjacke unter dem Kopf auf der Sitzbank aus.

Das gleichmäßige Rattern des D-Zugs macht mich müde. Ich döse vor mich hin. Als die Abteiltür mit einem Ruck geöffnet wird, schrecke ich auf. Ein Mann schiebt Koffer herein.

„Entschuldigung, aber wir haben reserviert."

Zwei kleine Jungen schauen mich mit großen Augen an. Tom wuchtet die Rucksäcke von der Gepäckablage, der Mann hilft ihm, sie nach draußen zu tragen. Ich finde meine Schuhe unter dem Sitz, tappe auf Strümpfen hinaus, stoße mit einer zierlichen Frau zusammen.

„Tut uns leid", sagt sie.

Der Zug fährt wieder an. Der Mann schließt die Abteiltür und zieht die roten Vorhänge zu.

Ich zeige Tom die vergilbten Schildchen „Reserviert Leipzig – Binz".

„Konnte doch keiner wissen, dass man so was braucht", sagt er. „Ich gucke mal, ob irgendwo noch was frei ist."

Es ist unser erster gemeinsamer Urlaub. Es ist überhaupt der erste Urlaub, den ich mit einem Jungen verbringe.

Tom kommt zurück und schüttelt den Kopf, also machen wir es uns, so gut es geht, auf dem Gang bequem. Ich kuschele mich an ihn. Schlafen kann ich nicht. Leute drängeln sich an uns vorbei. Raucher lehnen am Fenster, und ihre glimmenden Kippen kommen mir manchmal gefährlich nah. Die Tür der Toilette, nur ein paar Meter entfernt, klappt ständig auf und zu, und als sie irgendwann halb offen stehen bleibt, wird der Uringestank unerträglich. Ich stehe auf, um das Fenster zu öffnen.

„Bald haben wir's geschafft, Schatz", sagt Tom. Ich setze mich wieder, streichele seine Hand und gehe in Gedanken einen sandigen, mit Kiefernzapfen bedeckten Weg entlang. Es ist ein warmer und sonniger Tag. Der Wald lichtet sich, vor meinen Augen glitzernde Weite, ich streife die Badeschuhe von den Füßen, grabe meine Zehen in den kühlen Sand und renne in die Sonne. Ich war zwölf, als ich meinen ersten Sommer an der Ostsee erlebte. Nach jahrelanger Wartezeit hatte Papa einen Ferienplatz auf Rügen ergattert, zwei Augustwochen auf dem Campingplatz in Göhren. Morgens um vier verließen wir in unserem senffarbenen Trabant das Dorf. Obwohl Papa einen Dachgepäckträger von einem Kollegen ausgeliehen hatte, türmten sich zwischen Brit und mir die Essensvorräte. Rucksäcke und vergilbte Plastetüten stapelten sich auf dem Boden neben unseren Füßen. Immer wieder musste Papa anhalten, und wir krochen ins Freie, um unsere Beine auszuschütteln und den Rücken durchzustrecken. Noch vor dem Mittag erreichten wir die schattigen Alleestraßen nördlich von Berlin, und am frühen Abend kamen wir in Göhren an. Ich erinnere mich, wie blass Mama wurde, als sie den Wohnwagen sah, an die Flecken, die an ihrem Hals blühten, als sie verlangte, wieder nach Hause zu fahren, denn hier könne man doch nicht bleiben mit dem ganzen Gepäck. Erst als sie das Meer sah, wurde sie ruhiger, und so begann der Urlaub, in dem ich erfuhr, wie salzig Meerwasser schmeckt und wie es sich auf sonnenverbrannter Haut anfühlt. Ich wurde zum ersten Mal so heftig von einer Welle umgeworfen, dass mir der Atem wegblieb, und übte mit Brit um die Wette Rolle vorwärts im Wasser. Jeden Morgen stellten wir uns am Kiosk nach Brötchen an, an jedem Morgen grub Papa eine frische Mulde in den Sand. Mama und ich wärmten in der Kochnische Dosenfleisch auf, wir tranken literweise Orangenbrause. Der Wohnwagen stand in der Nähe der Stranddüne. Zwischen den Kiefern schimmerte das Wasser, und ich erinnere mich an die Weite und das Licht, an die Schiffe, die, klein wie Spielzeug, auf der Horizontlinie entlangkrochen, den tiefen weißen Sand und das ununterbrochene beruhigende Rauschen der Wellen, das bis in den Wohnwagen zu hören war.

Ich ziehe die Jeansjacke fester um die Schultern. Immerhin kann ich hier auf dem Gang die Beine ausstrecken. Toms Kopf ist vornüber gekippt. Er schnarcht leise, und ich betrachte sein entspanntes Gesicht, die aufgeworfenen Lippen, die dunklen Wimpern.

Schon im Januar, als wir gerade zwei Monate zusammen waren, hatte er sein Zweimann-Zelt auf dem Campingplatz in Baabe angemeldet. Jetzt ist August, und er hat sein Abi in der Tasche und ich meine Semester-Zwischenprüfungen. Es kommt mir vor, als wären sie schon ewig her, diese Tage zwischen überquellenden Heftern, Lehrbüchern und Stößen bekritzelten Papiers, ohne Appetit und Schlaf, voller Selbstzweifel und ohne Tom, den ich am Abend vor der ersten Prüfung nach Hause geschickt hatte. Ich schlief nicht in dieser Nacht, fuhr mit dem Fünfuhr-Zug nach Halle, und als ich den Prüfungsraum betrat und die Anatomiedozentin in ihrem Arztkittel sich neben das Skelett aus Plaste stellte, auf den Schädel zeigte und mich auffordernd anblickte, spürte ich, dass ich verloren hatte. Ich schwieg so lange, bis die Dozentin ihre Stirn runzelte und nach den Muskelsträngen und Knochen des Oberarmes fragte, doch ich bekam noch immer kein Wort heraus. Von ihrem Lavendel-Parfüm wurde mir schwindelig, und in meinem Gehirn wirbelten alle auswendig gelernten lateinischen Begriffe durcheinander.

„Was ist denn los?", fragte die Dozentin, „Sie sind doch sonst nicht auf den Kopf gefallen. Versuchen wir es anders. Was wissen Sie denn über den Aufbau und die Funktionsweise des Herzmuskels?"

Ich war kurz davor, in Tränen auszubrechen und aus dem Raum zu laufen, doch plötzlich hatte ich eine passende Abbildung aus dem Anatomieatlas vor Augen und begann stockend zu reden, so lange, bis sie mich unterbrach und sagte: „Na, bitte. Geht doch. Sie können froh sein, dass Sie so eine gute Vornote haben."

Ich ging mit erhobenem Kopf hinaus und weinte erst, als ich das Schulgebäude verlassen hatte und auf dem Weg zum Bahnhof war.

„Ich muss als Labor-MTA doch nicht alle Knochen und Muskeln auf Lateinisch wissen!", schimpfte ich zu Hause.

„Aber als Ärztin", sagte Mama. „Oder hast du deine Pläne an den Nagel gehängt?"

Ich verschränkte die Arme vor der Brust, doch sie lockte mich mit einer Tafel Milka-Schokolade, die aus unserem eisernen Vorrat stammte, und fragte: „Was ist übermorgen dran?"

„Hämatologie-Methodik", sagte ich, und sie antwortete: „Das ist doch ein Klacks für dich."

Zwei Tage später saß ich im Lehrlabor, zählte und analysierte rote und weiße Blutzellen, führte einen Gerinnungstest durch und kreuzte eine Blutkonserve ein. Ich kam nicht ins Schwitzen, obwohl die Luft draußen vor Hitze flirrte, war vor der Zeit fertig, erhielt die volle Punktzahl und fühlte wieder festeren Boden unter den Füßen.

Achtundvierzig Stunden später fragte mich der als „Vollstrecker" gefürchtete Biochemiedozent nach der Struktur der DNA und dem Prinzip der Proteinbiosynthese, die Worte sprudelten nur so aus mir heraus, auf dem hageren Gesicht des Dozenten zeigte sich ein Lächeln, und er sagte: „Fräulein Hochlinger, ich glaube, Sie haben verstanden, worum es geht."

Auf dem Weg zum Bahnhof summte ich vor mich hin, und am Abend fuhr ich mit einer Flasche Sekt zu Tom. Wir saßen bis in die Nacht am See und liebten uns auf Toms Wolldecke, bis es Morgen wurde und ich wieder nach Hause fuhr und meinen Rucksack packte. Noch immer kann ich nicht glauben, dass wir tatsächlich an die Ostsee unterwegs sind.

Ich schrecke auf und stupse Tom mit dem Ellenbogen an.

„Geht schon." Der Junge macht einen großen Schritt über Toms Beine, er ist schlank und rothaarig, und ich mag sein Lächeln. Tom scheint tief zu schlafen. Draußen ist kaum ein Licht zu sehen. Mecklenburger Niemandsland. Meine Armbanduhr zeigt halb drei, ich nehme den Walkman aus dem Rucksack und entwirre die dünnen Kabel der Kopfhörer.

„Hungry Eyes", singt Eric Carmen. Ich lehne den Kopf an die Wand hinter mir.

„Der Rügendamm! Anni, wach auf, wir sind da!"

Vorsichtig bewege ich meine Beine, kriege die Augen kaum auf, geblendet von den Sonnenstrahlen, blinzele und erkenne die Kräne der Stralsunder Werft und Dunst über blassblauem, stillem Wasser, ja, nur noch Wasser bis zum Horizont. Ich schlinge die Arme um Toms Hals.

„Soll ich uns einen Kaffee holen?", flüstert er mir ins Ohr. Ich nicke und küsse ihn, und als ich das Fenster öffne, belebt mich die frische Luft, und ich halte mein Gesicht so lange ins Freie, bis ich mich wach fühle.

„Wenn wir das Zelt aufgebaut haben, gehen wir ans Meer."

„Lieber gleich, komm."

„Ania! Hör auf mit dem Quatsch! Hilf mir lieber."

Aber ich höre nicht darauf, was er ruft und laufe schon Richtung Düne. Unter den Sohlen meiner Turnschuhe knirscht der Sand.

„Ania! Ich glaub's ja nicht." Seine Stimme wird leiser, ich drehe mich nicht mehr um, und als ich auf dem Gipfel des Hügels angekommen bin, ist alles, wie es sein soll. Gleißendes Licht, Strandkörbe, regenbogenfarbene Wasserbälle und die Ostsee in der Farbe des Himmels. Ich laufe noch ein paar Schritte, dann lasse ich mich in den warmen Sand fallen und vergesse die Fahrt. Ich vergesse auch, dass ich eigentlich nur noch schlafen wollte, endlich schlafen, und dass unsere Abmachung, nicht wegen jeder Kleinigkeit zu streiten, für Tom schon nicht mehr zu gelten scheint. Ich breite die Arme aus, höre das Rauschen, nehme den Geruch des Meeres in mich auf. Dann gehe ich zum Wasser und halte meine Finger hinein. Es ist kristallklar und kalt, und mit den Händen voller Sand renne ich zu Tom zurück. Das Zelt steht schon, er schlägt mit verbissenem Gesicht Heringe in den Boden und schiebt mich zur Seite. Der Sand rinnt mir durch die Finger, ich habe keine Kraft für eine Entschuldigung und fange an, meine Luftmatratze aufzublasen, während mir die Tränen übers Gesicht laufen. Ich blase mehr Speichel als Luft hinein, und als ich ins Zelt krieche, räume ich unser Gepäck von einer Ecke in die andere, bis ich endgültig genug habe und alles hinschmeiße und mein Gesicht in ein Kissen presse.

„Ach, Anni ..."

Seine Hand auf meinen Rücken fühlt sich warm und fest an. Er nimmt mich in den Arm, und langsam werde ich ruhiger.

Ich puste vorsichtig in Toms Haar, doch er reagiert nicht, und so verschränke ich die Arme unter dem Kopf und schaue in den blassblauen Himmel.

Wir haben vor einer Stunde gefrühstückt. Die Sonne steht schon hoch am Himmel. Tom ist neben mir eingeschlafen, er liegt auf dem Bauch, sein Hintern leuchtet rot, und ich decke ein Handtuch darüber. Hier kann sich jeder sonnen und baden, wie er mag, und für uns gab es vom ersten Tag an nichts Schöneres, als nackt ins Wasser zu laufen und uns dabei wie Adam und Eva zu fühlen.

Seit wir hier sind, vergeht ein Tag wie der andere. Ausschlafen, Frühstück mit frischen Brötchen, für die sich Tom am Kiosk anstellt, während ich im Zelt aufräume. Baden und sonnen und lesen, Mittagsschlaf im Zelt, wieder baden und sonnen und lesen und Radio hören. Wir können kein NDR2 empfangen, denn an Toms Kassettenrekorder ist die Antenne abgebrochen. Aber immerhin reicht es für DT64. Unser Zelt steht unter einem Baum in der Nähe der Düne. Bis zum Wasser sind es nur ein paar Minuten, und wenn wir uns abends auf unseren Matratzen zusammenkuscheln, hören wir das Meer rauschen, als würden wir am Strand liegen. Alles könnte so schön sein, wenn der Weg zu den Toiletten und Waschräumen nicht so weit wäre. Nachts traue ich mich nicht hinaus, und wenn ich es nicht mehr aushalten kann, kauere ich mich hinter einen Baum. Wenn ich abends müde vom Nichtstun und fröstelnd vom Wind zum Waschen gehe, den Wasserhahn aufdrehe und das Wasser so lange laufen lasse, bis es lauwarm ist, dann sehne ich mich nach einer heißen Dusche.

Tom sagt, ich solle mich nicht so anstellen, schließlich sei das hier ein Campingplatz. Ich nicke nur und bin froh, dass es so warm ist und ich Badelatschen dabei habe.

Tom seufzt im Schlaf, und ich drücke mein Gesicht in sein Haar. Wenn wir miteinander schlafen, fühle ich mich wie eines der Lichtpünktchen, die am orangefarbenen Zelthimmel auftauchen, wenn die Sonne darauf scheint. Wir tun es vor dem Frühstück, beim Mittagsschlaf, manchmal auch abends und gestern zum ersten Mal im Wasser. Er konnte gerade noch stehen, ich habe mich an ihm festgeklammert, und es hat nicht geknirscht wie im Zelt, wo der Sand inzwischen überall ist. Als Abendessen gibt es überbackenen Toast vom Kiosk gegenüber, mit Schinken und viel Käse. Tom steht auf die Hawaii-Version, und ich luchse ihm die Ananas-Scheibe ab und esse sie als Nachtisch. Zur Wiedergutmachung muss ich mit Panthenol-Spray Muster auf seinen Pavian-Hintern sprühen. Dies ist der wahre Sommer, alles andere wäre Lüge, habe ich auf die Postkarte geschrieben, die ich gestern an Suse abgeschickt habe, und ich hoffe, dass sie die Karte noch bekommt, bevor sie mit ihrem Freund Rüdiger nach Ungarn in Urlaub fährt.

Der kühle Wind streicht über mein Gesicht. Vor mir liegt das Meer wie ein zerknittertes Tuch. Ich hatte einen Alptraum und bin bis nach Göhren und zurückgelaufen, um ihn zu vergessen. Wir wurden von einer Sandwolke, die über die Düne kroch, zugeweht, hockten im Zelt und bekamen keine Luft mehr. Ich schrie und klammerte mich an Tom. Als ich aufwachte, streichelte er mich und flüsterte mir beruhigende Worte ins Ohr, aber ich löste mich von ihm und kroch aus dem Zelt und hob meine Arme und atmete tief. Es dauerte lange, bis ich weiterschlafen konnte, und beim ersten Morgenlicht war ich wieder wach, erschöpft, voller Unruhe. Ich krabbelte unter Toms Arm hervor, zog mich an und ging zum Strand.

Wahrscheinlich lag es daran, dass ich gestern Abend selbst nach langem Zähneputzen und Mundausspülen immer noch Sand zwischen den Zähnen hatte. Wir sind jetzt seit zehn Tagen hier, und es rieselt überall. Wenn ich an die Butter, die Marmelade und den Schmelzkäse denke, die wir in einer Plastebüchse vor dem Zelt vergraben haben, bekomme ich Gänsehaut. Vom Kiosk gegenüber riecht es bis in die Nacht nach verbranntem Toast und zu lange gegrillter Bratwurst. Der Mülleimer am Baum neben unserem Zelt quillt über von benutzten Servietten und vergammelten Wurstresten. Mit Appetit essen kann ich nur noch die frischen Fischbrötchen, die es mittags am „Inseltreff" gibt. Am liebsten mag ich Hering mit Zwiebeln, und beim Warten in der Schlange stelle ich mir vor, mit Tom zur Disko hier zu sein. Ich sehne mich danach, laute Musik zu hören, zu tanzen und zu lachen. Der „Inseltreff" hat einen gläsernen Leib, durch die großen Fenster könnten wir den Sonnenuntergang beobachten und weit übers Wasser schauen.

Ein Dauerläufer kommt vorbei und hebt grüßend die Hand. Ich winke zurück, stehe auf und klopfe mir den Sand von der kurzen Jeans.

Nach dem Frühstück schlage ich Tom vor, abends in den „Inseltreff" zu gehen.

„Du weißt doch, wie ich diese Hotterei hasse."

„Ach, Tom."

„Aber nur, wenn eine Band spielt. Und wenn es heute nicht so heiß wird."

„Wir können doch nicht jeden Abend im Zelt hocken."

„Aber wir waren doch erst gestern essen!"

Ich stapele unsere Tassen und Teller auf das kleine Tablett und laufe zur Wasserstation, wo Margit, unsere Zeltnachbarin, Geschirr abspült. Wir plaudern. Sie wirkt angespannt und sagt, sie müsse dringend zu Hause anrufen.

„Ist was passiert?"

„Ich hoffe nicht. Bis später."

Ich reibe mit einem Geschirrtuch unsere Tassen trocken. Eigentlich müsste ich auch bei meinen Eltern anrufen. Aber wenn ich an den Andrang vor den Telefonzellen denke, verliere ich die Lust. Und außerdem, was gäbe es schon zu erzählen?

Das Wasser ist kalt, ich gehe nur bis zu den Knien hinein, laufe dann zu meinem Lieblingsplatz hoch über dem Meer, setze mich auf die verwitterte Bank, lasse meine Beine über dem Steilhang baumeln und schaue den Strandspaziergängern zu.

Hoffentlich fällt Tom nicht doch noch eine Ausrede ein. Ihm scheint unsere Zweisamkeit zu genügen, und ich weiß nicht, ob er ahnt, wie befreit ich mich manchmal fühle, wenn ich ohne ihn unterwegs bin. Morgens werde ich oft vor sieben Uhr wach und laufe kilometerweit am verlassenen Strand entlang. Einmal bin ich nackt aufs Meer hinausgeschwommen, hörte nur meinen Atem und das leise Plätschern der Wellen, und als ich merkte, wie weit ich schon vom Land entfernt war, schwamm ich hastig zurück. Meine Beine zitterten, als ich wieder festen Boden unter den Füßen hatte, und noch beim Frühstück fühlte ich mich, als hätte ich die Hälfte meines Gewichtes verloren.

Ich glaube, Tom ist froh, wenn er nicht wandern muss, er liest lieber seine fantastischen Romane oder spielt mit den Nachbarjungs Tischtennis. Vielleicht wartet er darauf, dass ich auf ihn zugehe, doch das fällt mir schwer, denn ich verstehe mich selbst nicht und bin ihm dankbar, wenn er mich mit hungrigen Augen ansieht und mit seinen Zauberhänden den Schalter in mir umlegt, so dass ich seinen vertrauten Körper in mich aufnehme, ganz selbstverständlich und voller Lust. In diesen Momenten fühle ich mich wieder wie an unseren ersten Tagen hier, ich fühle mich, als wäre alles gut.

„Takel dich nicht so auf."

„Nicht mehr als sonst."

„Von wegen."

Tom schüttelt den Kopf und vertieft sich wieder in sein Buch, während ich auf der Luftmatratze hocke und mein Gesicht im Spiegel der Kosmetiktasche betrachte.

„Meine Sommersprossen sind riesig geworden und so dunkel. Ätzend."

„Quatsch, das sieht süß aus."

Ich krame mein schwarzes Lieblingsminikleid und passende Feinstrumpfhosen aus dem Rucksack.

„Was willst du denn damit bei der Hitze?"

„Es ist kühler geworden. Wenn du mal rausgehen würdest, würdest du's merken."

„Mach doch, was du willst."

Ich ziehe mich schweigend an. Zum Glück haben die Strümpfe keine Laufmasche. Meine Locken bändige ich mit einem schwarzen Spitzenband, nachdem ich mich vorhin nicht überwinden konnte, die Haare unter das fließende kalte Wasser zu halten. Mit dem Spiegel in einer Hand schminke ich meine Lippen pink und die Wimpern schwarz.

„So, wir können."

Er greift nach mir. „Anni, du bist so schön. Am liebsten würde ich …"

Ich sehe ihn entschlossen an. „Ich gehe auch allein."

Er verdreht die Augen und lässt mich los. Als ich in meine Pumps schlüpfe, lacht er auf. „Na, damit wirst du bestimmt weit kommen."

Ich krabbele aus dem Zelt und klopfe mir die Sandkörner vom Kleid. Die Sonne hat sich durch die Wolken gekämpft und wärmt mein Gesicht. Tom kriecht aus dem Zelt, er trägt jetzt ein schwarzes Hemd und Jeans, und ich drücke ihm einen Kuss auf den Hals.

Vor dem Nachbarzelt sitzen drei Männer am Campingtisch und trinken Bier. Margit öffnet eine Tüte Erdnussflips.

„Na, ihr seht ja schnieke aus." Margits Mann reicht uns die Hand. „Wo geht's denn hin?"

„Inseltreff."

„Dann fragen wir Mehnerts, ob sie mal eine halbe Stunde auf die Kinder aufpassen können."

„Was ist denn los?", erkundige ich mich.

„Wir wollten nur kurz rüber zu Langes vorn an der Anmeldung, die kriegen ARD", sagt Margit.

„Wir könnten doch auch ...", beginnt Tom.

„Tut mir leid, aber heute ist Samstag, da wird es voll." Ich greife nach Toms Hand und ziehe ihn weiter. „Das nächste Mal gerne."

„Macht euch einen schönen Abend!", Margit verzieht ihre schmalen Lippen zu einem Lächeln.

„Du weißt doch, ich tanze nicht auseinander."

Tom schiebt sein Kinn vor und starrt an mir vorbei aus dem Fenster. Ich trinke lauwarme Wodka-Cola und hoffe, dass der Alkohol bald wirkt. Dass ich unhöflich wäre, hat er mir vorgeworfen, dass ich nur an mich denken würde. Ich hätte zurückschießen können, aber ich möchte den Abend genießen und mich nicht ärgern. Immerhin ist er bei mir geblieben, obwohl die Band abgesagt hat.

Jimmy Somervilles Stimme dringt aus den Boxen. Ich stehe auf, und Tom schaut mich an, als wolle er mich zurückhalten.

„Darf ich wenigstens aufs Klo?"

Er verdreht schon wieder die Augen. Es ist mir egal. Ich gehe langsam Richtung Toilette und kann meine Blicke nicht von den Tanzenden lassen, die sich wie in Trance bewegen. Im fensterlosen Waschraum blendet mich das Neonlicht, ich bleibe vor dem großen Spiegel stehen, wasche meine Hände und betrachte mein Gesicht. Hautfetzen lösen sich von der Nase, mein Haar ist heller geworden und steht vom Kopf ab, und mein Gesicht ist selbst in diesem Licht so braun, dass man die

Hitze-Röte kaum erkennen kann. Ich streiche mein Kleid glatt und lächele mir im Spiegel zu.

Im Saal läuft eins meiner Lieblingslieder. Ich bleibe am Rand der Tanzfläche stehen und fange an, mich zu bewegen. Wenn Tom nicht mag, tanze ich eben allein.

„Wollen wir?"

Ich blicke in ein mir bekannt vorkommendes Gesicht und folge dem hochgewachsenen Typen auf die Tanzfläche, gebe mich der Musik hin und überlege, wo ich ihm schon mal begegnet sein könnte. Er tanzt gut und schaut mich ungeniert an.

„Wir kennen uns, oder?", fragt er.

„Ich weiß nicht."

„Bist du öfters hier?"

„Ist heute das erste Mal."

„Ehrlich? Bist du aus Potsdam?"

„Nein. Halle."

„Ach so."

Er schaut mich aus bernsteinfarbenen Augen an, und ich erkenne sein Lächeln wieder. Doch bevor ich etwas sagen kann, packt jemand meinen Arm. Toms Gesicht ist finster, die Augen des Potsdamers verengen sich, und er zieht sich an die Bar zurück.

„Du tust mir weh!", schreie ich Tom an, doch er lockert seinen Griff nicht. Als ich bemerke, dass alle uns anstarren, kämpfe ich die Wut nieder und folge ihm zum Ausgang und den Bohlenweg zum Strand hinunter.

„Tickst du jetzt völlig aus, oder was?!" Ich trommele mit den Fäusten gegen seine Brust. Er verzieht keine Miene, nimmt meine Hände und hält sie fest.

„Weißt du, wie der Typ dich angestarrt hat?!" Seine Stimme ist ruhig.

„Wir haben getanzt! Nur getanzt!", schreie ich ihn an und versuche, mich zu befreien.

„Du hättest dich mal sehen sollen."

Ich ringe nach Luft und kriege kein Wort mehr heraus.

„Weißt du was? Ich gehe. Bin hier sowieso überflüssig."

„Stimmt!", rufe ich ihm nach. Er schaut sich nicht um, stapft am Strand entlang, wird immer kleiner.

„Geh doch", schreie ich, so laut ich kann, lasse mich in den Sand fallen und presse die Hände vors Gesicht.

Aus. Vorbei. Für immer.

Es dauert lange, bis mir die neugierigen Blicke der Spaziergänger auffallen. Ich ziehe die Pumps aus und stolpere in Strümpfen zum Bohlen-Weg zurück. Auf der Toilette schöpfe ich mir kaltes Wasser ins Gesicht, tilge die Spuren der verschmierten Wimperntusche, fahre mir mit den Fingern durchs Haar und versuche, mich zu sammeln. Kurz vorm Ausgang stoße ich mit dem Potsdamer zusammen.

„Entschuldige", murmele ich.

„Alles in Ordnung?"

„Jaja." Ich fixiere die Ausgangstür.

„Wo ist dein Freund?"

„Weg."

„Habt ihr Stress?"

Er mustert mich besorgt, hält mir sein Bierglas hin, und ich trinke.

„Ich weiß übrigens, wo ich euch schon mal gesehen habe, ihr habt im Zug auf dem Gang gesessen."

„Und du bist kaum an uns vorbei gekommen, weil Tom sich so breit gemacht hat."

„Ich bin René."

„Ania."

Ich stelle das Glas ab, nehme seine Hand und ziehe ihn auf die Tanzfläche.

Später stehen wir am Fenster und schauen aufs Meer hinaus. Am liebsten würde ich an den Strand laufen und von dort aus beobachten, wie es dunkel wird, aber ich betrachte Renés feingliedrige Hände, während er erzählt, dass er in Potsdam Geschichte und Sport studiere, bei seinem Onkel in Sellin wohne und dass er nur noch bis morgen hier sei.

„Behandelt dich dein Freund öfter so?", fragt er irgendwann.

Ich kann ein Seufzen nicht unterdrücken. „Ich glaube, er hat einfach Angst. Er muss ab September drei Jahre zur Fahne."

„Muss er denn Angst haben? Es geht mich ja nichts an, aber ich kann es nur schwer ertragen, dass du nen Typen hast, der so mit dir umgeht."

„Er ist eigentlich lieb. Aber die ständigen Streitereien und seine Eifersucht machen mich fertig."

Ich lehne mich an ihn, und als Udo Lindenberg vom Horizont singt und die Pärchen auf der Tanzfläche zueinander finden, ist in mir keine Wut mehr, nur noch Trauer und die Angst, Tom verloren zu haben. Renés Nähe tut mir gut, wir schweigen und schauen den Lichtkegeln zu, die über die Ostsee schweifen.

Er räuspert sich. „Die suchen immer noch den Strand ab. Echt idiotisch."

Ich weiß nichts darauf zu sagen. Er streicht sich mit einer fahrigen Bewegung durchs Haar.

„Ich fahre übrigens nächste Woche nach Ungarn. Falls sie mich lassen."

„Würde ich auch gern. Wenn's nicht so teuer wäre."

Es dauert einen Moment, bis er weiter spricht. „Sag mal, würdest du zurückkommen? Ich meine, wenn du nach Ungarn fahren würdest."

„Ja, klar."

„Zieht dich nichts weg von hier?"

Der kleine Leberfleck über seiner Oberlippe irritiert mich.

„Hab ich noch gar nicht drüber nachgedacht."

„Tust du nur so oder weißt du wirklich nichts?"

„Was denn?"

„Hörst du kein Radio?"

„Wir kriegen nur DT64." Sein spöttisches Gesicht ärgert mich. „Jetzt sag endlich, was los ist!"

„Die Ungarn haben die Grenzen zu Österreich aufgemacht. Unsere Leute flüchten massenweise in den Westen."

„Was?"

„Ein paar Freunde von mir sind schon weg, hat meine Mutter am Telefon erzählt. Sie rennen zu Fuß rüber. Ganze Familien. Und am Straßenrand lassen sie die leeren Autos zurück."

„Das ist ja Wahnsinn", sage ich und muss mich hinsetzen.

„Das ist das Ende." René blickt wieder aufs Wasser hinaus.

„Ich muss zu Tom! Sein bester Freund ist auch dort und ..." Ich schlucke an dem Kloß, der meine Kehle ausfüllt.

Als wir rausgehen, ist mir kalt. René hängt mir seine Jeansjacke um die Schultern. Am Revers steckt ein Gorbi-Sticker. Schweigend gehen wir über die menschenleere Strandpromenade.

„Sehen wir uns noch mal?"

„Wenn du morgen abreist, wird's schwierig."

René bleibt stehen und nimmt meine Hand. Als ich es zulasse, nimmt er auch die andere. Unsere Finger verhaken sich ineinander, unsere Stirnen berühren sich, die Nasen, schließlich die Lippen. Ich spüre seine Zähne und muss an Toms sanfte Küsse denken.

„Ich glaube, es ist besser, du gehst jetzt", flüstere ich. „Da drüben ist schon der Campingplatz."

Seine Hände streicheln meine Schultern. „Pass auf dich auf, ja?"

Wir umarmen uns, und ich küsse ihn ein letztes Mal, dann ziehe ich die Jacke aus und gebe sie ihm zurück. Die frische Luft beißt in meine nackten Arme, und ich schaue mich nicht um.

Es ist bewölkt und kühler als gestern. Das Meer ist grau, meine Lieblingsbank feucht, und ich weiß, dass ich es auch hier nicht lange aushalten werde.

Als ich letzte Nacht am Zelt ankam, wollte Tom gerade loslaufen, um mich abzuholen. Er hatte eingesehen, dass er zu weit gegangen war und entschuldigte sich tausend Mal. Ich bin froh, dass ich ihn nicht betrogen habe, wenn ich auch nicht weiß, was noch passiert wäre, wenn René und ich nicht über Ungarn geredet hätten. Tom wusste von Margit davon. Sie hat ihm erzählt, dass ihre Schwester mit Mann und Kindern zur Zeit in Ungarn wäre und dass Margit und ihr Mann glauben, den blauen Wartburg der Familie im Fernsehen erkannt zu haben. Tom und ich haben dann noch lange diskutiert, über Ungarn und über uns, aber erst vorhin beim Frühstück, als es hell war und wir uns an den Teetassen die Hände wärmten, haben wir uns gestanden, dass wir die ganze Zeit drum herumgeredet haben. Keiner hat sich getraut, den anderen zu fragen, ob er auch abhauen würde, wenn die Gelegenheit günstig wäre. Ich war so erleichtert, als Tom sagte, dass es für ihn nicht in

Frage käme, und ich habe ihm das Gleiche gesagt und es auch so gemeint und in diesem Moment nicht mal an die Schwedenfähre gedacht, die Tag für Tag wie ein Papierschiffchen am Horizont entlangschwimmt, in der Sonne leuchtet und mich zum Träumen bringt.

Es fängt an zu regnen. Ich stehe auf, ziehe mir die Kapuze der Windjacke über und gehe den Wanderweg zurück.

Ich kann es immer noch nicht fassen.

Was ist mit Jana und Sabine aus meiner Seminargruppe? Was ist mit den Krankenschwestern von der Inneren, mit denen ich mich angefreundet hatte während des Ferienpraktikums im Kreiskrankenhaus von S.? Was ist mit Toms bestem Freund? Und vor allem: Was ist mit Suse?

Der Regen wird stärker, und ich gehe schneller. Das Wetter soll noch schlechter werden. Für die nächste Nacht wird ein Sturm vorhergesagt. Zum Glück fahren wir morgen nach Hause. Ich werde hier nicht mehr froh.

Dienstag, 29. August 1989,
G./Südharz

Weg. Abgehauen. Einfach so.

Mama muss da etwas falsch verstanden haben. Ich werde alles mitnehmen, was ich auf meinen Spaziergängen für Suse gesammelt habe. Ein Hühnergott ist dabei und ein weiß gesprenkelter Stein mit Gesicht. Ich werde mit dem Fahrrad zu ihr fahren, und sie wird die Tür aufreißen und mir um den Hals fallen und lachen:

Was? Ich im Westen? Spinnst du?

Mama hat gesagt, Lingen liege in Niedersachsen. Sie hätte gleich sagen können, auf einem anderen Planeten. Sie sagte auch, dass sie unter den ersten waren, die rüber sind und dass das alles ein Wunder sei. Dass sie jetzt bei Rüdigers Tante wohnen würden. Und dass es ihnen gut ginge.

Als wir heute Vormittag unser Gepäck im Flur abstellten und ich Mamas Gesicht sah, wusste ich es. Sie trank langsam ihren Kaffee und war gefasst, als würde sie von einer Fremden reden. Oma stand am Herd, goss kochendes Wasser in den Kaffeefilter und wischte sich zwischendurch mit ihrem Taschentuch über die Augen. Tom nahm den nächsten Bus nach Hause und sagte, dass er nach dem Rechten sehen müsse.

Nun ist schon Nachmittag, und ich sitze noch immer vor der Badewanne und packe meinen Rucksack aus. Auf mein Bett hatte ich mich gefreut. Und aufs Musikhören. Doch ich schüttele meine T-Shirts zum zehnten Mal aus und wühle in dem Berg aus muffig riechenden Handtüchern, als wäre darin eine Erklärung versteckt.

Mama kommt mit einem Korb voller Holz herein. Sie wirft mir einen Blick zu. Ich reagiere nicht und hoffe, dass sie wieder geht, aber sie hockt sich vor den Badeofen und schiebt ein Scheit nach dem anderen in die Luke.

„Bist du so lieb und bringst mir ein bisschen Papier zum Anzünden?"

Ich lasse das Handtuch fallen und hole aus Omas Küche eine alte Zeitung. Mama muss mit dem Streichholz mehrmals über die Zündfläche reiben, bis es aufflammt. Die Luke füllt sich mit Licht, sie klappt die Ofentür zu und verriegelt sie.

„Spätestens um sieben kannst du baden."

Ich weiche ihrer Hand aus, knie mich wieder vor die Handtücher und starre darauf, bis sie die Badtür hinter sich schließt.

Suse hat sich verändert, seit sie mit dem Waschmaschinenmenschen zusammen ist, Rüdiger Pferdezahn, wie Brit immer sagt. Dieser arrogante Typ mit den spitzen Stiefeln, die glänzen wie seine Haare, und den buschigen Koteletten, die Suse so gern küsst. Und das widerliche Grinsen, wenn er seine dünnen Finger auf ihren Po legt, der nicht füllig genug sein kann, wie er immer sagt. Als sie kurz vor Weihnachten zusammenkamen, gab ich ihnen keine vier Wochen. Und das, obwohl ich Suse noch nie so verliebt gesehen hatte. Ich zweifelte an ihrem Geschmack, aber mit keinem ist sie bisher so lange zusammengeblieben. „Er findet mich gut, so wie ich bin", hat sie immer wieder gesagt und ihren Diätenmarathon nach und nach eingestellt.

Warum hat sie mir nur nie etwas von ihren Plänen erzählt? Sie können doch nicht einfach so abhauen, das müssen sie doch durchdacht und beschlossen haben. Sie müssen sich doch sicher gewesen sein. Wahrscheinlich hatten sie es längst ins Auge gefasst, und Suse wollte mich nicht damit belasten. So oder so, sie hat mir einfach nicht vertraut.

Am Freitag wären sie aus Ungarn wiedergekommen, und am Abend hatten wir uns schon für „Dirty Dancing" verabredet, zum fünften Mal und mit einem Haufen Taschentücher.

Mir ist, als hätte sie einen Unfall gehabt oder eine lebensbedrohliche Krankheit. Ich gähne wieder, mein Nacken ist steif von der Nacht im Zug, und ich hoffe immer noch, dass es nur ein Traum ist, einer von denen, die mich benommen zurücklassen, weil sie sich so wahr anfühlen.

Ich will jetzt wach werden und Suses Stimme unten an der Tür hören: Hallo Frau Hochlinger, ist Ania schon zurück?

Wir werden Kaffee trinken und schallend über den blöden Traum lachen.

Draußen ist es schon dämmerig, so dass wir das Licht im Bad anschalten müssen. Mama gießt zu viel Schaumbad ins Badewasser und verteilt es mit der Hand. Sie hat die Kittelschürze noch nicht ausgezogen, und ich sehe sie wieder vor mir, wie sie an diesem sonnigen Junitag, es ist gerade mal zwei Monate her, aus unserem Skoda stieg in einer weißen Bluse und einem schwingenden Rock. Sie strahlte übers ganze Gesicht, sie sah aus wie eine Fremde, und bis jetzt kann ich nicht sagen, was an ihr so anders war. Dabei hatte die Reise nach Aschaffenburg zur Hochzeit ihrer Cousine nur fünf Tage gedauert. Fünf lange Tage für Papa, der als LPG-Vorsitzender und Parteimitglied keine Reisegenehmigung bekommen hatte und Mama nur zum Interzonenzug nach Leipzig bringen und wieder abholen durfte. Auf seiner Stirn glänzten Schweißperlen, als er den großen grünen Koffer und eine bunte Plastetüte nach der anderen aus dem Kofferraum holte.

Ich streife mein Kleid über den Kopf und ziehe den Slip aus. „Warum hast du uns nichts erzählt, Mama?"

Sie sieht mich fragend an und trocknet ihre Hand am Badetuch ab.

„Na, wie es da drüben so ist?"

„Hab ich doch."

Ich tauche einen Fuß ins Wasser, steige in die Wanne, gleite langsam in den duftenden Schaum. Mama setzt sich auf den Badewannenrand.

„Es gibt Dinge, über die kann man nicht reden wie übers Wetter, Ania."

„Aber mit Papa hast du gesprochen, oder?"

„Auch nicht über alles."

Im Ofen prasselt es. Regentropfen sprenkeln das kleine Fenster. Ich massiere mir selbst den Nacken, drücke meine Fingernägel in die nasse Haut.

„Soll ich?" Sie setzt sich hinter mich und lässt ihre Fingerkuppen mit leichtem Druck kreisen.

„Ich hätte dort bleiben können."

Ihre Finger kreisen schneller in meinem Nacken.

„Ein Freund von meiner Cousine hat mir eine Stelle angeboten. Als Sprechstundenhilfe in seiner Praxis. Er ist Allgemeinmediziner. Aus Ungarn geflüchtet. Seit fünfzehn Jahren in Aschaffenburg."

„Und?"

Sie lässt mich los. „Ach, Ania, was wäre das geworden? Wir hätten einen Antrag auf Familienzusammenführung stellen müssen. Papa hätte schrecklich Ärger gekriegt. Ihr auch. Und Oma? Außerdem – soll ich als Fachkrankenschwester für Kardiologie den ganzen Tag an der Anmeldung sitzen und Karteikarten verwalten?"

„Aber darüber nachgedacht hast du."

„Ich habe mir die Praxis angeguckt."

„Und?"

„Was soll ich sagen? Hohe Räume. Stuck an der Decke. Gar nicht so viele Geräte. Perfekt. Wie alles da drüben."

Ich tauche unter. In meinen Ohren rauscht es, und ich denke: Aufwachen. Bitte wach endlich auf!

Als ich wieder hochkomme, sitzt Mama noch immer an der gleichen Stelle, und ich weiß nichts anderes zu sagen als: „Ich würde es so gern mal sehen."

„Besser nicht." Sie streicht über meine nassen Haare.

„Ich würde doch wiederkommen, Mama."

„Sicher?"

Sie legt die Arme um mich und drückt ihre trockene Wange gegen meine.

„Soll ich dir die Haare waschen?", flüstert sie, nimmt die Flasche mit dem Shampoo aus dem Regal und träufelt die nach Aprikose duftende Flüssigkeit in die hohle Hand. Dann schäumt sie mein Haar ein und massiert meine Kopfhaut, und ich schließe die Augen.

„Ganz ehrlich, Schatz", sagt sie. „Wenn ich jünger gewesen wäre und ohne Familie, hätte ich's riskiert."

„Du bist doch nicht alt!"

„Für solche Abenteuer schon."

Ich lege den Kopf zurück und überlasse mich dem warmen Wasser und ihren Händen.

„Suse klang gut am Telefon, sie war enttäuscht, dass du noch nicht wieder da warst. Sie schreibt dir, hat sie gesagt."

Mamas Hände streichen den Schaum aus meinem Haar.

„Sie wird deine Freundin bleiben, Ania. Du musst es nur wollen. Guck mal, wie es bei mir und Hanni war. Die verschwand auch von einem Tag auf den anderen, als ihr Antrag durch war. Und wir schreiben uns heute noch. Vielleicht könnt ihr euch nächstes Jahr in Ungarn treffen. Es liegt an euch, was ihr daraus macht."

„Hast du es eigentlich Papa erzählt?"

Ich steige aus der Wanne und nehme mir ein Badetuch aus dem Regal. Als sich unsere Blicke treffen, schüttelt sie langsam den Kopf. Wir lächeln uns an, und sie bleibt auf dem Badewannenrand sitzen und schaut mir beim Abtrocknen zu.

„Ich muss mal!" Brit klopft an die Tür.

„Herein", rufe ich.

Freitag, 1. September 1989,
G./Südharz

Es ist ein grauer Nachmittag, ich liege auf der Couch mit dem „nl" in der Hand und kann mich nicht aufs Lesen konzentrieren.
 Heute hat die Schule wieder angefangen. Aus Brits Klasse fehlt niemand. Vor einer Stunde ist sie mit ihren Freundinnen nach S. ins Kino gefahren. Sie wollten mich mitnehmen. Aber „Dirty Dancing" ohne Suse?
 Gestern bin ich an ihrem Elternhaus vorbeigegangen, hatte mir fest vorgenommen zu klingeln, aber alles war still, hinter den Gardinen bewegte sich nichts, und ich bekam Angst, Suses Mutter gegenüberzustehen und nicht zu wissen, was ich sagen soll.
 Tom wird von Tag zu Tag stiller. Nachts wälzt er sich im Bett herum und redet im Schlaf, und wenn ich das Wort Prora heraushöre, denke ich: „Nicht schon wieder!"
 Am Montagmorgen um acht muss er sich auf dem Wehrkreiskommando melden. „Dann geht es ab in die Taiga", sagt er und redet von Verbannung und dass er vielleicht nicht wiederkäme, und ich sage, dass Prora doch auf unserer Insel wäre, dass er von seinem Zimmer aus bestimmt das Meer sehen könne, dass er doch nur zur Grundausbildung dort wäre und danach vielleicht in unsere Nähe versetzt würde, dass er es als Dreijähriger besser hätte als die anderen und öfter auf Urlaub kommen könne und dass alle es bisher überstanden hätten. Ich rede auf ihn ein und bezweifle, dass meine Worte bei ihm ankommen.

Vor ein paar Tagen ist sein bester Freund aus Ungarn zurückgekommen, ganz selbstverständlich, als hätte es keine andere Möglichkeit gegeben. Nicht mal das hat Tom aufgemuntert.

Wenn die Sonne scheint, fahren wir zum Baden an den See, liegen unter einem knorrigen Baum und gucken in den Himmel. Abends kuscheln wir uns auf dem Sofa zusammen. Wir haben nur noch drei Tage, aber ich bin nicht traurig, ich genieße unser Zusammensein, das sich anfühlt wie im November, als es anfing mit uns, denn ich habe das Gefühl, in seiner Nähe wieder atmen zu können.

Wenn ich Tagesschau gucke, glaube ich manchmal, unter den Flüchtlingen, die in den Botschaften warten, René entdeckt zu haben oder irgendwen anders, den ich kenne. Dann denke ich mir, wenn alle so viel auf sich nehmen, um dorthin zu kommen, muss doch etwas dran sein an der Legende vom gelobten Land. Und ich habe Angst, dass Tom doch noch zu mir sagt: Lass uns auch abhauen, bevor es zu spät ist! In diesen Momenten weiß ich vor Unruhe nicht wohin mit mir.

Nächste Woche fangen die Vorlesungen an der Fachschule in Halle mit der Marxismus/Leninismus-Vorbereitungswoche an. Ich bin sicher, dass die Dozenten die Rote Woche nutzen werden, um zu verkünden, wovon sie überzeugt sind oder vorgeben, überzeugt zu sein. Es wird so sein wie in den Jahren zuvor, und ich kann mir nicht vorstellen, dass auch nur ein Wort über die Fragen fallen wird, die wir uns in diesen Tagen wieder und wieder stellen.

Hoffentlich ist unser Zimmer-Fünfeck noch vollständig. Seit Suse weg ist, rechne ich nur noch mit dem Schlimmsten. Immerhin hat mir Miriam eine Karte von Usedom geschickt und „Bis bald in Halle!" geschrieben. Ich betrachte ihre Zeilen und erinnere mich daran, wie wir uns kennenlernten.

Es ist etwa zwei Jahre her, und es war wärmer als heute. Im Berufsverkehr dauerte die Fahrt nach Halle zwei Stunden. Die Unterhaltung zwischen meinen Eltern plätscherte dahin, ich schaute aus dem Fenster und dachte an Suse, die schon seit einer Woche in einem Lehrlingswohnheim in Schwerin wohnte, und an Brit, die mir beim Abschied viel Glück gewünscht hatte.

Auf der Kreuzung vor dem Internatsgebäude quietschten die Straßenbahnen. „Hoffentlich liegt dein Zimmer nach hinten raus", sagte Papa, und ich betrachtete das massive Haus mit den kleinen Fenstern und aus dem Putz ragenden Kabeln und kämpfte gegen die Enge in meiner Kehle an. „Martin Luther-Universität Halle-Wittenberg, Internat der Medizinischen Fachschule, 3. Stock" las ich auf dem Schild neben der Eingangstür. Einige Minuten später standen wir uns im Zimmer 34 zum ersten Mal gegenüber.

„Ich bin Ania."

„Irene."

„Marie."

„Doreen."

„Miriam."

Neben ihr stand nur ein kleiner Rucksack. Sie trug die Haare offen und lehnte in Jeans und T-Shirt am Fenster, während Irene und Marie in Sommerkleidern durchs Zimmer eilten und ihre Reisetaschen auf den Betten abstellten, die sie sich ohne viele Worte ausgesucht hatten. Ihre Mütter warteten in der Tür. Doreen war als Einzige allein angereist, sie war auch die Einzige, an deren Gesicht mit den gutmütigen Augen ich mich erinnern konnte, denn wir hatten bei der Einführungsveranstaltung im Februar nebeneinander gesessen. Sie hatte ihre Sachen schon ausgepackt und lächelte mir zu, bevor sie das Zimmer verließ.

„Sind deine Eltern schon weg?", fragte ich Miriam.

„Sie haben heute Abend einen Kirchenchorauftritt in Wittenberg", antwortete sie.

Als ich mich von Mama und Papa verabschiedet hatte, stellten wir unser Gepäck auf das Doppelstockbett, das noch frei war, und bezogen unsere Betten, sie das obere, ich das untere. Ich fand in meinem Rucksack den Plüschhasen, den mir Suse zum Abschied geschenkt hatte und schluckte an den Tränen. Miriam legte den Arm um meine Schultern, und ihr Lächeln half mir über das Ärgste hinweg.

Es klingelt an der Tür. Ich lege die Karte zur Seite, renne die Treppe hinunter und lasse Tom herein.

Montag, 4. September 1989, Halle/Saale

Vor dem mit Vogelkot beschmierten Fenster ziehen die Plattenbau-Ketten von Halle-Silberhöhe vorbei. Es ist ein diesiger Morgen. Das Abteil ist voll besetzt. Außer mir rauchen alle. Meine Augen sind so verschwollen, dass ich sie kaum offen halten kann. Noch zehn Minuten bis zum Hauptbahnhof. Ich schließe die Augen wieder und denke an die letzte Nacht.

Erst nach Mitternacht kamen Tom und ich zur Ruhe, lagen schwer atmend nebeneinander und ließen unsere Körper abkühlen. Ich schaltete die Nachttischlampe an und betrachtete sein Gesicht und ließ mich wieder von ihm umarmen. Als es draußen dämmerte und ich zum Zug musste und ihn zum Abschied immer wieder küsste, flüsterte er meinen Namen und hielt mich fest, und ich weinte, als ich mich von ihm löste.

Der Zug hat vierzig Minuten Verspätung. Ich wuchte meinen Rucksack von der Gepäckablage und schnalle ihn auf. Kostbare Zeit vergeht, bis wir aussteigen können. Um mich herum verlassen Menschen mit müden und verschlossenen Gesichtern die Bahnhofshalle. Das Gewicht des Rucksacks zieht mich nach hinten, als ich den Thälmann-Platz überquere und am Interhotel vorbei die Straße hinabeile.

Alles scheint wie immer zu sein.

Im Fachschulgebäude riecht es nach Bohnerwachs und Desinfektionsmitteln, ich haste die Treppen hinauf, bleibe vor unserem Seminarraum stehen und ringe nach Luft. Die Tür ist angelehnt. Drinnen wird laut durcheinander geredet. Ich riskiere einen Blick auf die Armbanduhr. Es ist dreiviertel acht. Die erste M/L-Vorlesung hätte vor einer Viertelstunde beginnen müssen. Ich öffne vorsichtig die Tür.

„Ania", Irene winkt mir zu, „Gott sei Dank. Wir dachten schon, du kommst auch nicht mehr."

Nach den Vorlesungen gehen Miriam und ich in die Grillbar am Park, ganz in der Nähe unseres Internats. Bis auf unseren Lieblingsplatz am Fenster sind alle Tische belegt. Wir bestellen Steak mit Champignons, und der Kellner mit den traurigen Augen bringt die Getränke.

„Guck mal, er ist auch noch da", sagt Miriam und hebt ihr Colaglas. Wir stoßen an, ohne etwas zu sagen, aber wir wissen, wir trinken darauf, dass unser Fünfeck aus Zimmer 34 noch vollständig ist.

„Wie es Jana und Sabine wohl geht?", fragt Miriam.

„Ob sie jetzt an uns denken?"

„Die werden mit sich selbst zu tun haben."

„Einfach so abzuhauen."

„Und die Schneider erst mit dem kleinen Kind ..."

Das Essen kommt. Miriam greift nach dem Besteck und stößt dabei fast ihr Cola-Glas um. Sie sieht gut aus, und das liegt nicht nur daran, dass ihr der Pagenkopf besser steht als die schulterlangen Haare. Auch die Ostseebräune kann es nicht sein. Nicht nur. Wahrscheinlich ist es den anderen gar nicht aufgefallen.

Nach dem Essen drückt sie mir einen Zehnmarkschein in die Hand. „Kannst du bitte für mich mit zahlen, ich muss zum Zug." Sie zieht ihre Jeansjacke über und verlässt das Lokal. So in Eile habe ich sie noch nie gesehen. Ich krame nach meiner Geldbörse und winke dem Kellner.

Dass sie sich von ihrem Freund getrennt hat, überrascht mich nicht. Alles andere schon. Noch nicht mal seinen Namen hat sie mir verraten. Ein Theologiestudent aus Leipzig. Ich musste lange bohren, bis sie wenigstens damit herausrückte. Sie kennt ihn vom Kirchentag im Juli. Und sie sind noch nicht zusammen. Nicht richtig, wie sie sagte. Ich bin da abergläubisch, verriet sie mir, und die Grübchen in ihren Mundwinkeln vertieften sich. Nun ist sie nach Leipzig gefahren. Ich habe das Gefühl, dass sie mehr weiß als alle anderen. Das allein würde mich nicht wundern. Aber dieses Leuchten. Diese Lebendigkeit. Und irgendwie kommt sie mir größer vor.

Am Abend koche ich mir in der Internatsküche eine Tütensuppe. Das Wasser, das aus dem Hahn kommt, hinterlässt braune Schlieren in dem gesprungenen Waschbecken. Ich drehe den Hahn bis zum Anschlag auf und warte einen Moment, bevor ich den Emaille-Topf fülle. Irene und Marie sind zum Centrum-Warenhaus gefahren. Doreen übernachtet bei ihrem Freund. Ich habe noch Mamas Stimme im Ohr: „Nein, Schatz, keine Post."

Dann wurde das Telefongespräch unterbrochen. Noch immer habe ich nichts von Suse gehört, noch immer nicht mit ihrer Mutter gesprochen. Ich stelle den Topf auf die Kochplatte und nehme aus der Vorratsschublade die Tütensuppe.

Irene und Marie ignorierten Miriam von Anfang an, denn sie trug ihr Haar glatt und lieh sich nie Klamotten von Irene aus. Nachmittags lag sie mit Kopfhörern auf ihrem Bett, hörte Vivaldi und las ein Buch nach dem anderen, während wir die

Klamotten für die Disko zusammensuchten und über den neuesten Klatsch kicherten. In den ersten Wochen, als wir noch nicht viel lernen mussten, machte es mir Spaß, mit Irene und Marie, den Zwillingen, wie sie in der Seminargruppe genannt wurden, durch die Clubs zu ziehen. Wir tauschten Blusen und Lippenstifte untereinander aus und fuhren mit der Bahn nach Silberhöhe oder in die Südstadt. Manchmal durften Marie und ich Irenes Schmuck tragen, doch spätestens, wenn Irene ihren pink geschminkten Mund beim Tanzen spitzte und ihre Füße in den hochhackigen Pumps immer schneller bewegte, traten wir in den Hintergrund. Marie nahm das gleichmütig hin. Sie toupierte ihr honigfarbenes Haar mit Irenes Kamm und trug ähnliche Schuhe. Sie sagte nicht viel und schien mit ihrem herzförmigen Mund immer zu lächeln. Sie gehörte schon länger zum Gefolge.

Miriam hingegen ging nur mittwochs aus. Dass die Treffen mit ihren Wittenberger Freunden im Gemeinderaum der evangelischen Kirche zwei Straßen weiter stattfanden, verriet sie mir erst später. Auch, dass sie im Kirchenorchester Geige spielte und oft am Wochenende zu Konzerten unterwegs war, erfuhr ich erst, als wir herausgefunden hatten, dass wir von den Tütensuppen, die sich in unserer Vorratsschublade angesammelt hatten, beide am liebsten die Fadennudeln mochten. Seitdem aßen wir zusammen, ich erzählte ihr von meinen Plänen, nach der Fachschule Medizin zu studieren und in der Krebsforschung zu arbeiten, ich redete von meinen Eltern und Brit, von Suse, und als ich mit Tom zusammen kam, war sie die erste, die es erfuhr.

Sie hörte mir geduldig zu, und wenn sie eine Zwischenfrage stellte, die zeigte, wie aufmerksam sie meine Worte aufnahm, kam sie mir vor wie vom Himmel gefallen. Wir gewöhnten uns an, nach dem Essen spazieren zu gehen, wanderten, in unsere Gespräche versunken durch den Park, und ich dachte nicht darüber nach, dass die anderen jetzt vielleicht auch über mich lachten. Jeden Donnerstag ging ich nach wie vor mit den Zwillingen tanzen, es waren wilde Nächte, und wenn ich frühmorgens in mein Bett stieg und Miriam längst schlief, fühlte ich mich, als würde ich zwischen zwei Welten wandern.

Der Gedanke daran, dass sie frisch verliebt ist, macht mich wehmütig, und ich denke an Tom und nehme mir vor, gleich nach dem Essen einen Brief an ihn zu schreiben, auch, wenn ich seine Adresse noch gar nicht weiß.

Dienstag, 5. September 1989, Halle/Saale

Die Schlange am Kantinenschalter im Foyer wird nur langsam kürzer. Ich schaue auf die Wanduhr. Noch zehn Minuten bis zum nächsten Seminar. Mein Magen knurrt. Zum Frühstücken blieb keine Zeit mehr. Miriam sucht einen Groschen nach dem anderen aus ihrer Geldbörse. Nur die geröteten Augen verraten ihre Müdigkeit.

Es war schon weit nach Mitternacht, als sie zurückkam. Sie zog die Tür behutsam hinter sich ins Schloss und schlüpfte aus ihren Klamotten. Ich flüsterte: „Wie war's?", aber sie legte nur den Zeigefinger auf die Lippen und stieg in ihr Bett hinauf. Am liebsten wäre ich ihr nachgeklettert und hätte sie unter der Decke so lange gekitzelt, bis sie geredet hätte. Kurz darauf hörte ich ihre tiefen und regelmäßigen Atemzüge, und irgendwann schlief ich wieder ein.

Sie zahlt ihren Kaffee, ich kaufe mir ein Käsebrötchen, und bevor wir zurück in den Seminarraum gehen, frage ich sie, ob sie später Lust hätte, mit mir in die Stadt zu gehen und ein Geburtstagsgeschenk für Mama zu kaufen.

Ich hoffe, dass sie mir dann mehr verraten wird.

„Wie findest du den Lindner, Ania?"

„Ganz nett." Ich schiebe mir den Rest des Brötchens in den Mund und fege mit der Hand die Krümel vom Tisch. Irene malt Kringel auf die Vorderseite ihres Hefters.

„Er ist schüchtern. Vielleicht hat er ja Angst vor uns."

„Der zittert höchstens vor unseren Fragen", mischt sich Conny ein.

Irene verdreht die Augen. „Vor deinen bestimmt."

„Was will der uns auch erzählen? Wissenschaftlicher Kommunismus? Dass ich nicht lache. Schlimm genug, dass sie sich überhaupt noch trauen, die Rote Woche durchzuziehen. Habt ihr nicht auch den Eindruck, dass der Lindner ganz vernünftig aussieht? Vielleicht sollten wir mal Klartext mit ihm reden."

„Hör auf mit dem Scheiß, Conny!" Birte nimmt ihre Hornbrille ab, haucht die Gläser an und putzt sie mit einem Zipfel ihres T-Shirts. Sie legt bedächtig die Brille auf ihren Schreibblock, reibt sich die Augen und sieht mit ihren hochgezogenen Schultern aus, als würde sie eine schwere Last tragen.

„Ich finde, Conny hat Recht", sagt Miriam.

„Lindner ist dafür da, uns die Gesellschaft zu erklären. Und wenn die am Zusammenbrechen ist, muss er uns eben das erklären." Conny verschränkt die Arme vor der Brust und lehnt sich auf ihrem Stuhl zurück. Ihr Gesicht zeigt keine Regung, sie schließt für einen Moment ihre Augen, und wir alle wissen, dass sie sich sammelt, um dann weiter zu dozieren, denn obwohl ihr längst niemand mehr zuhört, meint sie, das Recht dazu zu haben, schließlich ist sie die einzige von uns mit EOS-Abschluss. Nicht umsonst ist ihr offizieller Spitzname in der Gruppe „Professor", eine der wenigen Tatsachen, die sie unkommentiert lässt. Sie lässt uns bei jeder Gelegenheit spüren, dass sie hier ist, um die Zeit zu überbrücken, bis sie einen Medizin-Studienplatz bekommt, und dass sie seit zwei Wochen einen Ehering trägt, scheint für sie das sicherste Zeichen zu sein, dass sie uns weit voraus ist.

Irene legt ihren Stift beiseite. „Nun übertreib mal nicht, Professor. Nur weil n' paar Leute in den Westen abhauen, bricht hier noch lange nichts zusammen."

Conny wirft ihr einen ärgerlichen Blick zu und kramt in ihrer Stofftasche.

Der Marxismus-Leninismus-Dozent betritt den Raum zusammen mit der Schulleiterin.

„Guten Morgen. Na, so ruhig, die Damen?" Sie mustert uns mit ernstem Gesicht. „Ich habe Ihnen mitzuteilen, dass die M/L-Vorbereitungswoche nur bis morgen gehen wird. Durch den Personalmangel in Kliniken und Krankenhäusern werden Sie, meine Damen, in Ihren delegierenden Einrichtungen gebraucht, ob in den Labors oder auf den Stationen. Also haben wir beschlossen, die Vorlesungszeit in diesem Semester auf Montag bis Mittwoch zu begrenzen. Ab sofort und bis auf weiteres."

„Dann können wir ja morgen heimfahren", flüstert Irene.

„Ich fasse es nicht", sagt Conny halblaut.

„Falls Sie noch Fragen haben, können Sie zu den bekannten Zeiten bei mir vorbeikommen", verabschiedet sich die Schulleiterin und stöckelt aus dem Raum.

„Und was erzählen Sie uns jetzt, Herr Lindner?", beginnt Conny.

„Was wollen Sie denn hören?" Der weiße Kittel des Dozenten spannt über seinem Bauch. Er lehnt an der Tafel und lässt den Zeigestab zwischen seinen Fingern tanzen.

„Was Sie so denken über die aktuelle Situation."

„Sie müssen schon gezielter fragen, Fräulein ..."

Lindner geht zum Lehrertisch und hält den Sitzplan dicht vor seine Augen. „Streiff", sagt Conny. „Und Frau."

Lindner stutzt nur für einen Moment. „Also, Frau Streiff?"

„Aus unserer Gruppe hier sind zwei über Ungarn abgehauen. Frau Schneider soll mit ihrem Baby in der Prager Botschaft sitzen. Und jetzt diese Aktion von der Schulleitung. Konkret genug?"

„Kann man so sagen."

„Und warum sprechen wir dann nicht darüber, statt irgendwelche Theorien zum x-ten Mal durchzukauen?"

Conny dreht sich zu uns um, und ich nicke zustimmend und spüre, wie ich rot werde und schiele zu Irene, die ein Blatt aus ihrem Schreibblock zerpflückt und die Fetzen zu Kügelchen formt. Lindner runzelt die Stirn. „Ich glaube Ihnen, dass die Probleme, die Sie im Moment beschäftigen, keinen Raum für gesellschaftstheoretische Diskussionen lassen. Und ich stimme Ihnen zu, dass man die Zeit aus aktuellem Anlass sinnvoller nutzen könnte."

„Warum teilen wir das Seminar dann nicht auf?", fragt Miriam.

„Wie meinen Sie das?"

„Die Hälfte der Stunde für Fragen und Diskussionen, aktuell-politisch, wenn Sie so wollen, und den Rest der Zeit für das Standardprogramm."

„Keine schlechte Idee", sage ich.

Lindner lehnt wieder an der Tafel. „Stimmen wir ab. Wer ist für den Vorschlag von Fräulein ..."

„Laschgow", hilft ihm Miriam.

Nach und nach gehen alle Hände in die Höhe. Selbst Birte hebt ihren Arm. Der Dozent lächelt. Er stellt den Zeigestab in eine Ecke und setzt sich an den Lehrertisch.

„Also gut, wer möchte anfangen?"

Es ist so warm, dass wir unsere Jacken ausgezogen haben. Ich lasse meine Zunge um den Rand der Eistüte kreisen.

„Die Keramikvase ist schön. Da wird sich deine Mutter freuen", sagt Miriam und hält ihr Gesicht in die Sonne. „Wie alt wird sie?"

„Zweiundvierzig."

„Meine ist schon fünfzig."

Wir schweigen. Ich halte es nicht lange aus.

„War ziemlich spät bei dir gestern."

„Stimmt."

„Hast du ihn getroffen, deinen Mister X?"

Miriam lacht auf. „Meinen was?"

„Ich weiß doch nicht mal seinen Namen."

In ihren Augen glitzert es. „Wirst es noch früh genug erfahren."

„Mist", fluche ich leise und reibe mit meinem Taschentuch über die Softeisflecken, die auf den hellen Baumwoll-Stoff meiner Hose getropft sind. Miriam legt den Kopf in den Nacken und schließt die Augen.

„Am Anfang habe ich gedacht, dass wir uns vielleicht gar nicht mehr sehen. Er hat mir von weitem zugewinkt, dann war er in der Menge verschwunden. Ich glaube, ich habe schon lange nicht mehr so viele Menschen in einer Kirche erlebt. Noch nicht mal in Wittenberg, wenn der Schorlemmer spricht. Die Sitzplätze haben nicht ausgereicht. Und die Nikolaikirche ist nun wirklich nicht klein."

Ihre Stimme wird leiser.

„Es war das erste Friedensgebet seit der Sommerpause. Sie hatten zwar mit vielen Besuchern gerechnet. Aber mit so vielen ..."

Ich knülle das Taschentuch in meiner Hand zusammen. „Treffen sich da nicht vor allem die Leute, die Ausreiseanträge gestellt haben?"

Miriam rückt näher zu mir. Ihre Stimme wird noch leiser und sie erzählt, dass es diese Andachten schon länger gäbe, seit Anfang der achtziger Jahre im Rahmen der kirchlichen Friedensbewegung, Stichwort: Schwerter zu Pflugscharen. Sie schaut mich fragend an, ich nicke und sie verrät mir, dass sie gestern zum ersten Mal auf einem Friedensgebet in der Nikolaikirche gewesen sei. Noch vor einem Jahr hätten sich vor allem die Mitglieder der kirchlichen Basisgruppen dort getroffen, zusammen mit den Leipziger Pfarrern.

„Die kennen sich alle untereinander", sagt sie. Ihre Finger nesteln an den Schnüren meines Rucksacks und sie erzählt weiter von den Antragstellern, die nur deshalb immer zahlreicher in der Kirche erschienen wären, weil sie Anschluss gesucht hätten und ihre Isolation durchbrechen wollten und so Krach mit den Basisgruppenleuten gekriegt hätten, weil diese ihre eigenen Themen hätten. Sie erzählt, dass jetzt jeden Montag mehr und mehr Menschen kämen, Antragsteller aber auch viele, die einfach nur unzufrieden wären und wollten, dass sich etwas ändert. Miriam redet und redet, sie flüstert fast, und wir sitzen inzwischen so nah beieinander, dass sich unsere Schultern berühren.

„Und wie läuft das ab, so ein Friedensgebet?" Auch ich flüstere.

„Lass uns mal weitergehen." Miriam steht auf. Ich stopfe meine Jacke in den Rucksack, und wir schlendern die Einkaufsstraße entlang in Richtung Markt.

„Die meisten, die ich gestern gesehen habe, waren wahrscheinlich noch nie in einem Gottesdienst, haben die Gebete nicht mitgesprochen, kannten die Liedtexte nicht. Mir hat imponiert, dass sie ihre Scheu überwinden, weil sie mit ihren Sorgen nicht mehr allein sein wollen."

„Sag mal, hast du keine Angst?"
Sie sieht mich ernst an.
„Bewacht werden wir doch überall. Allerdings konnten sie sich gestern nicht viel erlauben, weil die Stadt voll war mit westlichen Journalisten wegen der Herbstmesse. Sonst hätten sie sicher ein paar der Leute mitgenommen, weil sie nach dem Gottesdienst Transparente entrollt haben, direkt vor der Kirche und vor den Kameras von ARD und ZDF. ‚Für ein offenes Land mit freien Menschen.'"
„Und worum ging's gestern in dem Friedensgebet?"
„Um die Fluchtwelle. Und dass die Regierung nichts tut. Mein Mister X sagt, dass seit dem Frühjahr die Themen immer politischer würden. Seine Freunde und er wollen konkrete Reform-Forderungen an den Staat stellen und zwar so, dass sich die Bevölkerung dahinter stellen kann. Weil sie merken, dass die Leute so weit sind und sie jetzt den Rückhalt finden könnten, den sie brauchen."
Miriam bleibt stehen, um sich die Nase zu putzen, und ich schaue auf ihre schlanken Finger, die seidig glänzenden Haare, ihren Mund.
„... haben sich auf dem Kirchhof zwei Gruppen gebildet, die einen riefen ‚Wir wollen raus', die anderen ‚Wir bleiben hier.' Es war das erste Mal, dass sich die, die hier bleiben wollen, von den Ausreißern abgegrenzt haben. Es tut sich was, Ania. Ich habe kaum schlafen können in der letzten Nacht, aber nicht nur deswegen. Hörst du mir überhaupt noch zu?"
Ich schrecke zusammen und schlucke. „Ja, klar."
„Willst du nicht mitkommen nächsten Montag? Das Friedensgebet ist um fünf, ich fahre mit dem Fünfzehnuhr-Zug."
„Ich weiß nicht."

Sie bleibt stehen und legt ihre Hand auf meinen Arm. Ihre Augen werden größer.

„Wir haben alle Angst, Ania. Man weiß nie, was passiert. Und wenn die dich einmal auf dem Kieker haben. Aber in der Kirche kann eigentlich nichts passieren. Gefährlich wird es draußen."

„Ihr habt vielleicht Nerven." An einem Kiosk kaufe ich mir eine Club-Cola. Die Flasche ist warm und es zischt, als ich den Verschluss abhebele. Ich nehme einen großen Schluck. Es kribbelt im Mund.

„Alle können sie nicht mitnehmen und einsperren." Miriam nimmt mir die Flasche ab, trinkt einen Schluck und gibt sie mir wieder. „Alles in Ordnung mit dir?"

Ich atme tief durch. „Ja, ja. Komm, lass uns weitergehen. Es ist schon sechs, vielleicht ruft Tom gleich an."

„Hat er sich immer noch nicht gemeldet?"

Ich schüttele den Kopf und ziehe meine Jacke wieder an.

Mittwoch, 6. September 1989,
im Zug von Halle/Saale nach S.

Miriam. Nikolaikirche. Basisgruppe. Menschenrechte. Friedensgebet. Umweltarbeit. Mister X.
Ich ziehe die Schuhe aus, lege meine Füße auf die Sitzbank gegenüber und schaue aus dem Fenster ins Vorstadtgrau von Halle-Silberhöhe, auf die Bahnsteige, die verlassen sind, als wäre es mitten in der Nacht und den feinen Regen, der gegen die Scheiben spritzt.
Dass sie uns die Hälfte der Roten Woche erlassen haben und die Vorlesungszeit beschränken, kann nur bedeuten, dass es ernst ist. Tom konnte es auch nicht glauben. Er klang gestern am Telefon alles andere als glücklich, ich glaube, er war nicht ungestört, und das Rauschen in der Leitung war so stark, dass ich ihn kaum verstehen konnte. Aber das Wichtigste haben wir uns sagen können, und vielleicht spürt er, dass ich so fest wie nur möglich an ihn denke. Er braucht mich jetzt. So wie noch nie. Und wie niemand sonst.
Ich habe Miriam nicht wieder nach ihrem Mister X gefragt, denn ich weiß, sie wird mir von ihm erzählen, wenn es an der Zeit ist. Immerhin hat sie mir verraten, dass sie sich am Montagabend auf dem Bahnsteig zum ersten Mal geküsst haben. Sie rückte beim Abwasch damit heraus, ihr Gesicht glühte, und ich wollte am liebsten gleich alles wissen. Sie erzählte mir, dass er und seine Freunde die Umweltverschmutzung durch die Braunkohle-Tagebaue und die Kraftwerke im Umkreis der

Stadt fotografieren und dokumentieren würden, so weit das überhaupt möglich wäre, dass sie mit den Leuten sprechen würden, die in der Nähe leben müssten, oder dass sie autofreie Sonntage organisieren würden.

„Er ist so furchtlos, dass es schon unheimlich ist", erzählte Miriam weiter. „Er sagt, er hätte nichts zu verlieren. Er war Bausoldat. Er ist schon etliche Male verhaftet worden. Als angehender Theologe hat er's sowieso schwer. Er meint, er kann nicht mehr leben in diesem Land, aber er will auch nicht weg."

Ich saugte regelrecht auf, was sie sagte. Ich wusste plötzlich, dass ich am kommenden Montag mit nach Leipzig fahren würde.

Vielleicht kann man Mut lernen. So wie Biochemieformeln.

Und ich fragte mich, warum ich gestern in der M/L-Stunde nicht über das sprechen konnte, was mir auf der Seele liegt. Feige fühlte ich mich, so wie schon einmal im Juni, als Conny mit unserem Biochemie-Dozenten über die Ereignisse auf dem Platz des Himmlischen Friedens in Peking diskutierte. Ich schwieg, obwohl ich ihrer Meinung war und unterschrieb die Resolution der Schulleitung, die der chinesischen Regierung zur Niederschlagung des „konterrevolutionären Aufstandes" gratulierte, so wie alle außer Miriam und Conny, so, wie ich schon unzählige Resolutionen unterschrieben hatte. Was machte das schon, eine Unterschrift mehr oder weniger?

Gestern nun wurde mir meine Verlogenheit bewusst, so dass ich nichts mehr zu sagen wusste. Ich hätte von Suse erzählen können, von dem Schmerz, den ihr Weggehen in mir hinterlassen hat, aber ich mochte mich vor den anderen nicht so offen zeigen. Zum Glück war ich nicht allein mit meinem Schweigen, auch Irene sagte kaum etwas, und selbst Miriam hielt sich zurück. Birte dagegen hat offen erzählt, dass zwei ihrer Freundinnen auch über Ungarn geflüchtet sind. Ihre Stimme zitterte, sie räusperte sich und stockte beim Reden, sie, die normalerweise Referate aus dem Stegreif hält. Am Ende gab sie zu, dass sie längst weg wäre, wenn sie den Mut dazu hätte. Doreen hatte am Montag wieder Krach mit ihrem Freund, weil er gehen und sie bleiben will. Er hat seine Sachen gepackt und will in den nächsten Tagen nach Prag aufbrechen. Er meine es wirklich ernst, sagte sie, wischte sich mit den Händen die Tränen aus dem Gesicht und schüttelte den Kopf, als Irene ihr ein Taschentuch anbot.

Alles lief auf die Frage hinaus: Gehen oder Bleiben?

Als Lindner auf die Uhr sah und seine Unterrichtsvorbereitungen in die Aktentasche schob, lächelte er in seinen Bart hinein, und beim Hinausgehen hörte ich, wie Conny zu ihm sagte:„Unter diesen Bedingungen existiert die DDR doch höchstens noch ein paar Wochen." Lindner schaute gedankenverloren vor sich hin und nickte, und ich erschrak und sah wieder Renés Gesicht vor mir, als er sagte: „Das ist das Ende".

Der Schaffner kommt und locht meine Fahrkarte. Es regnet stärker, und es wird schon dunkel. Der Zug rüttelt in den Schienen.

Meine Kolleginnen im Labor des Kreiskrankenhauses in S. werden sich wundern, wenn ich morgen dort zur Arbeit erscheine. Ich glaube, sie werden betroffen darüber sein, dass jetzt schon die Fachschul-Studentinnen in die Krankenhäuser geschickt werden müssen um auszuhelfen. Vielleicht brauchen sie auch mich als Pflegekraft auf Station. Wie auch immer, ich werde nun wieder zu Hause wohnen und nur noch zur Vorlesungszeit im Internat in Halle übernachten. Der Gedanke macht mich trauriger, als ich erwartet habe. Nur gut, dass Miriams Eltern auch einen Telefonanschluss haben, so dass wir regelmäßig telefonieren können.

Freitag, 15. September 1989, G./Südharz

F./Emsland, 5. September 1989, 17.00 Uhr

Liebe, liebe Anni,
vielleicht bist Du so sauer, dass Du das hier gar nicht lesen willst. Dass Du den Brief wegschmeißt, verbrennst. Wahrscheinlich würdest Du mich am liebsten auf den Mond schießen. Aber bitte, gib mir noch diese eine Chance, ja?
Ich erkläre Dir auch alles. Wenn ich nur wüsste, wie. Der Papierkorb quillt schon über. Ja, die Suse mit der großen Klappe. Und wenn es ernst wird, feige wie eine Fliege!
Ich ertrage es nicht länger, dass unsere Freundschaft auf dem Spiel steht. Du fehlst mir so sehr! Und deshalb schreibe ich jetzt alles für Dich auf. Und hoffe, dass Du mich verstehst. Wenigstens ein bisschen.
Weißt Du noch, wie aufgeregt ich war? Ungarn. Und der erste Urlaub mit Rüdiger! Sein Kollege Dirk war noch mit. Mit Frau und Sohn. Zwei Tage waren wir unterwegs. Stundenlanges Warten an den Grenzen. Pennen im Auto. Und die rappelvollen Raststätten, die verdreckten Klos, der Gestank und erst die Waschräume ... ich erspare Dir die Einzelheiten.
Und dann noch der kleine Martin bei uns im Skoda. Mach mal einem Vierjährigen klar, warum es so lange dauern muss, bis man im Urlaub ist.

Und als wir endlich in Ungarn waren, da fingen Moni und Dirk mit Budapest an. Wie schön es da sein soll. Und wenn wir schon mal in der Nähe sind. Rüdiger war gleich Feuer und Flamme. Ich habe erstmal gestreikt, denn ich war hundemüde. Wollte endlich ankommen und nicht bei dieser Bullenhitze noch in der Großstadt rumlaufen. Aber als mir Moni von der Einkaufsstraße dort erzählt hat ... Du weißt ja, ich bin kein Spielverderber. Und neugierig war ich, das gebe ich zu. Jetzt frage ich mich, wie es gekommen wäre, wenn sie mich nicht weichgeklopft hätten. Oder wenn Rüdiger nicht dieses Flugblatt in die Finger gekriegt hätte. Eine Einladung zu einem europäischen Picknick in Sopron, an der Grenze zu Österreich. Komisch, wir waren uns gleich einig, dass wir hinfahren. Obwohl es noch mal 250 km waren. Und ein Umweg, wenn wir zum Balaton wollten. Aber Budapest ... Ich sag Dir, Anni, das Obst, das es da gab, kannte ich nur aus dem Fernsehen. Und Platten und Kassetten und Sticker. Madonna, Pet Shop Boys, Jimmy Somerville, wirklich alles. Wie ein Intershop am anderen. Ein einziger Rausch.

Ich weiß nicht, ob Du das verstehst, aber in der Nacht konnte ich machen, was ich wollte. Immer wieder habe ich in dieser Einkaufsstraße gestanden. Vor allem in dem Jeansladen. Den hätte ich leerkaufen können. Aber der Verkäufer wusste gleich, wo wir herkommen. Noch schlimmer war es abends vor der Zeltplatz-Disko. Wir hatten unsere fetzigsten Klamotten an. Aber wir hatten das falsche Geld. Und die Dogge von Türsteher hat uns behandelt, als wären wir Luft.

Im Zelt hat Rüdiger dann neben mir gelegen mit Augen zu und Kopfhörern auf. Seine Kassette war längst zu Ende. Aber ich habe gemerkt, dass er wach war. Und ich war mir sicher, dass er das gleiche dachte wie ich. Einer musste doch den Anfang machen. Also habe ich den Kopfhörer hochgeschoben und in sein Ohr gesagt: „Wenn die uns morgen in den Westen lassen, kommst du mit?"

Ich erschrak über mich selbst. Meine Stimme hat sich ganz normal angehört. Als hätte ich gefragt, ob wir zum Frühstück Pflaumenmus oder Marmelade essen wollen. Und Rüdiger? Macht die Augen auf und sagt: Ja.

Ich wollte, dass er mich kneift, weil ich es einfach nicht glauben konnte. Er sah so glücklich aus. Du weißt ja, wie bedrückt er in letzter Zeit oft war. Ich hatte gehofft, dass es besser wird im Urlaub oder dass er endlich den Mund aufmacht. Hatte schon sonst was vermutet, dass er eine andere hat, dass er krank ist. Alles falsch. Einen Antrag wollte er stellen. Weil er keine Zukunft mehr sieht in diesem düsteren Land. Richtig kapiert hat er das erst, als er mit Arbeiten angefangen hat. Als das richtige Leben angefangen hat. In dem sich nichts mehr ändert bis zur Rente.

Er hat mir von seinen Träumen erzählt. Eine eigene Werkstatt will er später mal. Urlaub in Kanada machen. Und durch Amerika mit dem Motorrad fahren. Später rückte er noch damit heraus, dass er nur wegen mir noch nichts unternommen hat.

Ich war so erleichtert, Anni. So lange treibt es mich schon um. Eigentlich immer schon. Angefangen hat es in der Schule, da habe ich lieber die Klappe gehalten, wenn es darauf ankam, weil ich mir nicht alles versauen wollte. Erstmal einen ordentlichen Beruf lernen und dann rüber. Das war mein Plan. Und mein Geheimnis. Als ich dann zur Lehre in Schwerin war, im Wohnheim, da gab es nur noch das eine Thema, vor allem wenn wir im Partykeller zugange waren. Die Annett aus meinem Zimmer, wenn die ein paar Bier zu viel hatte, ist die auf den Tisch gestiegen und hat mit Purple Schulz um die Wette geschrien: „Ich will raus!"

Und seit die Ungarn angefangen haben, den Grenzzaun zu Österreich abzubauen, lässt es mich gar nicht mehr los.

Ich wollte euch da nicht mit reinziehen. Euch nicht in Gefahr bringen. Ich war ganz allein damit. Das war das Schlimmste. Richtig sauer war ich auf mich. Man kann doch nicht einfach so abhauen. So viel aufgeben. Unsere Freundschaft und alles. Und doch habe ich mir immer wieder vorgestellt, wie es da drüben wäre. Mit Rüdiger. Mit Dir. Mit Euch allen. Nur dass ich es mit keinem teilen konnte, das war schwer, Anni, das musst Du mir glauben.

Der Rest der Nacht war die Hölle. Mich hat es überall gejuckt vor Aufregung. Ein neues Leben im Westen. Mit Rüdiger. Der Wahnsinn! Aber dann habe ich an Dich gedacht. An Mami und Omi. An unser Dorf. Das tat so weh. Und was ich für Angst hatte! Jetzt, wo das alles so nah war. Wo es vielleicht möglich war. Nur mal gucken, habe ich mir gesagt. Wir wollen doch nur mal gucken. Die lassen uns sowieso nicht rüber.

War ich froh, als es draußen hell wurde. Es hat geregnet. Die Luft war frisch. Die anderen haben schon auf uns gewartet. Moni mit verquollenen Augen. Was das wohl wird, hat sie leise vor sich hin gesagt. Dirk war auch ganz still. Hatte den Kleinen auf dem Schoß. Der kaute auf einem Keks und sah am fröhlichsten von uns allen aus.

Auf der Autobahn waren fast nur DDR-Autos. Wir haben laut AC/DC gehört. Ich habe an meine Zukunft gedacht. Als Arbeiterin in der Lederfabrik in S. Den ganzen Tag Taschen nähen. Alles für den Export. Das kann es doch nicht sein. Und dann habe ich im Westen einen Laden voller Tulpen vor mir gesehen. Und meine eigene Taschenkollektion.

In Sopron sind wir als erstes an einem Knast vorbeigefahren. Mit ganz viel Stacheldraht. Rüdiger hat mich angemault: Sitz doch mal still! Da hab ich zurückgeblafft: Haste schon mal dran gedacht, was ist, wenn die uns hier einbuchten? Das ist doch alles kein Spaß mehr!

Er hat dann nichts mehr gesagt. Nur meine Hand gestreichelt.

Auf einer Wiese parkten Unmengen von Trabis, Wartburgs, Skodas. Alle mit DDR-Kennzeichen. Dirk hat Martin auf seine Schultern gesetzt. Rüdiger und ich haben uns fest angefasst. Dann sind wir losgestapft, den Massen nach. Moni ist vorgeprescht. So entschlossen kannte ich sie noch gar nicht. Es goss wie aus Eimern. Die reinste Sintflut. Wir sind gelaufen und gelaufen, auf den Wachturm am Horizont zu. Zum Nur-mal-Gucken viel zu weit. Ich habe die Kapuze von meinem T-Shirt über den Kopf gezogen und nur noch auf Martins blauen Anorak geguckt.

An dem Wachturm haben sie uns vorbeigelassen. Da war niemand. Es gab auch schon lange keine Schilder mehr. Mein Kopf war leer. Ich habe nur noch Rüdigers Hand festgehalten, dann sind wir gerannt. Martin fing an zu weinen. Dirk hat ihn auf dem Arm geschleppt. Viele der Kinder haben geschrien. Und dann war da dieses Tor. Ein Zaun eigentlich nur. Vielleicht anderthalb Meter hoch. Die vor uns sind wie bekloppt da durchgerannt. An den Soldaten vorbei. Und die taten so, als würden sie uns nicht sehen. Kannst Du Dir das vorstellen? Die haben weggeguckt!

Ich habe geschwitzt wie ein Tier. Der Regen klatschte mir ins Gesicht. Ich habe alles nur noch verschwommen gesehen. Auch den Grenzer mit seinem drolligen Dialekt. Der hat mich angegrinst und gesagt, dass wir nicht mehr rennen müssen, weil wir doch schon längst in Österreich sind.

In dem Moment habe ich Rüdiger zum ersten Mal hemmungslos heulen sehen. Aber bei mir ist nichts angekommen. Hast Du so was schon mal erlebt, Anni? Dass alles ganz weit weg ist? Wie wenn du von oben zugucken würdest?

Die Österreicher haben Herzlich Willkommen gesagt. Uns gedrückt. Wildfremde Menschen. Ein Haufen Journalisten war plötzlich da. Ein paar von denen, die mit uns gerannt sind, haben in die Mikrofone gekreischt. Die kriegten sich gar nicht wieder ein. Ich war wie erschlagen. Mir ist eingefallen, dass ich nur meine Umhänge-Tasche dabei hatte. Das wichtigste war drin. Papiere. Geld. Der Walkman. Die Pille. Ein T-Shirt und eine Unterhose zum Wechseln. Aber sonst ...

In einem Bus von der Botschaft haben sie uns dann nach St. Margareten gebracht. Die anderen haben geschlafen. Ich konnte kein Auge zumachen. Weißt Du, woran ich die ganze Zeit denken musste? Dass wir uns von niemandem richtig verabschiedet haben. Und dass wir jetzt erstmal nicht mehr rüber dürfen. Und dass drüben auf einmal die andere Seite ist. Dann habe ich meine Hausschlüssel in der Tasche gefunden. Was sollte ich damit jetzt noch?

Ich konnte nicht mal heulen.

Suse, Du bist im Westen, habe ich mir gesagt. Im Westen. Es hat nichts genützt. Als hätte ich ein Brett vorm Kopf. Es hat ewig gedauert, bis ich das alles so richtig kapiert habe. Bis ich kapiert habe, was wir für ein Mordsglück hatten.

Erst haben sie uns nach Wien in die Botschaft gebracht. Und dann nach Gießen ins Auffanglager. Da waren wir zu fünft in einem Raum. Doppelstockbetten. Nur ein Tisch. Eine winzige Küche. Gemeinschaftsklo. Klamotten aus der Kleiderkammer. Das wäre ja alles gegangen, wenn wir nicht krank gewesen wären. Bis auf Rüdiger hat es uns alle erwischt. Martin, den armen kleinen Kerl, mit Durchfall. Moni und Dirk auch. Ich hatte Fieber. Wie immer, wenn ich stark erkältet bin. Habe auf der Pritsche gelegen und gefroren. Rüdiger hat mir Tee und Tabletten gebracht und meine Hand gehalten. Um alles hat er sich gekümmert. Es war so rührend.

Dann hat er seine Tante in Niedersachsen angerufen. Die hat sich riesig gefreut. Sie hat uns gleich eingeladen. Wir mussten also nur so lange im Lager bleiben, wie der Aufnahmekram dauerte. Die drei anderen sind übrigens in München. Bei Dirks Großvater.

Jetzt haben wir neue Pässe. Wohnen in einem Dorf im Emsland. Die nächste größere Stadt ist Osnabrück. Bis an die Nordsee sind es nur noch hundert Kilometer. Plattes Land, Wiesen, Wasser. Ein bisschen wie in Mecklenburg. Und wir wohnen auf einem Bauernhof. Ich könnte endlich reiten lernen. In dem großen Backsteinhaus haben wir eine ganze Etage für uns. Rüdigers Cousin ist nämlich vor ein paar Wochen ausgezogen.

So langsam wird es in meinem Kopf wieder klarer. Hier ist alles so anders, Anni. Ich kann es nicht beschreiben. Vielleicht, wenn ich mich ein bisschen daran gewöhnt habe. Aber Dir würde es gefallen. Ganz bestimmt!

Und weißt Du, was das Allergrößte ist? Ich kann wahrscheinlich als Aushilfe in einem Blumenladen anfangen. Wenn alles gut geht, mache ich dort eine Ausbildung zur Floristin. Rüdiger hat Arbeit in der Landmaschinen-Werkstatt. Ist zwar nicht sein Fachgebiet. Aber sein Onkel sagt, es hat Zukunft. Um hier Waschmaschinen reparieren zu können, muss er sowieso neu anfangen. Und das mit der eigenen Werkstatt läuft ja nicht weg.

Wenn wir dann beide arbeiten und Geld verdienen, suchen wir uns eine Wohnung.

Tagsüber ist viel zu tun. Da ist alles schön und gut. Da denke ich nicht nach. Aber nachts, da muss ich oft heulen. Weil ich Euch so vermisse. Und weil ich mir Sorgen mache um Mami und Omi. Mami war so verzweifelt am Telefon. Es hat mir fast das Herz gebrochen. Das kannst Du doch nicht machen, Kind, hat sie gesagt. Und so geschluchzt, dass ich es durch das Knattern in der Leitung gehört habe. Ich habe alles erklärt. Aber meine Stimme hat so gezittert, wahrscheinlich hat sie mich gar nicht verstanden. Jetzt hat sie nur noch meinen Bruder. Und der ist kaum zu Hause. Mit Omi ist es ja auch nicht so einfach. Aber was hätte ich machen sollen? Es ist doch mein Leben.

Ach Anni, selbst wenn Du sauer bist, ich glaube, Du kannst mich am besten verstehen. Und Dir kann ich es ja sagen. Ich weiß, dass es richtig war. Ich weiß es ganz sicher.

Soll ich Dir ein paar Fotos schicken? Damit Du es Dir wenigstens ein bisschen vorstellen kannst?

Hoffentlich kommt der Brief überhaupt bei Dir an, und Ihr kriegt keinen Stress wegen mir. Sonst antworte mir lieber nicht. Ich schreibe Dir bestimmt wieder. Du bist doch die Einzige, der ich alles erzählen kann. Und es gibt noch so viel zu erzählen. Wenn Du doch nur nachkommen könntest. Schreib mir wenigstens, wie es Dir geht. Und was Tom und Brit so machen.

Weißt Du, was ich hier rauf und runter höre? Die Filmmusik von Dirty Dancing! Und ich brauchte sie mir nicht mal kaufen. Rüdigers Cousin hat mir die Kassette geschenkt. Einfach so.

Ich denke an Dich und drücke Dich.
Deine Suse

Ich putze mir die Nase und falte den orangefarbenen Briefbogen zusammen. Dreimal habe ich Suses Zeilen jetzt gelesen, und nun sitze ich vor dem leeren Blatt Papier, und mir fällt nichts ein, was ich ihr schreiben könnte. Suses Geheimnis ist ihr Geheimnis geblieben, weil sie mich schützen wollte, und mir wird jetzt einiges klar. In den letzten Monaten hatte ich oft das Gefühl, nicht mehr an sie heranzukommen. Ich vermutete, dass sie etwas vor mir verbirgt, etwas, das sie sehr belastet. Doch es waren ohnehin schwere Zeiten für sie, denn im Juni war ihr Vater bei einem Autounfall ums Leben gekommen, und sie zog sich in sich selbst zurück. Dass sie mich nicht hinter sich gelassen hat wie alles andere, tut mir gut. Und sie war schon immer abenteuerlustiger als ich. Aber sie wird nicht wiederkommen. Nicht so bald. Vielleicht nie mehr.

Ich suche in dem Papierstapel auf meinem Schreibtisch nach dem angefangenen Brief an Tom. Gestern Abend sind mir die Augen zugefallen, obwohl ich eigentlich noch über meine Worte an ihn nachdenken wollte. Er wird traurig sein, wenn er erfährt, dass ich nicht zu seiner Vereidigung kommen kann. Die Zugverbindungen nach Rügen sind umständlich, ich wäre für eine Strecke zwölf Stunden unterwegs, müsste drei Mal umsteigen, und wir würden in diesen paar Stunden nicht eine Minute allein sein. Tom wird es verstehen, er hat es schon gesagt, aber ich hätte ihn gern überrascht.

Ich gehe nach unten in Omas Küche. Sie schläft noch, denn seit sie Mama häufiger im Haushalt unterstützen muss und das Haus unserer Nachbarin hütet, ist sie oft so erschöpft, dass sie ihren Mittagsschlaf ausdehnt, bis Mama von der Frühschicht kommt. Ich nehme die leere Kaffeedose aus dem Küchenschrank und öffne eine Packung, die noch vom letzten Besuch der Berliner stammt. Der Geruch des frischen Kaffeepulvers belebt mich, und ich frage mich, ob mir Suse jetzt auch Päckchen schicken wird, vielleicht mit CDs oder Klamotten. Ich beneide sie um ihr neues Leben, und ich bekomme Angst, dass sie mich doch vergessen könnte in dieser schillernden Welt. Wieder frage ich mich, ob ich es nicht auch riskieren sollte, ob ich nicht einen Neuanfang wagen und weglaufen sollte.

Ich öffne das Küchenfenster und höre Paule, den Dackel unserer Nachbarin bellen und winseln. Vielleicht hat Oma heute Morgen vergessen, ihn zu füttern. Ich löffele Kaffee in den Filter und lasse Wasser in die Glaskanne laufen, schalte die Maschine an und greife nach dem Hausschlüssel von Frau Mannher.

Paule springt an mir hoch, als ich die Hoftür öffne, dann legt er sich auf den Rücken, und ich kraule ihn am Bauch. Sein Fressnapf und die Wasserschale sind gefüllt, vielleicht fühlt er sich nur allein. Keiner von uns weiß, wann Frau Mannher zurückkommt, sie ist zu ihrer Schwester nach Schweinfurt gefahren, eine dringende Familienangelegenheit. Vielleicht kommt auch sie nicht zurück, obwohl sie mit ihren Fünfundsechzig jederzeit überallhin verreisen darf. Außerdem würde sie Paule viel zu sehr vermissen. Er schaut mich mit großen Augen an. Am liebsten würde ich ihn mit zu uns nehmen, aber Mama mag keine Hunde, und ich möchte sie jetzt nicht noch damit belasten.

Sie wird mit dem Halbvierbus nach Hause kommen, hat nach ihrem Nachtdienst noch eine Frühschicht übernehmen müssen. Doppelschichten sind bei ihr inzwischen die Regel. Sie wird immer dünner und nervöser, ich mache mir Sorgen um sie. Ich streichele Paule ein letztes Mal, verschließe die Hoftür wieder, versuche, nicht auf sein Winseln zu hören und denke daran, dass ich sicherlich bald auf eine der Stationen abberufen werde, vielleicht sogar auf die Innere I, wo Mama arbeitet. Im Labor des Krankenhauses von S. fehlt bisher niemand, und ich kann in Ruhe meinen Praktikums-Plan abarbeiten, Blutbilder analysieren und hämatologische Krankheitsbilder studieren. Außerdem habe ich schon um vierzehn Uhr Arbeitsschluss, während Miriam in einem Altersheim in Wittenberg aushilft und Vollzeit und in Schichten arbeiten muss. Sie ist nicht unglücklich damit, aber die Zeit wird ihr später fehlen. Gestern haben wir telefoniert, und sie hat mich wieder gefragt, ob ich nächsten Montag mit nach Leipzig kommen möchte. Ich konnte ihr keine Antwort geben. Am Sonntagabend treffen wir uns wieder im Internat. Bis dahin muss ich mich entscheiden. Ich kämpfe mit mir, leide unter der Spannung, die in der Luft liegt, fühle mich wie unter einer Käseglocke. Kein Wort wird hier über das verloren, was geschieht, weder im Krankenhaus, noch bei Brit in der Schule und schon gar nicht von offizieller Seite. Die Offenheit unseres M/L-Dozenten war die Ausnahme, allein dadurch wird sich nichts ändern. Aber ich weiß inzwischen, dass sich etwas ändern muss, damit das Leben für uns wieder erträglicher wird.

Gestern Abend habe ich Papa geholfen, Lohnabrechnungen zu ordnen und zu verpacken, denn seine Buchhalterin hat auch das Weite gesucht. Er spricht kaum noch mit uns, vergräbt sich in seine Arbeit, er wird diesen Stress nicht mehr lange durchhalten. Brit, Oma und ich versuchen zu helfen, so gut es geht, aber niemand weiß, wie lange es noch so weitergehen kann. Wäre es dann nicht besser, etwas zu riskieren? Wahrscheinlich kann ich, wenn ich erwischt werde, meine Hoffnung auf einen Medizinstudienplatz begraben, vielleicht bekommt Papa Schwierigkeiten, vielleicht auch Tom oder Brit. Aber wie werde ich mich fühlen, wenn ich weiterhin nichts tue?

Sonntag, 24. September 1989, Halle/Saale

Es ist kurz nach halb elf. Im Zimmer 34 brennt Licht, ich kann es von der Straße aus sehen, Miriam müsste vor einer halben Stunde angekommen sein, und als ich die Tür öffne, sitzt sie auf ihrem Bett und liest. Wir umarmen uns. Wir sind ungestört, denn die anderen kommen erst am nächsten Tag, pünktlich zur ersten Vorlesung, und so erzähle ich ihr von meiner Entscheidung, sie morgen nach Leipzig zu begleiten. Sie fällt mir wieder um den Hals, sie freut sich sehr, und ich sage ihr nicht, dass mich immer noch Zweifel quälen und die Angst vor meinem eigenen Mut.

Miriam hat eine Flasche Rotwein mitgebracht, wir trinken aus Wassergläsern, sie ist fröhlich und plaudert vom Wochenende, das sie mit ihrem Freund zusammen verbracht hat.

„Morgen wirst du ihn kennen lernen", sagt sie und erzählt, dass er und seine Freunde Unterschriften sammeln würden für „Aufbruch 89", den Gründungsaufruf des Neuen Forums, und dass es mühsam wäre, weil die Menschen sich zwar wünschen, dass sich etwas ändert, trotzdem aber zögerlich und voller Angst seien und nur selten den Schritt aus der Anonymität heraus wagen würden. Seit einigen Tagen gelte das Neue Forum von offizieller Seite als verfassungsfeindlich, so dass ein Bekenntnis dazu noch mehr Mut erfordere.

„Keine Angst", sagt Miriam. „Du musst nicht unterschreiben." Sie legt die vervielfältigte Liste neben mich auf den Tisch. „Morgen hänge ich sie in der Schule ans schwarze Brett."

Ich trinke meinen Wein aus und streiche mit dem Zeigefinger über das gelbliche, raue Papier. Die getippten Buchstaben sind verblasst, so dass einige Worte nur noch schwer lesbar sind. „Die Zeit ist reif", lautet der letzte Satz des Aufrufs, dessen Inhalt ich aus der Tagesschau kenne. Miriams Unterschrift ist die erste und bisher einzige:

„Miriam Laschgow, Studentin, Wittenberg", und ich nehme den Stift, zögere und lege ihn wieder hin.

„Lass dir Zeit", sagt Miriam und lächelt.

Montag, 25. September 1989,
Leipzig

Von außen ist sie grau wie alles in dieser Stadt. Aber hier, im Kirchenschiff, fällt Tageslicht auf den schwarz-weiß-gemusterten Steinfußboden, die hellen Holzbänke und in die Gesichter der Menschen, die sich auf den Sitzen, in den Gängen und Nischen drängen.

Seit die Glocken nicht mehr läuten, ist es still. Ich spüre meinen Magen, und mir fällt ein, dass ich schon seit Stunden nichts mehr gegessen habe. Wir mussten zum Zug rennen und standen eine halbe Ewigkeit in einem überfüllten Waggon, die Luft war zum Schneiden dick, und ich glaube, erst da wurde mir klar, dass ich nicht mehr zurück konnte. Am liebsten hätte ich die Notbremse gezogen, sie hing neben mir, aber dann sah ich Miriam an, sie lächelte und strahlte Zuversicht für uns beide aus. Trotzdem hoffte ich, dass wir zu spät wären, ich hoffte auf eine Woche Aufschub.

Wenigstens fühle ich mich hier in der Nikolaikirche sicherer als auf dem Platz draußen, wo sich vorhin immer mehr Menschen versammelten und neben mir einer dieser glatt gebügelten Stasi-Typen wartete. Er trug einen sandfarbenen Blouson und starrte mich dreist an. Ich tat so, als wäre er nicht da, aber mein Herz klopfte bis zum Hals.

Glücklicherweise war Magnus plötzlich da, Miriam umarmte ihn, sie unterhielten sich leise und mit ernsten Gesichtern. Er streckte mir seine schmale Hand entgegen, und als er mich anlachte, schimmerten seine Zähne wie Perlen im grauen Gestrüpp des Karl-Marx-Bartes. Vor ihm öffnete sich die Menge wie ein Reißverschluss, dann wurde die Kirchentür verschlossen.

Magnus' behäbige Ruhe tut mir gut. Überhaupt scheint die Besonnenheit der Menschen hier ansteckend zu sein. Neben mir steht eine Frau mit einem Kind auf dem Arm. Die Kleine grinst mich an und verbirgt dann das Gesicht an der Schulter der Mutter. Am Kragen ihrer Jeans-Jacke steckt ein winziges Gorbatschow-Abzeichen. Ich beobachte, wie zwei Jungen mit grellrot gefärbten Haaren und Nietenjacken einer älteren Frau auf einen frei gewordenen Platz helfen.

Ein hagerer Mann mit schmalen Augen und streichholzkurzen Haaren klopft Magnus auf die Schulter und küsst Miriam auf die Wange. Er ist mindestens so groß wie Tom.

„Weißt du, wo Bernd ist?", fragt Miriam.

„Keine Ahnung. Wir haben ausgemacht, dass wir uns nach dem Gebet im Gemeinderaum treffen."

„Das ist übrigens Ania, meine Freundin. Maik, Bernds Mitbewohner."

„Hi", sagt Maik. Seine Hand ist angenehm kühl. „Ich würde euch gern bequemere Plätze besorgen, aber ihr seht ja ... der helle Wahnsinn. Bis später." Er zwinkert Miriam zu, bevor er wieder in die Menge taucht, und ich denke an den Bernd, den ich kannte, den einzigen mit diesem Namen, den ich näher kannte, und in mir zieht sich alles zusammen.

„Es geht los", sagt Magnus.

Der Mann vor dem Altar trägt einen schwarzen Anzug und sieht aus, als wolle er eine Trauerrede halten.

„Das ist Christian Führer, der Pfarrer von St. Nikolai", erklärt Miriam mit gedämpfter Stimme.

„Warum steht er nicht auf der Kanzel?", frage ich.
„Er will auf einer Höhe mit seiner Gemeinde sein."
„Die heutige Andacht wird veranstaltet von der Gruppe ‚Menschenrechte' mit Pfarrer Wonneberger", beginnt der Redner. „Der Wochenspruch dieser Woche: 1. Johannes 4, Vers 21: Dieses Gebot haben wir von ihm, dass, wer Gott liebt, dass der auch seinen Bruder und seine Schwester liebe. Amen."

Wir klatschen, eine klare Frauenstimme erhebt sich, und die Kirche füllt sich mit Orgelklang und Stimmen. Miriam kennt den Text auswendig, Magnus' tiefe Stimme trägt den Chor. Er hält mir einen Textzettel hin, aber die Worte kommen nicht bei mir an. „Einsam bist du klein, aber gemeinsam werden wir Anwalt des Lebendigen sein."

Sieht so aus, als wäre ich die einzige, die den Kanon nicht kennt, außerdem fühle ich mich schon wieder beobachtet. Mein Blick bleibt an der rechten Empore hängen. Von der sandfarbenen Jacke ist nur der Kragen zu sehen. Der Mann scheint auch nicht mitzusingen und schaut tatsächlich in meine Richtung. Meine Hände werden feucht, ich wische sie an der Jeansjacke ab und versuche an etwas anderes zu denken. Die Christmette in unserer Dorfkirche. Es ist lange her, dass ich mit Mama dort war, und ich weiß nur noch, dass ich entsetzlich fror trotz Sitzkissen und Wolldecke, dass von den Kerzen heller Wachs tropfte und der Pfarrer von der Kanzel herab in einer Sprache aus längst vergangener Zeit predigte. Ich hörte kaum zu, dachte an die Geschenke, die zu Hause auf mich warteten, an den geschmückten Weihnachtsbaum, die wohlige Wärme.

Vorn am Pult steht jetzt ein schlanker Mann mit Brille. „Das ist Christoph Wonneberger, der Pfarrer der Lukaskirche", flüstert mir Miriam zu. „Ist alles okay mit dir? Du bist so blass."

„Alles bestens." Ich halte mich an ihrer Hand fest und hole tief Luft.

„Liebe Gemeinde! Mit Gewalt, sagte der Friseurgehilfe, das Rasiermesser an meiner Kehle, ist der Mensch nicht zu ändern. Mein Kopfnicken beweist ihm das Gegenteil."

Die Leute klatschen und lachen so laut, dass das Netz aus Stille endgültig in sich zusammenfällt.

„Mit Gewalt ist der Mensch durchaus zu ändern", fährt der Pfarrer fort. „Mit Gewalt lässt sich aus einem ganzen Menschen ein kaputter machen, aus einem freien ein gefangener, aus einem lebendigen ein toter …"

Ich schiele zur Empore. Der Mann im Blouson schaut an mir vorbei, und ich atme auf. Was kann er mir schon tun? Müsste er nicht eigentlich Angst vor mir, nein, vor uns haben? Ich werde ihm nicht mehr ausweichen und auch nicht der Kamera, die jemand von da oben auf mich gerichtet hat, ein schwarzes Objektiv, ein lebloses Auge. Ich will gar nicht wissen, wer es ist, der den Apparat hält. Ich lasse mich von denen nicht verrückt machen, was auch immer mit den Bildern passieren wird, wer auch immer sie sehen wird.

„Staatliche Gewalt muss sinnvoll begrenzt sein. Unser Land zum Beispiel ist nicht so reich, dass es sich einen so gigantischen Sicherheitsapparat leisten kann …"

Eine Welle der Begeisterung rollt durch die Kirche, die Leute hält es nicht mehr auf ihren Sitzen. Ich schaue zur Empore, kann den Mann im Blouson nicht mehr sehen, doch die Kamera ist noch immer auf mich gerichtet. Ich spüre wieder schmerzhaft meinen Magen und drücke Miriams Hand, sie scheint es nicht zu bemerken, so versunken ist sie in die Worte des Pfarrers.

„... die Verfassung eines Landes sollte so sein, dass sie die Verfassung des Bürgers nicht ruiniert ..."

Magnus lacht auf, und Miriam schüttelt den Kopf, ihr Mund ist leicht geöffnet, und mir wird bewusst, dass ich die Wahrheit höre, dass hier jemand die passenden Worte findet und den Mut, sie auszusprechen. In diesem Moment weiß ich, dass ich hier richtig bin, was auch passieren mag. Ich schaue hinauf zur Empore, der Fotograf steht jetzt vorn an der Balustrade, noch immer die Kamera vorm Gesicht, er beugt den Kopf leicht zur Seite, der blonde Pferdeschwanz rutscht von seiner Schulter, er lässt den Fotoapparat sinken, es gibt keinen Zweifel mehr, und plötzlich überkommt mich ein Zittern, das in meinen Beinen anfängt und durch meinen Körper wandert.

„... da muss die Verfassung eben geändert werden."

„Wahnsinn", kommt Magnus' Stimme wie aus weiter Ferne.

„Bernd!", Miriam fasst meinen Arm. „Da oben!"

Alles verliert Farbe und zerfließt, ich muss hier raus, aber es ist zu spät. Meine Beine geben nach, ich schüttele Miriams Hand ab, und schon treffen meine Hände auf den Boden, alles ist grau und wie gerastert, ich atme laut, in meinen Ohren rauscht es. Jemand greift meine Schultern, „Geht schon", sage ich und weiß nicht, ob ich geflüstert oder geschrien habe, jemand umfasst mich und zieht mich hoch, meine Beine wollen nicht, da trägt er mich, es ist Magnus. Seine Jacke riecht nach kaltem Rauch. Er setzt mich auf eine Bank und legt meine Beine hoch. Miriam hockt neben mir, ich lehne mich an ihre Schulter. Jemand hält mir einen Becher hin. Ich muss ihn mit beiden Händen festhalten, es ist warmer Früchtetee, ich trinke in kleinen Schlucken. Meine Stirn ist feucht, und mir ist so kalt, ich schließe die Augen.

„Geht's, Ania?"

Ich kenne die Stimme, auch wenn ich sie lange nicht gehört habe, und ich nicke und öffne die Augen und kneife sie wieder zusammen und öffne sie und schaue noch immer in das gleiche Gesicht.

„Darf ich vorstellen? Bernd", sagt Miriam und legt die Hand in seinen Nacken, doch er schaut mich an, nur mich. Aus dem Pferdeschwanz haben sich einzelne Strähnen gelöst, er hat die Ärmel des Fleischerhemdes aufgekrempelt, die Kamera hängt um seinen Hals. Miriam streichelt seinen Nacken.

„Ich weiß", sage ich.

„Ihr kennt euch ... das ist ja ..." Sie schüttelt ungläubig den Kopf.

„Allerdings", sagt er und lächelt.

Ich kriege kein Wort mehr heraus.

„Ich kann dich zum Seitenausgang bringen, wenn du frische Luft brauchst", schlägt er vor. „Oder ..." Er greift in die hintere Tasche seiner Jeans und hält mir einen zerdrückten Schoko-Riegel hin. „Vielleicht hilft das."

„Danke", murmele ich. Zu viel Blut steigt in meine Wangen, aber weggucken kann ich nicht. Ich sauge seinen Anblick in mich auf, sein schmales Gesicht und das Blau seiner Augen, die Fältchen in den Mundwinkeln, eine Narbe an seinem Kinn, die ich noch nicht kenne. Als wir uns das letzte Mal getroffen haben, es ist noch nicht mal ein Jahr her, redeten wir kein Wort, und er schaute mir nur einmal in die Augen, es traf mich tief, ich ließ mich an diesem Abend zum ersten Mal mit Tom ein und konnte diesen Blick doch nicht vergessen, bis jetzt nicht. Die Schokolade ist warm von seinem Körper. Ich kaue langsam, während er Miriam etwas ins Ohr flüstert, ich kaue und kaue, und Schokolade und Nüsse ballen sich in meinem Mund zu einer zähen Masse.

Ein „Kyrie Eleison" schallt durch die Kirche, begleitet von der Orgel. Eine Säule versperrt mir die Sicht.

„Herr, wir bitten für ...", sagt jemand und zählt Namen auf.

Bernd und Miriam stehen jetzt schräg vor mir, Schulter an Schulter. Ich knülle die Schokoladenverpackung in meiner Hand zusammen. Er legt den Arm um sie. Er küsst sie. Ich sehe ihn zum ersten Mal eine andere küssen. Ich sehe ihn zum ersten Mal meine Freundin küssen.

Der nächste Redner spricht davon, wie man sich verhalten sollte, wenn man festgenommen wird. Und wenn schon, denke ich, ist doch alles egal.

Egal. Egal. Egal.

Und wieder singen sie. Die Frau neben mir nimmt meine Hand und sieht mich auffordernd an. Ich schüttele den Kopf, obwohl ich das Lied kenne.

„Ania, du bist ja wieder so blass. Komm, wir gehen raus." Miriam legt ihre Hände auf meine Schultern. Hinter ihr steht Bernd. Ich weiß nicht, wie viel Zeit inzwischen vergangen ist und beiße mir auf die Lippen. Mir steckt das Weinen im Hals, doch meine Beine tragen mich hinaus auf den Kirchplatz, der dunkel ist von Menschen. Wir laufen in die Menge hinein, sie singen die „Internationale", ich singe mit, meine Stimme kippt, dann löst sich der Knoten im Hals, und ich kann tief die frische Luft einatmen. Ich sehe keine Polizisten. Die Leute scheinen zu warten. Einige zünden Kerzen an.

„Vielleicht laufen sie heute wirklich los", sagt Miriam. „Willst du mitgehen?"

„Nein, ich fahre mit dir zurück."

Als sie Bernd umarmt, muss ich wegsehen. Ich betrachte die vergitterten Kirchenfenster, die mit Astern geschmückt sind, und die flackernden Kerzen darunter. Was würde ich dafür geben, jetzt allein sein zu können.

„Kommst du nächste Woche wieder, Ania?"

Meine Stimme klingt fremd, als ich „Ja" sage, und ich nehme sein Lächeln mit durch die dunkle Stadt.

Dienstag, 26. September 1989,
Halle/Saale

„Fräulein Hochlinger, Telefon!" Frau Meyer klopft an die Tür unseres Zimmers, und ihre klackernden Schritte entfernen sich wieder. Im Erzieherzimmer ist niemand. Ich nehme den Hörer auf.

„Hallo, Schatz", sagt Tom, und ich fange an zu erzählen, mit klopfendem Herzen, lasse ihn nicht zu Wort kommen, es sprudelt aus mir heraus, die Kirche, die Predigt, die Menschen, ich will ihm alles beschreiben, alles außer der Begegnung mit Bernd. In der Erinnerung spüre ich die Angst und die Euphorie noch stärker, und er soll mit mir fühlen, soll es spüren, als wäre er dabei gewesen.

„Sag mal, Ania ..."

Die Schärfe in seiner Stimme macht mich stumm.

„Weißt du eigentlich, was du da tust?"

Ich bringe kein Wort heraus.

„Bist du wenigstens allein?"

„Was?"

„Ob du allein im Zimmer bist?!"

„Für wie blöd hältst du mich eigentlich? Und schrei mich nicht so an!"

„Mensch Anni, das ist gefährlich!"

„Du musst es ja wissen."

„Ich sag's dir nur."

„Klar, wie immer."

„Jetzt bleib mal ganz cool, ja."

Er versteht mich nicht. Er versteht nichts. „Vergiss es!" Ich werfe den Hörer auf die Gabel.

Mittwoch, 27. September 1989,
im Zug von Halle/Saale nach S.

Endlich allein. Seit zwei Tagen wünsche ich mir nichts so sehr. Der Zug rattert Richtung Heimat, ich habe ein ganzes Abteil für mich und kann versuchen, das Chaos in meinem Kopf zu ordnen.

Miriam hat am Montagabend nach Bernds Vater gefragt, über den er wohl nie spricht. Überhaupt scheint er ihr wenig aus seiner Vergangenheit erzählt zu haben, denn sie wollte wissen, wie er in der Schule war und ob wir als Nachbarskinder im Sandkasten Burgen gebaut haben und ob er mir das Fahrradfahren beigebracht hat. Ich sagte ihr, dass ich ihn nur flüchtig kennen würde, aber in der Nacht habe ich die Tränen dann doch noch heraus gelassen, unter der Bettdecke, während Miriam längst schlief.

Warum in aller Welt sucht sie sich gerade ihn aus? Gibt es so viel Zufall überhaupt? Und warum muss er wieder in meinem Leben auftauchen?

Gestern in der Mittagspause, als sie mir zum hundertsten Mal von ihm vorgeschwärmt hat, hätte ich ihr am liebsten ins Gesicht geschrien, dass ich weiß, wie weich seine Haare sind und dass er nach einer verrückten Mischung aus Rauch und Leder und Pfefferminz riecht. Und dass ich es weiß, weil ich immer noch davon träume. Ich fürchte mich vor der Wärme in ihrer Stimme, wenn sie von ihm spricht und vor dieser freudigen Flatterigkeit, die nicht zu ihr passt. Sie scheint schon jetzt

Dinge von ihm zu wissen, die für mich ein Geheimnis geblieben sind. Gestern nach der Schule fuhr sie nach Leipzig und kam erst mitten in der Nacht zurück. Beim Frühstück heute sprang sie auf und setzte sich wieder, sie fand keine Ruhe, und ich hatte das Gefühl, sie wollte mir dringend etwas erzählen, aber ich tat so, als könnte ich meine Augen kaum offen halten, trank meinen Kaffee und war froh, wütend auf Tom sein zu können.

Was denkt der sich eigentlich? Ich bin doch kein Kleinkind mehr! Spielt sich auf, obwohl er keine Ahnung hat, kriegt doch nichts mit in seiner gottverlassenen Kaserne! Er müsste am nächsten Montag mit nach Leipzig kommen, dann würde er mich verstehen. Aber vielleicht würde selbst das nichts ändern. Vielleicht erwarte ich zu viel von ihm. Vielleicht ist es besser, dass ich ihm nicht mehr erzählen konnte, dass ich gestern unterschrieben habe, als der Aufruf des Neuen Forums schon einen Tag am schwarzen Brett im Foyer der Schule hing. Niemand schien davon Notiz zu nehmen, und am Ende der Frühstückspause, als sich das Foyer schon geleert hatte, schrieb ich unter Miriams Namen:

„Ania Hochlinger, Studentin, G./Südharz".

Ich dachte an den Abend zuvor, an die Predigt und die Gesichter der Menschen um mich herum und schrieb mit ruhiger Hand. Ich zögerte nicht, ich wusste, dies war die erste Unterschrift, die ich aus Überzeugung leistete, und ich war stolz auf mich. Erst abends im Bett fragte ich mich, ob es richtig war, ob ich nicht doch noch hätte warten sollen. Ich fragte mich, ob der Aufruf morgen noch hängen würde, ob ihn nicht jemand abreißen und an die entsprechenden Stellen weiterleiten würde, so dass ich mit einem Besuch der Lada-Typen rechnen musste.

Als wir heute Morgen in das Schulgebäude kamen, war die Unterschrift einer Studentin aus der Physiotherapie-Seminargruppe dazu gekommen. Den Dozenten merkten wir nichts an, und als wir die Schule verließen, hing der Aufruf noch immer dort und Miriam zwinkerte mir zu und sagte: „Die Zeit arbeitet für uns."

Ich habe mir vorgenommen, mit Bernd zu reden, wenn sich die Gelegenheit ergibt. Ich glaube nicht, dass er Miriam etwas von uns erzählt hat, aber ich möchte sicher sein. Seit Tagen denke ich immer wieder an dieses Gespräch, ich male mir das Alleinsein mit ihm aus, das Reden über unsere gemeinsame Zeit.

Knapp ein Jahr ist es her, dass ich seinen Brief zum letzten Mal in der Hand hatte. Seitdem war es ruhiger in mir, als hätte ich mit seinen Zeilen auch die Träume versteckt und das Sehnen, das mich quälte, obwohl ich mich kaum noch an sein Gesicht erinnern konnte, dafür um so mehr an seine Hände auf meiner Haut und seine Küsse.

Miriam und ich sind wieder zum Friedensgebet verabredet. In der nächsten Woche haben wir keine Vorlesungen, ich werde also am Montag im Krankenhaus von S. arbeiten, nach Arbeitsschluss zum Bahnhof gehen und nach Leipzig fahren. Und ich werde niemandem davon erzählen.

Montag, 2. Oktober 1989,
Leipzig

Das Uni-Hochhaus ragt wie ein erhobener Zeigefinger in den dämmerigen Himmel.

„Wenn man's nicht besser wüsste, könnte es auch eine Mai-Demo sein", sagt Miriam.

Wir grinsen uns an. Als Kind fand ich nichts dabei. Am Abend vor dem 1. Mai hängte Papa die Fahne raus. Und am nächsten Morgen liefen wir gemeinsam durchs Dorf. Meist war es ein sonniger und warmer Tag, wir hatten schulfrei, und ich war jedes Jahr wieder stolz, wenn Papa auf dem Dorfplatz ans Rednerpult trat und den Zettel mit seiner Rede aus der Innentasche des Jacketts zog. Als das Studium anfing und wir in Halle demonstrieren mussten, warteten wir stundenlang am Aufmarschplatz, die Fahnen und Transparente wurden schwer in unseren Händen, die FDJ-Blusen klebten am Rücken. Bis wir an der Tribüne vorbeimarschieren durften, wo die Parteioberen des Bezirkes standen und uns zuwinkten, konnten wir uns kaum noch auf den Beinen halten.

Ich glaube, die meisten, die hier mit uns sind, haben das so erlebt, und nun laufen wir schon seit einer halben Stunde zusammen durch Leipzig, rufen Losungen, die wir nicht vorher auswendig lernen mussten, singen Lieder, die niemand vorher ausgesucht hat.

Meine Eltern glauben, dass Miriam und ich in diesen Minuten in der Bibliothek der Fachschule sitzen und für die nächsten Klausuren lernen. Ich hoffe nur, dass ich mit dem Neunuhrzug zurück fahren kann, denn Papa will mich vom Bahnhof abholen, davon hat er sich nicht abbringen lassen. Mein Gefühl sagt mir, dass ich vorsichtig sein muss.

Die Stadt ist voller Polizisten. Noch nie habe ich so viel Uniformierte gesehen, und vorhin, als wir zur Nikolaikirche unterwegs waren, blieb mein Blick an einer Kamera hängen, die von einem Hausdach auf uns gerichtet war.

„Jetzt haben sie uns", flüsterte ich und zog Miriam schnell weiter. Wir waren viel zu spät, das Friedensgebet hatte schon angefangen. Es war Bernds Umweltgruppe, die es gestaltete, und wir hatten keine Chance mehr, in die Kirche zu kommen. Wir schafften es nicht mal bis zum Kirchhof, steckten fest in einer unüberschaubaren Menschenmenge, umkreist von den Grünen. Erst als die anderen aus der Kirche kamen, wir mit ihnen „Neues Forum zulassen!" riefen und Richtung Karl-Marx-Platz losgingen, wurde mir leichter, und allmählich ging meine Angst verloren, als hätte der Wind sie weggeweht.

Wir biegen auf den Ring ein. Die Menschenmenge verteilt sich über die mehrspurige Straße. Kein Auto und keine Straßenbahn kommt mehr durch. Die, die in der Bahn sitzen, steigen aus und laufen mit. Wir gehen an der Hauptpost vorbei Richtung Bahnhof, die Fröhlichkeit der anderen steckt an. Ich greife nach Miriams Hand, am liebsten würde ich mit ihr über die Straße tanzen. Aber ihr Gesicht bleibt ernst.

„Guck mal, die Jungs da am Straßenrand", sagt sie zögernd. „Das sind doch Soldaten, oder?"

„Bestimmt", sage ich und denke wieder an Tom. Ich bin Miriam dankbar, dass sie noch nicht nach ihm gefragt hat. Ich denke an seinen langen Brief, der zum größten Teil aus Entschuldigungen und Sorgen bestand. In vier Tagen kommt er zum ersten Mal auf Urlaub, und die Aussicht, ihn wieder zu sehen, löst alles andere als Freude in mir aus. Miriam fragt auch jetzt nicht nach ihm, sie legt ihren Arm um mich, und das macht mich froh.

Als die Blechbüchse mit der Aufschrift „Konsument" am linken Straßenrand zu sehen ist, stoppt die Demo.
„So, jetzt können wir nach Hause gehen", sagt ein Mann vor uns. „An der Runden Ecke lassen sie uns nicht vorbei." Niemand erwidert etwas. Es ist auf einmal still geworden. Wir alle wissen, dass wir nur noch wenige Minuten laufen müssen, bis wir das Antennengeflecht auf dem Stasi-Gebäude sehen können.
Jemand mit Kamera klettert auf einen Laternenpfahl. „Da vorne fliegen Bullenmützen", ruft er.
„Passen Sie bloß auf, dass Sie nicht verhaftet werden", sagt ein Mann mit Lederjacke. Tatsächlich, weit vorn schwebt eine grüne Schirmmütze in der Luft, sie steigt und fällt, als wäre sie ein Luftballon. Meine Kehle ist trocken, und ich krame die Trinkflasche aus dem Rucksack. Der Fotograf kommt neben mir wieder auf dem Boden auf und grinst mich an. Seine vorstehenden Zähne enden auf der Unterlippe. Der Blick aus seinen stumpfen Augen irritiert mich.
„Na dann, viel Spaß noch", sagt er und taucht in der Menge unter.
„Kanntest du den?", frage ich Miriam.
„Nee", antwortet sie und nippt am Tee. „Wir haben übrigens gestern Abend abgesprochen, dass wir uns nach der Demo vor der Niko treffen. Falls wir uns verlieren sollten."
Arm in Arm gehen wir weiter. Als wir den Antennenwald sehen können, müssen wir wieder stehenbleiben.
Wortfetzen wehen herüber. „Sitzblockade ... LKWs ..."

Ich stelle mich auf die Zehenspitzen und erkenne nur die grün-grauen Dächer der Einsatzwagen.

„Hört sich nicht gut an", sagt der Mann vor uns.

„Wir bleiben hier! Kein neues China! Keine Gewalt!", rufe ich mit, so laut ich kann. Plötzlich ein Schrei. Ein Ruck geht durch die Menge, und die vor uns weichen zurück.

„Oh Gott, Bernd!"

„Er wird schon nicht in der ersten Reihe sein", versuche ich Miriam und mich selbst zu trösten, doch der Schreck überfällt auch mich. Wir können beide nichts mehr sagen. Ich drücke sie an mich, spüre ihr Zittern und würde am liebsten auch weinen, weil ich Angst um ihn habe, genau wie sie, weil ich eine lähmende, ohnmächtige Angst um uns alle habe.

Die Türme der Thomaskirche zeichnen sich wie ein Scherenschnitt gegen den dunklen Himmel ab. Der Kirchhof ist voller Polizei-LKWs. Hunde bellen. Menschen rennen Richtung Marktplatz. Eine blasse Frau wird von zwei Männern zu einem Krankenwagen geführt. Neben der geöffneten Tür steht ein Mann mit verbundenem Kopf.

„Maik!", ruft Miriam. Sie weint wieder heftiger, fasst meine Hand und zieht mich weiter. Die Polizisten sind überall. In den Halterungen an ihren Gürteln stecken Gummiknüppel.

„Ich habe Angst vor Hunden", flüstert Miriam.

„Die haben doch einen Maulkorb." Meine Stimme zittert.

„Lassen Sie uns bitte durch", sage ich zu dem Grünen, der uns den Weg versperrt.

„Das hätten Sie sich früher überlegen sollen." Er starrt an mir vorbei.

„Bitte! Wir haben niemandem etwas getan!" Hinter uns wird gedrängelt, ich muss Miriams Hand loslassen, vor mir sind immer mehr Grüne, sie haben eine Kette gebildet, kein Durchkommen mehr. Miriam geht zu Boden, ich will zu ihr, da trifft mich ein dumpfer Schlag am Oberarm, ich taumele, vor Schmerz bleibt mir die Luft weg, dann höre ich mein eigenes Stöhnen. Ein Mann hilft Miriam auf, sie ist blass und hält sich ihre Hand, fast bin ich bei ihr, mein rechter Arm hängt herab, als würde er nicht zu mir gehören, und in der Schulter pocht der Schmerz, da steht wieder ein Grüner vor mir. Ich bin nur noch wütend, ich will ihn anschreien, ihm alles entgegenschreien, aber ich kann nicht, keinen Ton kriege ich heraus. Ich bin fast blind vor Tränen, und plötzlich ist Miriam neben mir.

„Soll ich euch zum Krankenwagen bringen?" Die Stimme des Grünen ist hell, fast piepsig. Ich schüttele heftig den Kopf und sehe erst jetzt seine weit aufgerissenen Augen und den zitternden Mund.

„Ania, komm, es wird alles gut, komm."

Als wir den Krankentransport erreicht haben, schaue ich mich um. Er ist nicht mehr da.

„Ich gebe Ihnen etwas zum Kühlen mit. Aber wenn es sich nicht bessert, müssen Sie zum Arzt. Am liebsten würde ich Sie beide mit in die Klinik nehmen."

„Nein, nein, es tut schon gar nicht mehr weh."

Die Sanitäterin hebt beschwichtigend die Hand, und ich drücke die Kompresse noch fester gegen meinen Oberarm. Das grelle Licht im Wagen blendet mich, der Schmerz pulsiert durch meinen Körper. Er sah Tom ähnlich. Und er wollte mir nichts tun. Er hätte mich nie geschlagen. Ich glaube, er hatte mehr Angst als ich.

Miriam sitzt neben mir, die Beine hochgelagert.

„Der hat mir voll auf die Hand getreten, dieser ..." Sie schüttelt den Kopf. Maik lehnt schweigend neben dem Fenster und dreht ein Fläschchen mit Kreislauftropfen in seiner Hand. Wieder kommen Verletzte mit blutenden Wunden am Kopf.

„Die prügeln einfach drauflos", sagt der eine, „die haben auf uns eingedroschen, die Schweine, ich konnte noch nicht mal die Hände heben."

Die Sanitäterin wickelt geschickt eine Binde um Miriams Hand. In ihrer sanften, bestimmten Art erinnert sie mich an Mama.

„Ich glaube, wir müssen Verstärkung anfordern", sagt sie.

Ich bemerke Bernd erst, als er Miriam in den Arm nimmt. Er scheint unverletzt zu sein. Unter seiner Jeansjacke zeichnet sich die Kamera ab. Miriam weint wieder. Ich knete die inzwischen warme Kompresse in meiner Hand.

„Hallo Ania."

„Hi", sage ich.

„Dein Arm?"

„Ist nicht so schlimm." Das Lächeln fällt mir schwer.

„Was ist mit dir?", fragt er Maik.

„Ach, nur eine Platzwunde. Wo warst du eigentlich die ganze Zeit?"

„In der Kirche. Ich hab mich noch mal auf den Weg gemacht, als ihr nicht gekommen seid."

„Was ist mit den anderen?", fragt Miriam.

„Die haben alle Glück gehabt."

Die Sanitäterin fixiert meinen Arm mit einem schwarzen Dreieckstuch. Ich schaue auf die Uhr, die an der Wand des Krankenwagens hängt, und schrecke auf.

Bernd bemerkt meinen Blick. „Maik, bleib du bei Miriam", sagt er und küsst sie, dann lächelt er mich an: „Lass uns gehen."

Er läuft so nah neben mir, dass sich unsere Hände manchmal berühren. Er schlägt Wege ein, die ich noch nie gegangen bin, durch dürftig beleuchtete Passagen und stockdunkle Gässchen. In der Stadt ist es still. Nur selten begegnet uns jemand. Das Hundegebell klingt jetzt weit entfernt. In meinem rechten Arm pocht es noch immer. Ich bewege vorsichtig meine kribbelnden Finger.

„Tut es sehr weh?", fragt er.

„Ach wo."

„War ganz schön hart, was?"

„Ich hätte nicht gedacht, dass es so weit kommt. Wir haben denen doch nichts getan."

„Eigentlich nicht. Aber auf Zusammenrottung stehen nun mal mehrere Jahre Knast."

Wir sehen uns kurz in die Augen.

„Kommst du trotzdem wieder mit? Nächsten Montag?"

„Ja", sage ich fest und zwinge mich, seinem Blick nicht auszuweichen. „Ganz bestimmt."

Er lächelt wieder.

„Hast du Sonnabend schon was vor?", fragt er schließlich. „Wir wollen eine kleine Protestfeier zur Jubelwoche veranstalten."

„Mein Freund kommt auf Urlaub. Er ist bei der Fahne."

„Ach so", sagt er leise.

Ich will so viel sagen, aber mein Kopf ist leer, und ich finde das, was ich ihm sagen könnte, nicht mehr wieder. Vielleicht habe ich einfach zu lange auf diesen Moment gewartet.

„Was ist, wenn sie am Samstag wieder prügeln?", frage ich schließlich.

„Irgendwann kommen sie auch mit ihren Knüppeln nicht mehr weiter."

„Und was kommt dann? Panzer?"

„Ja, vielleicht."

„Was?!" Ich suche seine Augen hinter den dreckigen Brillengläsern. „Dann wird es wie in China?"

„Man kann es nicht ausschließen. Bloß – sie können uns nicht alle wegsperren, dann bleibt niemand mehr übrig."

„Und daran glaubst du?"

„Woran?"

„Dass die da oben das einsehen."

„Ehrlich gesagt, nein."

Er zieht eine Zigarettenschachtel aus seiner Jackentasche. Seine Gelassenheit ärgert mich. „Habt ihr überhaupt vor irgendetwas Angst, du und deine Freunde?"

„Im Moment sind die wirklich Mutigen nicht wir", sagt er, ich spüre seinen Blick von der Seite und erwidere ihn nicht. Mein Herz klopft. Die Flamme des Feuerzeugs flackert, als er sich die Zigarette anzündet, er nimmt einen tiefen Zug und ich sehe dem Rauch nach, der aus seinem Mund strömt. Vor uns liegt der Bahnhof.

Er kommt auf mich zu mit zwei Flaschen Cola. Wir steigen langsam die Treppen zum Bahnsteig hinauf, und wieder ist er dicht neben mir.

Papa klang nicht überrascht, als ich ihm sagte, dass ich erst halb zwölf in S. ankomme, und als ich den Hörer aufhängte, ahnte ich, dass er mehr weiß, als mir lieb ist.

Wir setzen uns auf eine Bank. Ich spüre die Kühle von unten. Aus den Augenwinkeln sehe ich, wie Bernd in die Innentasche seiner Jeansjacke greift. Ich muss näher an ihn heranrücken, um im trüben Licht der Bahnsteiglampe auf den schwarzweißen Fotos in seiner Hand etwas erkennen zu können. Ich rieche seinen Atem. Rauch und Minze. Das Bild wurde in der Nikolaikirche von der Empore aus aufgenommen, im Hintergrund, neben dem Eingang, erkenne ich das Schwerter zu Pflugscharen-Symbol. Angestrengt schaue ich auf das Foto, nach und nach schälen sich bekannte Gesichter aus dem Meer von Köpfen heraus, Miriam, daneben Magnus, von mir sieht man nur die Haare und die Jeansjacke.

„Du fotografierst immerzu, oder?"

„Ja. Das sind Situationen, die so unglaublich sind, dass ich sie festhalten muss."

Auf dem nächsten Foto Miriam und ich, wir stecken die Köpfe zusammen, meine Augen sind gesenkt, ich scheine konzentriert zuzuhören.

Auf dem gegenüberliegenden Bahnsteig fährt ein Zug ein. Es vibriert unter meinen Füßen. Ich nehme all meinen Mut zusammen. Ich würde es mir sonst nie verzeihen.

„Sag mal, weiß Miriam das mit uns, ich meine ..."

Er zögert nur einen winzigen Moment. „Von mir nicht."

Sein Gesicht ist so nah, dass ich die Fältchen unter den Augen erkennen kann und die hellen Bartstoppeln am Kinn. Er zieht einen Mundwinkel nach oben, aber seine Augen bleiben ernst, er beugt sich nach vorn und dreht die Colaflasche in den Händen.

„Du hast dich verändert." Er sieht mich von unten herauf an und lehnt sich wieder zurück. „Du bist plötzlich so erwachsen."

Ich muss lachen. „Ja, gut, ich bin keine fünfzehn mehr."

Die Haut in meinem Gesicht spannt, und ich weiß, dass ich all meinen Mut zusammennehmen und die Gelegenheit nutzen muss.

„Ich bin stolz auf dich", sagt er und sieht mich noch immer nicht an. „Weiß überhaupt jemand, dass du hier bist? Außer Miriam und mir?"

Die Wärme in seiner Stimme treibt mir die Tränen in die Augen. Und wie er ihren Namen ausspricht. Ich betrachte meine Turnschuhe, deren Weiß staubmatt ist.

„Ich weiß nicht, ob es dir hilft, aber falls mal was ist und du reden willst oder so, du kannst immer zu mir kommen. Auch wenn du Angst hast. Oder gerade, wenn du Angst hast. Auch wenn du es nicht glaubst, die haben wir alle. Maik und ich und viele der anderen, wir sind inzwischen einiges gewöhnt. Aber das mit der Angst, das hört nicht auf. Was man auch tut. Man muss sich immer wieder neu überwinden. Wichtig ist nur, dass man nicht allein ist."

Ich sehe aus den Augenwinkeln, wie seine Finger auf der Flasche tanzen. Er räuspert sich. „Ich weiß nicht, wie du darüber denkst. Ich bin dafür, dass wir nach vorn schauen. Dass wir über die alten Geschichten nicht mehr nachdenken. Ich will nur, dass du eins weißt: Für mich war deine Entscheidung damals völlig in Ordnung, es lag bei dir. Es war für mich okay, dass du dir nicht wegen mir deine Zukunft verbaut hast, und es gilt immer noch, was ich dir geschrieben habe, nämlich dass ich für dich ..."

Der Zug fährt ein. Der Lärm verschluckt seine Stimme. Der Bahnsteig unter meinen Füßen zittert. Die Bremsen des Zuges kreischen.

„Hast du meine Briefe nicht gekriegt ... ich meine, die ich dir nach Prora geschrieben habe?"

Seine Augen werden größer hinter der Brille. Er schüttelt langsam den Kopf.

„Jeden Tag habe ich dir geschrieben. Wochenlang. Und irgendwann hab ich es dann aufgegeben."

Ich spreche hastig. Ich weiß nicht, ob er mich versteht. Er starrt mich stumm an.

„Ich muss los. Machs gut."

„Warte... Ania ..." Er hebt die Hand, er will mich berühren, endlich, aber ich renne schon und springe im letzten Moment auf den Wagen auf. Hinter mir verriegelt der Schaffner die Tür, und ich finde noch Platz in einem der Abteile. Erst als der Zug anfährt, springe ich auf, stolpere über die Füße des Mannes neben mir, entschuldige mich und schiebe das Fenster herunter. Kühle Luft trifft mein Gesicht. Er steht reglos da. Vor seinen Füßen liegen die Scherben der Cola-Flasche. Ich schaue so lange, bis ich ihn nicht mehr sehen kann. Ich winke nicht.

„Jetzt machen Sie doch mal zu, es zieht", schimpft der Mann.

Dienstag, 3. Oktober 1989,
G./Südharz

Es ist schon nach Mitternacht. Brit scheint tief zu schlafen. Sie liegt immer noch in meinem Bett, und ich habe mich auf Strümpfen aus dem Zimmer geschlichen.

Der Schreck lässt nur langsam nach. Als Papa am Bahnhof sagte, dass er mit mir reden müsse, fühlte ich mich, als würde ein Vorhang fallen, eine schwarze Wand, direkt vor mir. Als er hinzufügte, dass es um Brit ginge, atmete ich erleichtert auf, denn ich wusste, dass es mir nicht möglich gewesen wäre, die Wahrheit zu sagen.

Er hat sich Sorgen gemacht, wollte mit mir ins Krankenhaus fahren, um meinen Arm röntgen zu lassen. Bis jetzt weiß ich nicht, ob er mir geglaubt hat, dass ich beim Aussteigen aus der Straßenbahn eine Stufe übersehen habe und auf das Pflaster gestürzt bin und dass ich danach sofort bei meiner Ärztin war, die eine Prellung diagnostiziert hatte.

Nur gut, dass wir auf der Fahrt hierher über Brit sprechen konnten, über ihre Traurigkeit, ihr Schweigen, die Schatten unter ihren Augen.

„Es ist nichts aus ihr rauszukriegen", sagte Papa. „Seit heute Mittag liegt sie im Bett und will nicht mehr aufstehen."

Ich versprach, mit ihr zu reden. Schon seit einiger Zeit kommt sie zu mir, wenn sie Kummer hat. Sie vertraut mir, und ich bin froh darüber, auch wenn es mir manchmal Angst macht, wie schön die kleine Hexe geworden ist, wie sehr sie schon Frau ist mit ihren fünfzehn Jahren, vor allem, wenn sie Tom mit ihren Puppenaugen anklimpert. Die beiden mochten sich sofort, und manchmal kann ich mich nicht gegen den Gedanken wehren, dass ich als Ältere nur die Erreichbarere bin.

Als ich vorhin in unser Zimmer kam, wartete sie auf mich. Ihr Gesicht leuchtete im Dunkeln. Leise sprach sie und schnell, ich kam kaum zu Wort, sie erzählte mir von Lukas, ihrem Lukas, der ihr plötzlich so fremd sei. Als GOL-Vorsitzende muss Brit am Freitagabend beim Fackelzug in Berlin dabei sein, das belastet sie sehr, sie will nicht hinfahren, niemand will das noch, es ist nur noch absurd. Aber was soll sie tun? Und nun hat Lukas sie am Freitagabend zu seiner Geburtstagsparty eingeladen, und sie traut sich nicht, ihm zu sagen, weshalb sie nicht kommen kann, nachdem er heute auf dem Schulhof bemerkt hat, dass diese Jubelwoche zum vierzigsten Jahrestag ein einziger Klamauk sei und dass diejenigen, die von der FDJ aus zum Fackeltragen müssten, Schergen seien, gut genug zum Verheizen, gut und vor allem beschränkt genug, um den Alten auf der Tribüne ihren armseligen Spaß zu bieten.

Sie war völlig durcheinander, sie ist wirklich sehr verliebt, und sie fragte mich, was ich an ihrer Stelle tun würde. Ich riet ihr, Lukas die Wahrheit zu sagen. Was hätte ich ihr auch sonst raten sollen? Gerade ich.

Sie lehnte ihren Kopf an meine Schulter, und ich erzählte ihr, dass sie vielleicht Gorbi sehen würde, auf der Tribüne neben Honecker, dass viele ihrer Freunde von den anderen Schulen auch dabei sein würden und dass sie am Samstagmittag schon zurückkommen würde und dann immer noch den Nachmittag und Abend mit Lukas verbringen könnte. Er tut ihr nicht gut, das spüre ich. Er ist der hübscheste Junge in ihrer

Klasse, trägt die angesagtesten Klamotten und hat bei jeder Gelegenheit einen passenden Spruch auf Lager, aber er hat kalte Augen und ein arrogantes Grinsen. Es tut mir weh, das mit ansehen zu müssen, es schmerzt, nichts tun zu können, außer sie vorsichtig zu warnen. Natürlich will sie das nicht hören, denn sie wird ihre Erfahrungen selbst machen müssen.

Sie zu trösten, hat mich abgelenkt, aber jetzt, wo sie zur Ruhe gekommen ist, bleibt mir nichts, als hier in der Dachkammer zu sitzen und an Bernd zu denken, hier, wo ich immer am liebsten an ihn gedacht habe, wo ich mich ihm nah fühlen konnte, ohne dass mich jemand störte.

Ich kann nicht schlafen. Die Schmerzen im Arm werden unerträglich, wenn ich liege, und so habe ich die Jeans über das Nachthemd gezogen und Mamas dicke Strickjacke, die zufällig auf dem Flurschrank lag. Noch immer ist das Dachzimmerchen mit Kartons, kaputten Stühlen und ausrangierten Elektro-Geräten zugestellt, durch das undichte Fenster zieht es in meinen Rücken, und außerdem flackert die Glühlampe an der Decke. Wie habe ich es damals nur jeden Abend hier aushalten können?

Ich habe seinen Brief wiedergefunden, er liegt vor mir auf dem Tisch. Auf dem weißen Umschlag fehlt der Absender, und das karierte Schreibblock-Papier ist an den Faltstellen aufgeraut und eng beschrieben mit seiner kleinen, krakeligen Schrift.

Ich streiche mit den Fingern über die Zeilen. Schon damals war das meine Art, mit ihm Kontakt aufzunehmen, und plötzlich weiß ich alles wieder.

Prora/Rügen, 2. 9. 86

Liebe Ania,

mein zweiter Abend hier. Ich habe es mir im Bett bequem gemacht, gucke raus aufs dunkle Meer und komme endlich dazu, Dir zu schreiben.

Die anderen pennen schon. War ein harter Tag heute. Und morgen früh um sechs brüllen sie uns wieder aus den Betten.

Sicher bist Du wütend auf mich. Es war dumm von mir, Dir die Einberufung zu verschweigen.

Ich weiß nicht, ob Du das verstehst, aber ich habe es an unserem Abend einfach nicht fertiggebracht, darüber zu sprechen. Es war so irre, mit Dir zusammen zu sein. Ich habe so lange darauf gewartet. Wenn am Sonntag nicht so viel schief gelaufen wäre, hätten wir uns noch mal sehen können und ich hätte noch eine Gelegenheit gehabt, Dir alles zu erzählen. Aber ich bin in Leipzig nicht weggekommen. Wir haben noch so viel bequatschen müssen. Wer weiß, wann ich hier mal Urlaub kriege. Normalerweise nach den ersten sechs Wochen. Aber bei uns Bausoldaten vergessen sie solche Vorschriften auch mal schnell.

Es war fast zwei, als ich nach Hause kam. Ich habe überlegt, Steinchen an Dein Fenster zu werfen und es dann gelassen. Aber das ist jetzt auch egal.

Die Fahrt hierher wollte kein Ende nehmen. Den ganzen Tag waren wir im Zug unterwegs. Sind dann schlagkaputt angekommen. Auf der Stube sind wir zu sechst. Drei Doppelstockbetten, sechs Stühle, ein Tisch. Als einzige Privatsphäre das Bett. Immerhin hatte ich beim Losen Glück. Mir gehört das obere direkt am Fenster, und ich habe eine sagenhafte Aussicht und kann mich wegträumen, wann immer es geht.

Küsse Dich in Gedanken, denke an Dich beim Einschlafen. Wer weiß, ob ich Dir überhaupt noch gefallen würde mit den kurzen Haaren ...

Bernd

3.9.86

Liebe Ania,

den ganzen Tag freue ich mich nur darauf, Dir zu schreiben. An Dich zu denken, gibt mir Kraft. Zum Glück verstehen wir uns auf der Stube gut. Das macht manches leichter.

Hier ist kilometerweit militärisches Sperrgebiet und der schönste Strand, den Du Dir vorstellen kannst, soweit man schauen kann Wasser und feiner Sand.

Wir residieren übrigens in einem Haus mit Geschichte, einem Beton-Klotz, von den Nazis als Ferienheim gebaut und nie genutzt. Riesig, hässlich und klobig. Eine Burg für verbannte Vagabunden.

Aber wir haben die beste Etage. Fünfter Stock, freier Blick. Wenn ich aus dem Fenster schaue, sehe ich das Meer. Bei klarem Wetter kann man am Horizont einen Streifen Land erkennen. Vielleicht ist das schon Schweden, wer weiß.

Sicher merkst Du, dass ich um das Eigentliche herumrede. Es fällt mir schwer, aber ich muss es Dir jetzt schreiben.

Es wäre schlimm für mich, Dich zu verlieren. Aber ich möchte nicht, dass Du wegen mir Schwierigkeiten bekommst. Ich weiß, *was die Leute über mich reden. Es ist mir egal. Ich habe mich bewusst für dieses Leben entschieden. Dieses bisschen Freiheit ist mir wichtiger als alles andere. Solange ich Freunde habe, auf die ich mich verlassen kann, solange ich relativ unbehelligt leben kann (Filmvorführer ist keine schlechte Arbeit), so lange ich die Bücher lesen und die Musik hören kann, die ich mag, geht es mir gut.*

Aber ich habe nicht das Recht, Dich da mit reinzuziehen. Dir steht alles offen, noch dazu bei der Stellung Deines Vaters, Du musst nur zugreifen.

Die Entscheidung liegt bei Dir. Ich werde sehr traurig sein, wenn Du nicht mehr mit mir zusammen sein willst. Aber ich werde es akzeptieren. Es ist der Preis, den ich zahlen muss. Und Du wirst mir wichtig bleiben, wie auch immer Du Dich entscheidest.

Die Gedanken an Dich helfen mir, das hier zu ertragen. Ich denke ganz oft, dass die Wachen hier bestimmt noch nie so gefühlt haben wie ich an unserem Abend.

Ich kann Dir leider nicht mehr über mein Leben hier schreiben. Ich werde mich durchschlagen, so gut es geht. Wenn die Grundausbildung vorbei ist, wird es hoffentlich besser. Achtzehn Monate sind keine Ewigkeit.

Ich hoffe, dass dieser Brief bei Dir ankommt. Ich werde ihn jemandem mitgeben, dem ich vertraue.

Bitte schreib mir, wie es Dir geht. Was Du denkst, über uns und überhaupt, wie Du Dich fühlst. Ich freue mich über jede Zeile von Dir.

*Ich umarme Dich.
Bernd.*

P.S. Falls Du Deine Haarschleife suchst – sie ist hier bei mir.
Und ich gebe sie nicht wieder her.

Ich schaue auf das Papier, bis die Buchstaben vor meinen Augen verschwimmen. Die Adresse, die am unteren Ende der Seite steht, kann ich noch auswendig, und ich erinnere mich, wie glücklich ich war, wie durcheinander, als dieser Brief kam.

So sehr hatte ich gehofft, dass er sich meldet. Aber wirklich damit gerechnet hatte ich nicht. Seitdem schloss ich mich jeden Abend hier oben ein und schrieb ihm alles, was mir durch den Kopf ging, rannte mit dem Brief durch die Dunkelheit zum Postkasten, und mittags, wenn ich von der Schule kam, kramte ich als erstes in dem Poststapel, den Oma auf die Anrichte im Flur gelegt hatte. Die Enttäuschung traf mich jedes Mal wie ein Schlag, und doch konnte ich es kaum erwarten, seinen Brief zum zigsten Mal zu lesen und ein Blatt nach dem anderen vollzuschreiben. Ich ging kaum noch aus, den Treff am Trafohäuschen mied ich, sollten sie sich doch ihre Mäuler über mich zerreißen, während sie an ihren Mopeds rumschraubten und eine nach der anderen qualmten. Mir reichte, was in der Schule ablief, mich kostete es dort schon genug Kraft, die Blicke und halblauten Bemerkungen zu ignorieren, und wenn es besonders schlimm war, träumte ich davon, abzuhauen, nach Leipzig oder Berlin, und stellte mir vor, wie es wäre, Bernds Freunde kennenzulernen.

Die einzige, die von Zeit zu Zeit vorbeikam, war Suse. Sie legte sich zu mir auf die Couch, und wir hörten die Kassetten, die sie mitgebracht hatte. Aber selbst im Dunkeln, wenn ich nur den roten Leuchtpunkt des Kassettenrecorders sehen konnte und den schwachen Lichtschein, der durch die

Dachluke kam, konnte ich nicht über das sprechen, was mich beschäftigte. Suse fragte nicht, sie lag neben mir, und ihr leises Kaugummikauen, das zu ihr gehörte wie das kichernde Lachen, beruhigte mich.

„In der Schule nennen sie dich Spati-Braut", sagte sie eines Abends.

„Na und?", entgegnete ich mit fester Stimme, atmete gegen den Schreck an und schämte mich dafür, dass mich ihre Worte trafen. Eigentlich ließ ich meinen Gefühlen nur nachts freien Lauf. Wenn Brits Atem langsam und regelmäßig ging, stellte ich mir vor, mit ihm zusammen zu sein, spürte seinen Berührungen, seinen Küssen nach, bis ich erschöpft einschlief und doch weiter von ihm träumte und seinen Körper mit einer Lust berührte, die neu und in ihrer Intensität erschreckend für mich war. Wenn ich aufwachte, weinte ich oft und fand lange nicht mehr in den Schlaf.

In dem schiefen Vertiko neben der Dachluke entdeckte ich einen Band mit Dostojewskis Erzählungen. Es war eine in Leinen gebundene Ausgabe, die Seiten schon vergilbt. Ich las darin und konnte gar nicht wieder aufhören. Ich fühlte mich, als würde er zu mir sprechen.

Es war an einem regnerischen Tag Anfang Oktober, als der weiße Lada auf dem Schulparkplatz wartete. Niemand saß darin, und es wunderte mich nicht, dass ich noch am gleichen Tag zur Schulleitung gerufen wurde. Der Direktor und mein Klassenlehrer hatten ernste Gesichter und warfen mir Aufsässigkeit vor, Faulheit, fehlenden gesellschaftlichen Einsatz. Die Lada-Typen erwähnten sie nicht. Als sie mir sagten, dass aus meiner Delegierung zur EOS unter diesen Umständen nichts werden könne, sagte ich in ihre verwunderten Gesichter hinein: „Sie wissen doch, dass ich mich längst für etwas anderes entschieden habe", und ging mit erhobenem Kopf aus dem Raum. Am Tag zuvor hatte ich einen Brief vom Kreiskrankenhaus in S. bekommen, meine Delegierung an die Medizinische Fachschule in Halle war beschlossene Sache, ich würde also erst MTA werden, gegebenenfalls das Abitur auf der Abendschule nachholen und dann Medizin studieren, wie ich es mir gewünscht hatte, ohne EOS und den überdurchschnittlichen gesellschaftlichen Einsatz, der dafür verlangt wurde, ob Mitgliedschaft in der GOL oder Ferientage im FDJ-Schulungslager.

Zum ersten Mal hatte ich das Gefühl, bewusst nicht das zu tun, was alle von mir erwarteten, es machte mich stolz, und ich fühlte mich stark, doch am gleichen Abend zog mich Mama nach dem Abendessen ins Wohnzimmer, wo Papa schon wartete, nicht wie üblich im Sessel, sondern mitten im Raum, auf und ab laufend, seine Finger im roten Bartgestrüpp.

„Du weißt, du hast alle Freiheiten, aber das mit dem Lehne hört mir auf."

Ich verschränkte die Arme vor der Brust. Ich hatte es erwartet. Und doch machte mich der Schreck stumm.

„Es gibt so viele nette Jungs", sagte Mama. Ich wich ihrer Hand aus, die sich auf meine Schulter legen wollte.

„Gibt's überhaupt irgendwas außer deinem Spati, das dir im Moment nicht egal ist?", fragte Papa. „Kriegst du überhaupt noch was mit?"

Mama schickte ihm einen warnenden Blick. „Du hast dich verändert, Schatz", sagte sie. „Und hast du schon mal daran gedacht, dass auch Papa Probleme kriegen könnte?"

„Aber es ist doch gar nichts", sagte ich. „Es war doch nur dieser eine Abend."

„Und die Briefe, die du jeden Tag schreibst, an wen gehen die?", Papas Stimme wurde lauter. „Meinst du, es macht mir Spaß, im Büro Besuch von gewissen Herren zu kriegen und mich dafür rechtfertigen zu müssen, was meine Tochter so treibt? Mensch, Mädchen, denk an deine Zukunft! Und schmeiß deine Pläne nicht wegen dieses Spinners über den Haufen!"

Er sah mich nicht an und knallte die Tür hinter sich zu. Ich starrte ihm nach. Noch nie hatte er so mit mir geredet. Mama führte mich zur Couch, ich wollte mich aus ihrer Umarmung winden, aber sie hielt mich fest, und ich konnte nicht mal weinen.

Als ich am Tag darauf Frau Lehne in der Kaufhalle begegnete, nahm ich all meinen Mut zusammen und fragte sie nach Bernd. Sie erzählte mir, dass sie auch nichts Genaues wüsste, er könnte nicht alles schreiben, schließlich würde ja die Post kontrolliert, dass sie aber das Gefühl habe, es ginge ihm, soweit das möglich sei, gut.

„Immerhin schreibt er Ihnen", sagte ich.

„Ja, ja, jede Woche einen Brief. Soll ich ihn von dir grüßen?"

Ich nickte, schüttelte gleich darauf den Kopf und lief weiter, schleppte Milchflaschen und Kastenbrot im Einkaufsnetz nach Hause, fühlte mich wie betäubt und fürchtete mich vor dem, was danach kommen würde.

Am Abend saß ich in der Dachkammer am Tisch und hielt seinen Brief in den Händen. Als mir bewusst wurde, dass ich ihn Wort für Wort auswendig kannte, stieg eine solche Wut in mir auf, dass ich ihn zu einer festen Kugel zusammenknüllte und in den Papierkorb warf. Zum ersten Mal seit Wochen schrieb ich nicht an ihn, zum ersten Mal seit langer Zeit hatte ich Lust, auszugehen. Suse sah mich überrascht an, als sie die Tür öffnete, dann nahm sie meine Hand und zog mich ins Haus. Wir tranken zusammen eine Flasche Wein, die Worte fielen aus mir heraus und mit ihnen der Kummer.

Drei Tage später gingen wir an der Newa spazieren. Ich hielt mein Gesicht in die eisige Luft und kniff die Augen zusammen, wenn ich in den tiefblauen Himmel über Leningrad schaute. Es war unsere Schulabschluss-Fahrt, wir brachten müde das tägliche Besichtigungsprogramm hinter uns und trafen uns abends in dem einzigen Zimmer, wo wir noch keine Kakerlaken entdeckt hatten. Wir rauchten Menthol-Zigaretten und tranken, was es gerade gab, Wodka, billigen Wein, einmal sogar Krimsekt. Wir kuschelten uns zu fünft oder zu sechst auf dem Doppelbett zusammen, und wenn der Morgen graute, wachte ich meist als erste auf, weckte Suse, und wir schlichen über den dunklen Flur in unser Zimmer,

„Ach Anni, ich bin so froh, dass du wieder die Alte bist", sagte Suse, als wir eines Morgens vor der Tür standen und rauchten, während die anderen frühstückten.

„Ja", sagte ich, und erst jetzt fiel mir auf, dass ich, seit wir hier waren, kaum an Bernd gedacht hatte. Suse hatte sich in einen der Hotel-Kellner verliebt, der sie von Anfang an ungeniert angeflirtet hatte. Sie suchte ihre Russischkenntnisse zusammen und verabredete sich mit ihm am letzten Tag vor der Abreise. Ich meldete sie bei der Reiseleitung krank und setzte mich im Bus neben Simon. Den Abend davor hatte ich auf seinem Schoß verbracht, heimlich seine langen Wimpern bewundert und mir gewünscht, dass er mich streichelt. Ich mochte seine warme, dunkle Stimme. Die ganze Fahrt über hielt er meine Hand. Im Schlosspark von Puschkin blieben wir hinter den anderen zurück. Er nahm meine Hände und steckte sie in seine Jackentaschen. Sein Atem streifte mein Gesicht.

„Und deine Freundin?", fragte ich und wich seinem Mund aus.

Er grinste. „Die ist doch weit weg."

Seine Hände umschlossen mein Gesicht, und wir küssten uns. Später schlenderten wir Hand in Hand über den Newski-Prospekt. Im Licht der Straßenlampen sahen die alten Häuser prächtig aus. Wir umgingen eine Menschenmenge, die sich vor einem Schuhgeschäft versammelt hatte und von einer Absperrung und mehreren Polizisten zurückgehalten wurde. In einem grell beleuchteten Lebensmittel-Geschäft hingen gerupfte Hühner auf einer Leine im Schaufenster. Die Regale dahinter waren leer.

„Das ist er, der Kommunismus", sagte Simon. „Unsere Zukunft."

„Vergiss es. Das machen die Leute bei uns nicht mit."

„Immerhin haben die Friseure lange auf."

Wir lachten und gingen zurück zum Hotel, wo die Abschiedsparty steigen sollte.

Als ich aus Leningrad zurück war, kramte ich noch am gleichen Abend Bernds Brief aus dem Papierkorb und strich ihn glatt, ich riss ein Streichholz an, und blies es erst im letzten Moment aus, legte den Brief in den Dostojewski-Band und schob das Buch in die hinterste Ecke des Schrankes. Ich dachte an Simons Küsse, und mir wurde warm, obwohl ich wusste, dass am nächsten Tag in der Schule alles so sein würde wie vor der Reise.

Als ich einige Monate später nach Halle zog, mit den Zwillingen die Nächte in verrauchten Clubs durchtanzte und mit Typen flirtete, deren Namen ich zum Teil nicht mal kannte, tauchte Bernd nur noch selten in meinen Träumen auf und wenn, litt ich, bis der Morgen kam und ich mir so lange kaltes Wasser ins Gesicht schöpfte, bis sein Bild verblasste.

Es war an einem kalten Freitag im November, als ich ihm im Zug von Halle nach S. begegnete. Ich bemerkte ihn erst, als er ausstieg, blieb, solange es ging, sitzen, mit meinem Rucksack auf den Knien, und schaute ihm nach, der schwarzen Thermojacke, den unter der Wollmütze hervorquellenden Haaren und der Reisetasche auf seiner Schulter. Er schien mich nicht bemerkt zu haben, und meine Knie zitterten, als ich aus dem Zug stieg. Von Mama wusste ich, dass er in Leipzig lebte und nur noch selten nach Hause kam.

Es war eines der Wochenenden, auf die ich mich schon lange vorher gefreut hatte. Suse war aus Schwerin angereist, und am Samstag verbrachten wir die Zeit mit stundenlangem Frühstück und ausgiebigem Styling für die Disko. Ich musste immer noch an die Begegnung mit Bernd denken, trotzdem war ich sicher, dass es ein guter Abend werden würde, und am Anfang sah es auch danach aus.

Tom war größer als die meisten hier, er ragte aus der tanzenden Menge hervor. Von seiner Partnerin sah ich nur die Hände, die sie auf seine Schultern gelegt hatte. Er schien kleine zierliche Mädchen zu mögen, er, auf den angeblich alle abfuhren, die Augen im Kopf hatten. Ich trug eine flatterige beigefarbene Bluse mit Goldknöpfen, die mir Oma genäht hatte, und eine grüne Karotten-Hose. Ich fühlte mich gut, sehr gut sogar, ich stand mit meinem Bierglas in der Hand am Rand der Tanzfläche und spürte seine Blicke. Suse kam mit hängenden Schultern auf mich zu. „Der starrt dich an. Merkst du das nicht?"

„Ist mir egal. Der ist einfach nicht mein Typ."

„Ach komm." Suse lachte. Es sah nicht echt aus.

„Du kannst ihn haben."

„Der will nicht mich, Ania."

„Er wechselt Mädels wie Unterhosen."

„Der weiß genau, wie gut er aussieht." Suse strich sich eine kupferfarbene Haarsträhne aus der Stirn.

„Wenn der nicht so groß wäre, wäre er fett", sagte ich.

„Dir ist nicht zu helfen." Suse verschwand im Dunkeln. Ich musste grinsen und schaute auf die Uhr. Gleich zehn. Das Glas in meiner Hand war leer, und die langsame Runde fing an.

„Tanzt du auch?" Er beugte sich zu mir herunter, ich bemerkte die Blicke der anderen und lächelte in sein offenes Gesicht.

„Manchmal", sagte ich und ließ mich von ihm auf die Tanzfläche ziehen. Um ihn richtig ansehen zu können, musste ich den Kopf in den Nacken legen, er zog mich näher zu sich heran, ich konnte kaum über seine Schulter schauen und musste mir wieder das Lachen verkneifen. „La Isla Bonita", sang Madonna, und als das Lied vorbei war, deutete ich zum Ausgang, sah zum ersten Mal in seine braunen Augen und ahnte plötzlich, wieso alle so scharf auf ihn waren. Ich durchquerte den Vorraum und bemerkte Bernd erst, als es zu spät war. Ich rettete mich an die Bar, es dauerte eine Weile, bis ich mein Bier bekam, ich trank langsam, und immer noch lehnte er im Türrahmen und unterhielt sich mit einer Frau, die ich noch nie gesehen hatte. Sie war zwei, drei Jahre älter als ich, sie lachte zu laut, und ihre Hände steckten in den Hintertaschen ihrer engen Jeans. Ich betrachtete ihn aus meinem Versteck heraus, die wilden Haare, die ich heller und länger in Erinnerung hatte, sein schmales Gesicht, und er trug noch die gleiche Brille.

Ich musste wirklich dringend auf die Toilette, und als Tom aus dem Saal kam, fragte ich ihn: „Kommst du mit raus?"

Seine Augen leuchteten auf, er ließ mich vorgehen, und ich wünschte mir für einen Moment, dass er seine Hände auf meine Hüften legte.

„Hallo, Ania."

Mein Hallo klang zu leise und fremd in meinen Ohren. Ich sah Bernd nicht an. Nicht richtig. Nur seinen Mund, nicht seine Augen. Ich drehte mich zu Tom um, lächelte mechanisch, und erst, als wir die Treppe hinunterliefen, riskierte ich einen Blick zurück. Die Frau lachte und legte eine Hand auf Bernds Arm.

Draußen war es kalt, und ich weinte schon, als ich zur Toilette rannte. „Scheiße, Scheiße, Scheiße", fluchte ich leise vor mich hin und stieß in der Tür mit Suse zusammen.

„Na, wie war's mit dem Langen? He, was ist denn los?"

„Lass mich, ich muss aufs Klo."

Ich schloss mich in der Kabine ein, hockte zitternd auf der Brille und legte den Kopf in den Nacken, als könnte ich damit die Tränen zurückhalten. Ich versuchte, an Toms Augen zu denken und an die Grübchen, die sich beim Lachen an seinen Mundwinkeln bildeten und beschloss, mich von ihm trösten zu lassen. Ich zog die Spülung, und während das Wasser rauschte, putzte ich mir laut die Nase und schnaubte, so fest ich konnte, als könnte ich damit all das loswerden, was mich quälte.

Im Waschraum wartete Suse. „Anni, du verschweigst mir was."

„Quatsch, wieso?" Ich schaute in den Spiegel und schob meine Haare hinters Ohr zurück.

„Es ist wegen dem Lehne, stimmt's? Der süßeste Typ nördlich des Äquators steht auf dich und du? Mach die Augen auf und vergiss diesen Penner! Er hat dich lange genug traurig gemacht. Und heul nicht, ja? Du heulst jetzt nicht!"

Ich blinzelte das Wasser in den Augen weg und musste plötzlich lachen, es war wie ein Krampf, es schüttelte mich.

„Siehste. Sei froh, dass ich überhaupt noch deine Freundin sein will. Wenn du diesen Tom kriegst, lieber Gott, das halte ich nicht aus."

Er wartete im Schatten der Eingangstür.

„Na Mädels, trinken wir was zusammen? Ich geb einen aus."

Wir küssten uns zum ersten Mal während der letzten Schmuserunde, seine Augen waren geschlossen, und ich hoffte, dass er meine Tränen nicht sah. Später gingen wir nach hinten, in die Dunkelheit, wo schon andere knutschende Pärchen saßen.

„Du gehst ja ganz schön ran", sagte er irgendwann. Bei jedem anderen Typen wäre mir das peinlich gewesen, an jedem anderen Abend auch, aber er küsste wirklich sensationell, und als das Deckenlicht anging, saß ich immer noch auf seinem Schoß, die Hände in seinem nach Kamille duftenden Haar.

Der Weg nach Hause war weit. Immer wieder zog er mich an sich.

„Darf ich morgen vorbeikommen?", fragte er und küsste mich zum Abschied auf die Stirn, die Nase und erst am Ende lange auf den Mund. Ich sah ihm nach, wie er die menschenleere Straße hinaufging und wusste, dass ich ihn wiedersehen würde.

Ich habe trotz der dicken Socken kalte Füße und lege Bernds Brief in das Buch zurück. Oft habe ich mich gefragt, wie wohl alles gekommen wäre, wenn ich mich an diesem Abend überwunden und ihn gefragt hätte, warum er nicht auf meine Briefe geantwortet hatte. Ich reibe mir die Augen und lege mich auf die Couch. Noch vier Stunden, dann muss ich aufstehen und nach S. zur Arbeit fahren. Ich beobachte durch die Dachluke den Mond und fühle mich Bernd wieder so nah wie damals.

Donnerstag, 5. Oktober 1989, G./Südharz

„Meine Damen und Herren, ich wünsche Ihnen eine geruhsame Nacht", verabschiedet sich der Tagesthemen-Sprecher. Das Fernsehbild flimmert, und ich sehe noch immer die Züge vor mir, die durch dunkle Bahnhöfe fuhren, an leeren Bahnsteigen vorbei, während sich in den Vorhallen die Menschen drängten, von der Polizei in Schach gehalten. Platzangst haben sie, neidisch sind sie auf die, die raus dürfen, vermutete ich und konnte es regelrecht spüren, fühlte selbst eine Enge in der Brust, wenn ich daran dachte, dass wir seit Montag nun auch für die Tschechoslowakei ein Visum brauchen.

Ich schalte den Fernseher aus und das Radio an. Mama hat Nachtschicht. Papa sitzt am Küchentisch über seinen Abrechnungen. Am liebsten würde ich mich jetzt in unser Zimmer schleichen und in mein Bett legen, aber ich werde warten, denn Tom wird noch kommen. Er wird kommen, und alles wird gut werden.

Als es klingelt, springe ich auf. Hinter der geriffelten Glasscheibe der Eingangstür kann ich seine Umrisse erkennen. Es dauert eine kleine Ewigkeit, bis wir uns in den Armen liegen. Ich komme noch nicht dazu, ihn anzuschauen, spüre nur, dass er schmaler geworden ist. Der Stoff seines Uniformmantels fühlt sich steif und pelzig an, aber Tom riecht vertraut.

„Anni, Süße", flüstert er. „Endlich."

Ich sehe ihn zum ersten Mal in zu großer Kleidung. Seine Augen sind riesig in dem hageren Gesicht.

„Hast du Hunger?"

„Ja", flüstert er, hebt mich hoch und trägt mich ins Gästezimmer.

Ich ziehe ihn langsam aus. Er flüstert meinen Namen. Immer wieder. Bis auch er nichts mehr sagen kann.

Samstag, 7. Oktober 1989,
G./Südharz – Leipzig

Wir liegen auf meinem Bett, ich höre seinem Herzschlag zu. Knapp fünf Stunden bleiben uns noch. Regen klopft gegen die Fensterscheibe. Ich kann nichts sagen, habe Angst, die Vertrautheit und die Zärtlichkeit zwischen uns zu zerstören. Dabei wäre jetzt ein günstiger Moment, denn wir haben das Zimmer für uns.

Brit kam mittags mit dunkel umschatteten Augen aus Berlin zurück. Gorbatschow hatte sie nur von weitem gesehen, und sie schaute schweigend mit uns die Bilder im Fernsehen an, den Fackelwald, der an der Tribüne vorbeizog, die vielen Köpfe, die Blauhemden, die „Gorbi" Rufe, Honeckers erstarrtes Lächeln, seine winkende Hand. Dann legte sie sich ins Bett und schlief bis halb vier. Vor einer halben Stunde ist sie zu Lukas gegangen.

„Versprichst du mir was?", flüstert Tom.

„Was denn?", frage ich, den Mund an seinem Hals. Jemand klopft an die Tür.

„Ania, Miriam ist am Telefon."

Tom lässt mich los, und ich drücke mich an Papa vorbei, ohne ihn anzusehen.

„Hallo Miriam."

„Ach, Ania ..."

„Was ist passiert?"

„Bernd ...", sie schluchzt.

„Jetzt sag doch ..."

„Sie haben ihn verhaftet."

Ich muss mich an die Wand lehnen. In der Leitung klackt es, und das Rauschen wird stärker. Ich presse den Hörer ans Ohr.

„... wir waren auf den Markttagen ... haben einer Band zugehört ... alle mitgeklatscht ... super Stimmung ... plötzlich waren in der Grimmaischen Polizisten hinter uns ... Helme und Schutzschilder und Gummiknüppel ..."

Es klackt wieder, und ihre Stimme wird deutlicher.

„... noch viel schlimmer als am Montag, wir sind nur noch gerannt, es goss wie aus Eimern. Ania, bist du noch dran? Bernd war die ganze Zeit neben mir ... er drehte sich immer wieder um und knipste ... er schüttelte mich ab und rief: lauf, lauf ... und dann waren sie plötzlich neben ihm, gleich drei auf einmal, er hat mir die Kamera zugeworfen, ich hab den Film rausgerissen und fallen lassen, und da haben sie ihm mit dem Knüppel ..."

Sie bricht ab und schluchzt wieder.

„Ist er schwer verletzt?"

„Ich weiß nicht, sie haben ihn zum Lastwagen geschleift und drauf gestoßen, er ist gestolpert ..."

Ich schließe die Augen und höre sie leise weinen.

„Ania?"

„Ja?"

„Könntest du seinen Eltern Bescheid sagen? Ich weiß, dass er es eigentlich nicht will, aber ..."

„Sie können doch nichts tun, oder?"

„Nein, aber stell dir vor, sie sehen in den Nachrichten, was los war und wissen nicht, was mit ihm ist, außerdem – je mehr Leute davon erfahren, umso besser."

„Ja, gut. Was machst du jetzt?"

„Ich weiß nicht. Erstmal bleibe ich in Leipzig."

Ich lehne meinen Kopf an die Wand und schaue an Tom und Papa vorbei.

„Und wenn ich zu dir komme?"

„Aber Tom ist doch da."

„Sein Zug geht um neun. Ich fahre mit ihm und bin halb elf in Leipzig."

„Das musst du nicht. Dann ziehe ich dich in alles mit rein und ..."

„Ja?"

„Du glaubst nicht, was hier los ist."

Ich sammele in meiner Stimme alle Entschlossenheit, die ich aufbringen kann. „Ich komme trotzdem."

„Wir wollen heute Abend um acht in der Niko eine Andacht abhalten. Danach setzen wir uns im Gemeinderaum zusammen oder bei Magnus, mal sehen. Es gibt noch viel zu besprechen, auch für Montag. Aber du musst wirklich nicht ..."

„Ich weiß. Tschüss."

Ich lege auf. Tom hat seine Hände in den Hosentaschen, und als ich näher komme, weicht er mir aus.

„Was ist los?", fragt er.

„Bernd Lehne ist verhaftet worden."

„Wer?"

„Der Nachbarssohn", sagt Papa und streicht sich durch den Bart.

„Dein verdrehter Ex also?"

Ich kann Tom nicht anschauen. Mein Kinn zittert. Alles an mir zittert.

„Ich glaub's ja nicht", er schüttelt den Kopf, „ich glaub's einfach nicht."

„Müssen wir das auf dem Flur diskutieren?" Mama kommt die Treppe herauf, sie legt einen Arm um mich und führt mich ins Wohnzimmer. Ich hocke mich auf die Sofakante und nehme all meine Kraft zusammen.

„Die ganze Zeit wollte ich es euch schon erzählen, aber es war nie der richtige Moment. Also, ich war letzten Montag nicht in Halle, ich war mit Miriam in Leipzig, auf der Demo. Es tut mir leid, dass ich euch belogen habe."

Schweigen. Ich halte den Kopf gesenkt und zerreiße mein Papiertaschentuch in kleine Fetzen. Bevor jemand etwas sagen kann, spreche ich weiter.

„Das mit meinem Arm ist dort passiert. Ich war schon zum zweiten Mal da. Und nächsten Montag gehe ich wieder hin. Gerade jetzt, wo sie Bernd verhaftet haben."

„Bernd Lehne?", fragt Mama.

„Ja."

„Ania", beginnt Papa, „diese Demonstrationen sind kein Spiel."

„Ich weiß."

Seine Stimme wird lauter. „Ist dir eigentlich bewusst, dass du deine ganze Zukunft riskierst? Der Lehne, der Wirrkopf, der hat doch nichts zu verlieren und diese Miriam, na ja, die muss es selbst wissen. Aber du ..."

„Vielleicht will sie ja lieber Karriere in der Kirche machen, mit Schlabberrock und Jesuslatschen." Tom sitzt zurückgelehnt im Sessel und sieht an mir vorbei.

„Ich bin fast neunzehn. Ich weiß, was ich tue."

„Dann weißt du wohl auch, dass Honecker für Montag in Leipzig Schießbefehl gegeben haben soll? Und dass das agra-Gelände in Markkleeberg als Internierungslager im Gespräch ist?" Papas Worte stehen wie eine Wand im Raum.

Ich schlucke so laut, dass alle es hören können.

„Ihr glaubt doch nicht im Ernst, dass die Sturköppe da oben einlenken, nur weil ihr euch mit Kerzen auf die Straße stellt. Die lachen doch über euch."

Ich springe auf.

„Ihr habt ja keine Ahnung! Für euch geht es weiter wie immer und wenn alles zusammenbricht!"

Ich renne aus dem Raum und werfe mich in meinem Zimmer aufs Bett. Mein Kopf platzt fast. Irgendwann öffnet jemand die Tür und kommt näher. Ich halte den Atem an und spüre eine Hand auf meiner Schulter. Mama streichelt still meinen Rücken, bis ich ruhiger werde.

Der Zug ist voll. Ich sitze neben einem dicken Armisten, der mit seinen Kumpels Skat spielt und mir immer wieder einen Schluck aus seiner Bierflasche anbietet. Ich schüttele den Kopf und schaue aus dem Fenster. Die Landschaft versteckt sich unter einem dichten Regenschleier.

Ich habe es nicht länger ertragen. Tom ist zu seinen Eltern gefahren und Papa hat sich in den Wald verzogen, wie so oft, wenn er allein sein will. Lieber setzt er sich bei dem Wetter auf den Hochsitz, als das Gespräch mit mir zu suchen. Sicher, ich habe ihn enttäuscht, aber er hat auch mich enttäuscht. Warum will er nicht mal versuchen, mich zu verstehen?

Als Mama mir vorhin Kuchen und Äpfel einpackte, sagte sie zu mir: „Eigentlich können wir froh sein, dass du überhaupt noch hier bist. Wenn es so gekommen wäre wie mit Suse, hätten wir auch nichts machen können. Es wäre das Schlimmste für uns, dich zu verlieren, Ania, auch für Papa, das musst du mir glauben."

„Ihr werdet mich nicht verlieren, Mama, aber ich muss meine eigenen Entscheidungen treffen."

„Ja, meine Große", hat sie geflüstert, dann hat sie doch noch nach Bernd gefragt, und ich habe ihr erzählt, dass er Miriams Freund ist und schnell meine Jacke angezogen, ihre Blicke im Rücken.

Ich weiß nicht, wann es zum letzten Mal einen solchen Krach in unserer Familie gegeben hat und war nur froh, dass Brit und Oma nicht da waren, denn noch mehr stumme oder laute Vorwürfe hätte ich nicht ausgehalten.

Aber das Schlimmste ist, dass ich mir jetzt nicht mehr sicher bin, ob das, was ich tue, richtig ist oder ob ich nicht doch verrückt bin, selbstzerstörerisch, realitätsfremd, ob ich nicht doch so bin, wie sie mich sehen. Selbst wenn ich wollte, könnte ich nicht mehr zurück, schließlich habe ich den Aufruf unterschrieben. Vielleicht brauchen sie nur etwas Zeit, meine Eltern, Tom. Vielleicht muss ich nur Geduld haben und unseren Streit von heute als Chance sehen, als einzige Möglichkeit, zu ihnen vorzudringen. Vielleicht wäre alles einfacher für mich, wenn ich an Gott glauben würde wie Bernd und Miriam und die anderen. Aber woran glaube ich eigentlich? An mich selbst, an meine eigene Kraft? Wo soll die noch herkommen?

Der Zug ist gleich in Halle. Ich könnte aussteigen und mit dem nächsten zurückfahren, ich könnte auch im Internat übernachten und morgen nach Leipzig fahren. Aber was kann mir schon passieren? Schlimmstenfalls nehmen sie mich auch fest, und dann fühle ich mich Bernd noch näher. Eine Prellung am Arm habe ich schon, und sie tut längst nicht so weh wie manches andere.

Wie konnte es mit Tom nur so weit kommen?

Was ist, wenn sie uns am Montag tatsächlich in Pferdeställe einsperren?

Ich werde das Bild nicht los, wie Frau Lehne mich vorhin anschaute, sie stand vor mir in ihrer großgeblümten Kittelschürze, das Haar zu einem hohen Dutt aufgesteckt. Sie bat mich ins Wohnzimmer und schenkte uns einen Kognak ein. „Auf den Schreck", sagte sie. Bernds Vater trank nichts, er sagte nichts, er lief mit finsterem Gesicht auf und ab, die Hände auf dem Rücken verschränkt, immer hin und her, es machte mich ganz verrückt. Frau Lehne brachte mich noch an die Tür. Dort drückte sie mich, und ich versprach ihr, mich sofort zu melden, wenn es Neuigkeiten geben sollte.

Der Zug steht schon eine ganze Weile. Wir müssen kurz vor Leipzig sein. Vielleicht lassen sie schon niemanden mehr in die Stadt.

Es hat aufgehört zu regnen, und es wird schon dunkel. Soldaten in Ausgangsuniform laufen den Bahnsteig hinab. Nur einer lehnt am Geländer und kommt mir langsam entgegen.

„Anni, es tut mir so leid wegen vorhin", sagt er mit zerknirschtem Gesicht. Ich weiß, dass ich eigentlich weitergehen sollte. Aber ich komme nicht an ihm vorbei. Er legt seine Arme um mich.

„Ich wollte dir nicht wehtun, aber warum ist das alles so kompliziert? Wenn ich dich verliere, das steh ich nicht durch."

Er streichelt meinen Nacken und küsst mich auf die Wange.

„Lass uns irgendwo hingehen und in Ruhe reden."

„Aber nur, wenn du mir zuhörst."

„Versprochen."

„He, du Armistenschwein. Hast ja 'ne nette Puppe dabei."

Ein Ruck geht durch Toms Körper.

„Hör einfach nicht hin", flüstere ich und hebe vorsichtig den Kopf. Die Typen sind etwa in unserem Alter, sie tragen Jeansanzüge und haben Sport-Taschen dabei. Einer bleibt zurück, und als er merkt, dass ich ihn beobachte, lässt er den Stein aus seiner Hand auf den Bahnsteig fallen und läuft seinen Freunden nach.

„Das kann ja heiter werden", sagt Tom. „Denken die, ich bin freiwillig in dem Verein oder was? Die sind es, die nach Markkleeberg gehören."

„Niemand gehört dorthin, Tom."

Er nimmt mir meine Tasche ab und seufzt.

„Bringst du mich zur Kirche?"

„Aber vorher gehen wir noch in Auerbachs Keller."

„Ist doch viel zu teuer."

Er schüttelt den Kopf und nimmt meine Hand. In der Osthalle des Hauptbahnhofs ist es düster und still. In einer Ecke sitzen zwei Bereitschaftspolizisten auf dem Boden. Ihre Haare sind nass, und der Boden um sie herum ist mit Splittern übersät.

„Die armen Schweine", sagt Tom.

„He, du da, du solltest besser nicht in die Stadt gehen." Einer der Männer winkt in unsere Richtung. „Wärst nicht der erste, den sie heute verkloppen würden."

„Ach was. Aber danke."

Ich fasse seine Hand fester. „Ich glaube, du solltest das ernst nehmen!"

„Meinst du, ich lasse dich allein da draußen rumlaufen? Außerdem – da soll erst mal einer kommen."

„Ich weiß nicht, Tom ... Lass uns doch sonst ..."

Die Peitschenlampen auf dem Vorplatz werfen ihr Licht auf ein gespenstisches Bild. Die Straße ist übersät von Plastiksplittern und zerbrochenen Schilden, eine Polizisten-Mütze wird vom Wind über die Straßenbahnschienen geweht. Keine Bahn, kein Auto. Gegenüber an der Haltestelle stehen wieder Jeansjackenträger mit Bierflaschen in der Hand.

„Ja, guckt mal, wer da kommt", ruft der eine. „Wo willst du denn hin in deiner schicken Uniform? Komm, geh heim, sonst leuchten wir dir heim."

Bevor Tom irgendetwas antworten kann, habe ich ihn über die Straße gezogen. Wir hasten durch die Stadt. Er macht so große Schritte, dass ich kaum mitkomme.

„Das kriegen die von mir zurück. Irgendwann kriegen die das zurück." Er schiebt sein Kinn vor und geht immer schneller. Wir laufen über den Marktplatz und an den dunklen Buden vorbei. Thüringer Würstchen. Keramik aus der Lausitz. Überquellende Abfallkübel.

„Wo sind eigentlich die vielen Polizisten?", frage ich.

„Geschlagen vom Pöbel", sagt Tom und presst die Lippen zusammen.

Vor der Mädler-Passage trifft er zufällig seinen Zimmerkameraden, der mit dem gleichen Zug weiterfahren muss wie er. Wir steigen zu dritt in Auerbachs Keller hinab. Das Lokal ist fast leer, und ich würde am liebsten wieder gehen, doch der Kellner platziert uns und bringt die Speisekarte. Wenig später stochere ich lustlos in meinen Pommes, während Tom und sein Freund Sauerbraten mit Rotkraut und Klößen essen und ein Bier nach dem anderen bestellen. Sie reden über das vergangene Wochenende und spekulieren, was sie in der Kaserne erwartet. Ich bin mir sicher, ihr Gespräch würde anders verlaufen, wenn ich nicht dabei wäre, sie versuchen, mich einzubeziehen, doch es gelingt mir nicht zuzuhören. In der Nikolaikirche findet in diesen Minuten wahrscheinlich die Andacht statt, und ich schaue in die Kerze auf unserem Tisch und denke fest an Bernd. Als mein Teller leer ist, sehe ich verstohlen auf die Uhr und winke dem Kellner.

„Du bist eingeladen", sagt Tom. Seine Ohren leuchten, er ist schon beim vierten Bier. Er bringt mich noch zum Ausgang und ich muss ihm versprechen, den direktesten Weg zur Kirche zu nehmen. Er drückt mich an sich und presst seine feuchten Lippen auf meinen Mund. Als er mich los lässt, atme ich auf und bin traurig, weil ich nichts spüre. Gar nichts.

Draußen brennen keine Straßenlampen, doch vor der Nikolaikirche empfängt mich ein Kerzenteppich. Die Andacht scheint vorbei zu sein, und ich sehe zu, wie eine ältere Frau, gestützt von einer Jüngeren, versucht, eine Kerze anzuzünden. Die Flamme des Feuerzeugs flackert, und es dauert lange, bis der Docht Feuer fängt. Die jüngere Frau bückt sich und stellt die Kerze zu den anderen. „Siehst du, Mama", sagt sie, „das Licht brennt jetzt für Max."

Die ältere Frau wischt sich mit der Hand über die Augen.

„Ania?"

Ich fahre zusammen.

„Da wird sich Miriam freuen."

Maik reicht mir die Hand und tritt seine Zigarettenkippe aus. „Komm."

Wir biegen in eine Seitengasse ein und steigen in einem modrig riechenden Hausflur eine Steintreppe hinauf. „Hier wohnt Magnus", sagt Maik und schiebt eine Holztür auf. Es brennt kein Licht, nur auf der Fensterbank am Ende des Flurs flackern Kerzen. Eine der Türen geht langsam auf. Dahinter Stimmen. Miriam hat einen Stapel Papier unter dem Arm. Als sie mich erkennt, drückt sie Maik die Blätter in die Hand und fällt mir um den Hals.

„Es ist so gut, dass du da bist", sagt sie, „hast du Tom nicht mitgebracht?" Sie sieht mich ernst an. Ihre Haare sind lose zusammengebunden und sie trägt ihre Brille. „Ich hätte nicht anrufen sollen, stimmt's?"

„Doch, doch."

Wir umarmen uns wieder.

„Gibt's was Neues von Bernd?"

„Komm doch erstmal rein."

Ich folge ihr in den niedrigen Raum, der dominiert wird von einem mit Papier überhäuften Tisch. Sie sitzen auf Klappstühlen oder Hockern, trinken Rotwein und schwarzen Kaffee und diskutieren über das Flugblatt, das sie am Montag verteilen wollen. Ihre Gesichter sind weichgezeichnet vom Kerzenlicht, in der Luft hängen Schwaden von Zigarettenrauch und die Aschenbecher zwischen den Papierstapeln quellen über. Miriam und ich sind die einzigen, die nicht rauchen. Die Namen der anderen rauschen an mir vorbei, und ich bin froh, Magnus und Maik schon zu kennen. Rosi, Maiks Freundin, stellt ein Glas mit Wein vor mich hin.

„Wie sieht es draußen aus?", fragt mich Magnus.

„Wie nach einer Schlacht."

„Was soll das erst am Montag werden." Rosi hat sich wieder gesetzt und dreht ihr Glas in den Händen. Sie hat eine tiefe, voll klingende Stimme und trägt ein langes schwarzes Kleid. Ihre Locken hat sie mit einem Tuch im Nacken gebändigt. Die anderen schweigen. Der Duft des Weins steigt mir in die Nase.

Ein dünner Mann mit spärlichem Haar hebt sein Glas: „Auf all unsere Freunde."

Der Wein ist herb und schwer und füllt meinen Magen mit Wärme.

„Es ist doch nicht das erste Mal, dass sie Bernd erwischt haben", sagt Maik.

Miriam schüttelt den Kopf. „Aber diesmal ist es ernst."

„Die haben sogar noch auf die eingeprügelt, die schon verhaftet waren", sagt der dünne Mann.

„Das war die nackte Panik, Uwe", Maik lehnt sich zurück. „Die wissen nicht mehr ein noch aus. Wer weiß, was gerade in Berlin abgeht."

„Wo sie ihn wohl hingebracht haben?" Miriam stützt ihr Gesicht in die Handteller.

„Das mit Markkleeberg ist hoffentlich nur ein Gerücht", sage ich und beiße mir im nächsten Moment auf die Lippen. Niemand sagt etwas. Alle schauen mich an.

„Du meinst das agra-Gelände?", fragt Maik.

Ich nicke und seine Augen werden zu Schlitzen. „Wer verbreitet so was?"

„Mein Vater hat es erzählt", sage ich, „aber es ist nur ein Gerücht, ihr wisst doch, man erzählt sich viel."

„Na hoffentlich", sagt Magnus und drückt seine Kippe bedächtig aus.

„Ich habe auch davon gehört", sagt Rosi leise.

„Espenhain ist auch im Gespräch", sagt Maik.

Miriam neben mir hat ihr Gesicht in den Händen verborgen.

Ich beschimpfe mich innerlich selbst, beschließe, ab jetzt zu schweigen, trinke meinen Wein und sehe zu, wie sich die anderen mit den Flugblättern beschäftigen. Der Raum ist bis auf den Tisch und einen in der Ecke stehenden Ohrensessel leer. Nichts lenkt vom Wesentlichen ab. Ich höre weiter zu, habe aber Mühe meine Augen offen zu halten, die Stimmen entfernen sich von mir, werden zu einem monotonen Rauschen, und irgendwann stehe ich auf und gehe nach draußen.

Es ist kühler geworden. Am Straßenrand steht ein heller Lada mit ausgeschalteten Scheinwerfern. Schemenhaft kann ich zwei Personen darin erkennen. Sonst ist weit und breit kein Mensch zu sehen. Ich schlinge die Arme um meinen Körper und zwinge mich, nicht zu schnell auf und ab zu gehen.

„Sollen wir schon mal fahren?" Miriam ist mir gefolgt, sie trägt auch keine Jacke und reibt sich fröstelnd die Arme. „Wir können Bernds Auto nehmen."

„Es tut mir so leid, Miriam, ich wollte dir nicht noch mehr Angst machen."

Sie schaut mich mit großen Augen an.

„Das hast du nicht. Wir stellen in der Wohnung eine Kerze für Bernd ins Fenster. Sag mal ..."

„Ja?"

„Willst du darüber reden, was dir passiert ist?"

Der weiße Skoda parkt in der nächsten Seitengasse. Miriam kramt in ihrer Tasche.

„Zum Glück habe ich den Zweitschlüssel", sagt sie.

Ich erkenne die flauschigen Schonbezüge wieder und das Kassettenradio. Ich ahne den Geruch und werde doch von ihm überfallen. Aus den Augenwinkeln sehe ich, dass auf dem Rücksitz etwas Großes, Dunkles liegt, vielleicht seine Jacke. Wir verlassen den Innenstadtring, fahren die Rosa-Luxemburg-Straße entlang und biegen in eine kleinere Straße ein. Ich kann nirgendwo ein Straßenschild sehen. Nur jede dritte Straßenlampe leuchtet. Der Wagen holpert über das Kopfsteinpflaster. Eine Katze läuft über den Gehweg und verschwindet in einem Kellerloch. Die Häuser sind dunkel. Miriam manövriert den Wagen in eine schmale Lücke am Straßenrand.

„Was ist nur mit dir, Ania?", fragt sie leise.

Die Luft ist noch dichter als in der Innenstadt und beißt in den Augen. Ich schaue nach oben, wo Fernsehantennen in den Nachthimmel tasten. Die Fenster im Erdgeschoss des Hauses, vor dem Miriam stehen bleibt, sind mit Brettern vernagelt. Miriam schiebt die Eingangstür auf. An Stelle der Türklinke ist nur ein Loch. Im Flur ist es kalt, und es riecht nach muffigem Holz und Bohnerwachs. Miriam tastet nach dem Lichtschalter. Eine Glühlampe flackert an der Decke auf und die abgetretenen Treppenstufen und die Blech-Briefkästen an der Wand werden sichtbar. Ich streiche vorsichtig über den geschwungenen Kopf des Treppengeländers, bevor ich hinter ihr die Stufen hinaufsteige.

„Hier ist das Klo." Sie weist auf eine braun gestrichene Tür. „Das teilen wir uns mit den anderen im Haus. Nur mit Schlüssel begehbar. Und Klopapier muss man selbst mitbringen."

Von der Wand neben mir blättert der Putz. Vor einer breiten Tür bleiben wir stehen. Ich bewundere die verzierten Einsätze aus Milchglas. Miriam schließt auf. Als wir eintreten, knarren die Dielen.

„Komm erstmal in die Küche."

Wir gehen an einem Garderobenständer voller Jacken vorbei und an Bücherregalen, die bis an die Decke reichen. Es riecht nach kaltem Rauch. In der Küche ist ein Kachelofen in die Wand eingelassen, ich lehne mich an und spüre keine Wärme. In der Mitte des Raums stehen Gartenklappstühle um einen massiven Holztisch herum. Die Wände sind mit Plakaten und Kochrezepten beklebt, über der Spüle hängt ein Boiler, daneben brummt ein Kühlschrank.

Ich schaue auf die Straße hinaus. Im Haus gegenüber ist nur ein Fenster erleuchtet.

„Komm, ich zeige dir die anderen Zimmer", sagt Miriam. Sie führt mich in einen Raum, in dem ein Fernseher auf einem mit Stoff bespannten Schränkchen steht, davor mehrere Sessel, jeder scheint ein Unikat zu sein, und ein verschnörkeltes Sofa mit Samtbezug. Auf dem Dielenboden liegt ein Flickenteppich, die Wände sind mit Regalen zugestellt, die wie selbstgezimmert aussehen. Darin Schallplatten, Bücher, Kassetten. Eine Stereoanlage füllt eine Ecke aus. Im Fenster daneben Kakteen-Töpfchen. Benutzte Tassen und Teller türmen sich auf dem Boden. Miriam steigt über einen Stapel Bücher und weist auf einen dunklen Fleck an der Decke.

„Es hat mal wieder durchgeregnet", sagt sie. „Das ist übrigens das Wohnzimmer oder wie du es nennen willst. Komm, ich zeig dir noch Bernds Zimmer. Da schlafen wir heute. Fast wie im Internat."

Ich lächele. Mein Herz klopft. Miriam öffnet die Tür gegenüber vom Wohnzimmer. Das Flurlicht lässt zwei Matratzen erkennen, die zusammengerückt auf dem Boden liegen. Als sie eine Stehlampe einschaltet, ergießt sich helles Licht über zwei Schlafsäcke und eine rote Wolldecke. Auch hier stapeln sich Bücher und Zeitschriften auf dem Boden, und in niedrigen Regalen stehen Schallplatten.

Ich betrachte die Schwarzweißfotografien an der Wand. Eine Trauerweide über einem Teich. Vögel im Flug. Schilf, das sich im Wind bewegt. Tagebaugruben mit Baggern, die wie Drachen in der toten Landschaft sitzen.

Auf einem mit schwarzem Stoff bespannten Styroporstück sind mit Stecknadeln Zeitungsausschnitte und Flugblätter befestigt, auch handgeschriebene Zettel und wieder Fotos, anscheinend in der Wohnung aufgenommen.

Ich erkenne Maik und Rosi, Magnus und noch einige andere am Küchentisch. Vor ihnen stehen Bierflaschen und Weingläser, auf den Tellern daneben häufen sich Erdnuss-Flips und Salzstangen. Sie lachen alle und prosten in die Kamera. Ihre Gesichter glänzen. Auf einem anderen Foto posiert Miriam mit halb geschlossenen Augen und erhobenen Armen, ihr Haar in den Händen an einem Seeufer. Auf dem Bild daneben sind sie zusammen zu sehen, Kopf an Kopf, im Hintergrund wieder das Wasser.

„Schönes Foto", sage ich.

„Das war am Kulkwitzer See."

Sie hat ihre Jacke ausgezogen und trägt jetzt Hausschuhe. „Bücher, Musik und das Fotografieren. Sonst interessiert ihn kaum was. Die Möbel sind alle von der Straße oder aus Abrisshäusern."

„Auch das Sofa im Wohnzimmer?"

„Nee, das ist ein Erbstück von Maiks Oma."

Ich setze mich in den Schaukelstuhl. Er ist bequem, und von hier aus kann ich das ganze Zimmer betrachten, den kleinen Schreibtisch mit den herumliegenden Stiften und die Kerzenstümpfe auf den Regalen und auf dem Boden zwischen den Büchern.

„Ist dir nicht warm in der Jacke?"

Verlegen ziehe ich meine gefütterte Jeansjacke aus und hänge sie an den Garderobenständer im Flur.

Miriam folgt mir. „Trinken wir noch was zusammen?"

„Ja, gern."

Wir gehen in die Küche, und Miriam gießt Rotwein in zwei Gläser. „Hast du Hunger?", fragt sie.

„Nein, wir waren vorhin in Auerbachs Keller."

„Und?"

„Das Essen war gut. Aber sonst ..."
„Es hat mit Tom zu tun, oder?"
„Nicht nur."
Miriam holt einen verbeulten Blechtopf aus dem Regal und füllt ihn mit Wasser. „Willst du einen Tee?" fragt sie über die Schulter und dreht im Schränkchen unter der Spüle die Gasflasche auf. Sie muss mehrmals mit dem Streichholz an der Zündfläche reiben, bis es aufleuchtet und die Kochplatte von blauen Flämmchen umtanzt wird.
„Du musst nicht darüber reden."
„Wie sind die Jungs eigentlich zu so einer Wohnung gekommen?"
„Maiks Oma hat hier gewohnt. Nach ihrem Tod ist er eingezogen. Er war verheiratet damals und hatte Anspruch auf eine Wohnung, trotzdem muss es Stress gegeben haben. Ich verstehe das nicht. Die von der Stadt können doch froh sein, wenn hier Leute wohnen, die auch mal was reparieren können und dafür sorgen, dass im Winter die Rohre nicht einfrieren."
„Schade um das schöne Haus."
„Das Heizen ist nervig und überall zieht es und regnet es durch, aber die Holzböden und der Kachelofen. Und auf dem Dach im Sommer, das muss irre sein."
Miriam holt eine Teedose aus dem Schrank und fischt zwei Beutel heraus.
„Maik war schon mal verheiratet?"
„Ja, seine Ex lebt in Berlin. Aber er redet nicht gern darüber."
Ich höre dem Brummen des Kühlschrankes zu, das Wasser im Topf beginnt zu sieden. Miriam dreht sich zu mir um, die Teekanne in der Hand, sie lehnt an der Spüle, sie lächelt, und ich fange an zu reden von Tom und meinen Eltern und meinen Ängsten.

Zwei Stunden später liegen wir in Bernds Zimmer und schauen in die Dunkelheit.

„Ach Ania, es tut gut, dass du da bist."

„Ich bin auch froh, hier zu sein."

„Trotz allem?"

„Ja."

Die Kerze im Fenster hinter uns flackert. Ich drücke mein Gesicht in das Sofa-Kissen. Es ist Bernds Matratze, auf der ich liege, am liebsten hätte ich in seinem Bettzeug geschlafen, doch Miriam holte für mich einen Gästeschlafsack aus dem Schrank.

„Eigentlich habe ich ja alles ausgelöst. Wenn ich nicht angerufen hätte ..."

„Dann hätte ich es ihnen trotzdem sagen müssen. Wenigstens muss ich jetzt nicht mehr lügen."

„Ganz ehrlich, das mit Tom und dir – das macht mir Sorgen."

„Mir auch. Wenn ich Bernd und dich dagegen so sehe."

„Ja, schon." Miriam seufzt. „Es ist schön mit ihm. Aber manchmal komme ich nicht an ihn ran. Da kapselt er sich ab. Und seit ein paar Tagen ist es ganz schlimm. Ich habe es aufgegeben, ihn danach zu fragen, aber ich spüre, dass etwas nicht stimmt. Er liegt neben mir wach. Er ist unruhig. Er steht nachts auf und kommt lange nicht wieder. Ich habe mich schon gefragt, ob er krank ist."

Ich knülle das Bettlaken in meinen Händen zusammen.

„Einmal bin ich ihm nachgeschlichen und hab ihn im Küchenfenster sitzen sehen. Er hat geraucht und vor sich hin gestarrt. Er raucht so viel, das kann nicht gut sein."

Ich betrachte sie von der Seite.

„Meinst du nicht, dass das völlig normal ist? Dass es solche Phasen gibt?"

Miriam atmet langsam aus.

„Ich weiß nicht. Er streunt auch stundenlang mit der Kamera draußen herum, kommt abgekämpft zurück und will nichts erzählen. Letztens habe ich mal angedeutet, dass ich später gern Kinder hätte. Da hat er total abgeblockt. Da kam überhaupt nichts mehr."

Ich drehe den Kopf zur Wand und gönne mir ein Lächeln.

„Er ist ein Vagabund", fährt sie fort. „Er wird vielleicht nie eine Familie haben wollen. Und nie eine Frau länger als ein paar Monate."

Ihre Stimme zittert, und es dauert, bis sie weiterspricht.

„Wer weiß, wie es ihm jetzt geht, ob er schlafen kann. Ob sie ihn tatsächlich in einen Pferdestall gesperrt haben? Maik hat gesagt, dass sie ihn bestimmt nicht vor Dienstag rauslassen, wenn überhaupt."

Das Lächeln tut mir leid, ich rutsche zu ihr hinüber, lege meinen Arm um sie und spüre ihr weiches Haar.

„Liebst du Tom überhaupt noch? Oder hast du schon jemand anderen?"

Ich zucke zusammen. „Nein."

„Sicher?"

„Naja."

„Komm, erzähl."

„Ach, jetzt nicht."

„Schlaft ihr eigentlich noch miteinander, Tom und du?"

Es fällt mir schwer, meine Überraschung zu verbergen.

„Ja, gerade jetzt am Wochenende. Es war sehr schön."

„Das lässt doch hoffen, oder?"

„Ich weiß nicht. Ich weiß gar nichts mehr."

„Bestimmt denkt Tom jetzt auch nach."

„Ach wo, der sitzt besoffen im Zug."

Miriam lacht auf.

„Deshalb wollte ich ihn auch nicht mitbringen. Ein anderes Mal, okay?"

„Ich würde es euch wünschen. Ich meine, dass es dieses andere Mal gibt." Sie atmet tief durch. „Bernd ist so zärtlich. Und sein Körper, ich könnte ihn immer nur anschauen und berühren. Ich will einfach, dass er nur mir gehört. Kannst du das nicht verstehen?"

„Doch", sage ich leise.

Sonntag, 8. Oktober 1989, Leipzig

Miriam schläft noch fest. Sie hat sich so tief in den Schlafsack eingerollt, dass ich nur ihre Haare sehen kann. Ich weiß nicht, ob ich überhaupt geschlafen habe. In seinem Zimmer, auf seiner Matratze, seinem Kissen. Ich fühle mich, als würde mein Kopf gleich zerspringen. Seit gestern Abend denke ich nur noch an ihn, ich kann nichts dagegen tun. Tom ist weiter weg denn je, und ich frage mich: Kann Miriam überhaupt noch meine Freundin sein, oder wäre sie es noch, wenn sie wüsste, wie es in mir aussieht und wie weh es mir tut, dass sie sich so selbstverständlich in seinem Zimmer, zwischen seinen persönlichen Dingen bewegt?

Ich würde gern an die frische Luft gehen, vielleicht zu Hause anrufen, also stehe ich auf, nehme meine Sachen und schleiche nach draußen. Als ich mich im Flur anziehe, höre ich Geräusche, die aus der Küche kommen. Die Tür ist offen, und Rosi sitzt am Tisch.

„Guten Morgen", sage ich.

„Na, bist du auch Frühaufsteher?", fragt sie. Ihr Haar ist offen und reicht bis zu den Hüften. Sie schenkt mir eine Tasse schwarzen Tee ein, dann streicht sie Marmelade auf ein Stück Brot und bietet mir etwas davon an. Ich schüttele den Kopf, und sie erzählt mir, dass sie gleich los müsse, weil sie heute Spätdienst im Kinderheim hätte und vorher noch bei ihren Eltern vorbeischauen wolle. Sie erzählt auch, dass sich heute

Nachmittag in der Michaeliskirche das Neue Forum erstmals öffentlich vorstellen würde und dass Maik dabei sein würde.

„Miriam hat erzählt, dass du auch unterschrieben hast."

„Ja." Ich lege meine Hände um die Tasse.

Sie mustert mich mit ihren ruhigen, grauen Augen. „Geht's dir besser?"

Ich nicke, und sie sagt, dass gewöhnlich alles nur noch halb so schlimm sei, wenn es draußen wieder hell würde. Sie räumt das Geschirr in die Spüle und streicht mir beim Hinausgehen kurz über die Schulter.

Ich trinke den starken heißen Tee, gehe ans Fenster und schaue in den Hinterhof hinunter. Vor den Fenstern des Hauses gegenüber hängen Wolldecken. Nur im Erdgeschoss scheinen ein paar Zimmer bewohnt zu sein, doch es regt sich nichts. Ich sehe auf die Uhr, es ist halb neun, stelle die Teetasse in die Spüle, nehme meine Jacke vom Garderobenständer im Flur und ziehe die Wohnungstür hinter mir zu.

Kalte Luft trifft mich, als ich die Haustür aufschiebe, und ich wickele mein Tuch fester um den Hals. Der Himmel leuchtet wie frisch gewaschen. Auf der anderen Straßenseite schlendert ein Mann mit Lederjacke vorbei, er führt einen Schäferhund an der Leine und hebt grüßend die Hand. Der Hund schnüffelt an einer Haustür, die mit einer rostigen Kette gesichert ist, auch hier fehlt die Türklinke, und die Hausnummer wurde mit Kreide auf das Holz geschrieben. Direkt neben der Tür ist der Putz abgefallen. Backstein, nackt und rot. Über den zugemauerten Fenstern lächeln Engelsgesichter aus verwittertem Stuck auf den Hund herab, der sein Bein über den Grasbüscheln hebt, die aus der Fassade wuchern.

Ich schiebe meine Hände in die Taschen der Jacke und laufe die Straße hinab. Auf der großen Kreuzung fährt eine Straßenbahn vorbei. Ich gehe auf die Telefonzelle an der Ecke zu, hebe den Hörer ab und höre das vertraute Tuten. Ich krame Kleingeld aus der Jackentasche, werfe ein Zwanzigpfennigstück in den Schlitz und wähle die Nummer meiner Eltern.

Als ich zurückkomme, hat Miriam Frühstück gemacht. Ich trinke zwei Tassen Tee. Essen kann ich nichts. Wir schweigen und hören der Radiomusik zu.

Miriam trinkt ihren Tee aus. „Komm, ich zeige dir den Hinterhof."

„Lass deinen Eltern Zeit. Und dir auch", sagt sie, als wir die Treppe hinablaufen. Wenn wenigstens Papa am Telefon gewesen wäre, dann hätte er mit mir sprechen müssen. Aber es war Mama, sie freute sich, fragte gleich nach Bernd und sagte, dass alle mich vermissen würden. Wirklich alle?, fragte ich mich und wagte nicht, es auszusprechen.

Miriam schiebt eine Holztür auf. „Darf ich vorstellen: unser Biotop."

Sonnenflecken sprenkeln den Boden, Gras wächst aus zerbrochenen Betonplatten, und ein Kastanienbaum wirft seinen Schatten auf eine schmiedeeiserne Bank. Ein Teppich bewegt sich auf einer schiefen Stange im Wind, und ich frage mich, ob er überhaupt noch jemandem gehört. Ich setze mich auf die Bank und stelle mir vor, wie es wäre, an einem lauen Sommerabend hier zu sein. Wieder muss ich an zu Hause denken, an das Gemüsegärtchen hinter der Garage, diese versteckte Oase hinter gepflegten Vorgärten, wo alles wachsen darf, wie es will.

„Fahr doch hin und rede noch mal mit deinen Eltern", sagt Miriam. Sie setzt sich neben mich. „Oder willst du lieber mit in die Kirche kommen? Wir könnten eine Kerze für Bernd anzünden und dann bei Magnus vorbeigehen, es gibt noch viel für morgen zu tun. Ja, und dann noch die Veranstaltung heute Nachmittag." Sie schaut mich von der Seite an. „Du willst einfach nur deine Ruhe haben, oder?" Sie drückt meine Hand. „Wenn du Lust hast, komm doch nach."

Ich lächele sie dankbar an, sie gibt mir ihren Schlüsselbund und zeigt mir das Versteck dafür, falls ich doch wegfahren sollte. Dann lässt sie mich allein.

Von irgendwoher weht der Geruch nach geschmortem Kohl herüber. Wenn ich jetzt nach Hause fahren würde, hätte ich vielleicht heute Abend nicht mehr den Mut, hierher zurückzukommen. Andererseits – sollte es morgen auf der Demo zum Schlimmsten kommen, wäre ich noch einmal dort gewesen.

Was für Gedanken.

Ich stehe auf, gehe nach oben in die Wohnung und nehme aus Bernds Bücherregal ein zerlesenes Taschenbuch, „Nachdenken über Christa T." von Christa Wolf. Als ich hinaus gehe, fällt mir an der Bilderwand ein Zettel mit einem Gedicht auf.

Was ich habe, will ich nicht verlieren, aber/
Wo ich bin, will ich nicht bleiben, aber/
Die ich liebe, will ich nicht verlassen, aber/
Die ich kenne, will ich nicht mehr sehen, aber/
Wo ich lebe, da will ich nicht sterben, aber/
Wo ich sterbe, da will ich nicht hin:/
Bleiben will ich, wo ich nie gewesen bin.
(Thomas Brasch)

Ich lese es wieder und wieder und nehme den Zettel schließlich mit. Im Hinterhof setze ich mich auf die Bank und klappe das Buch auf, doch ich kann mich nicht auf den Text konzentrieren, fühle mich beobachtet von den Tauben, die auf den brüchigen Fensterbänken hocken, auf der Leiter, die am Schornstein des Hinterhauses lehnt, in den leeren Blumenkästen neben den Aschekübeln, auf den kaputten Balkongeländern. Sie lassen mich nicht aus den Augen, sie haben mich eingekreist, als sollten sie auf mich aufpassen. Es werden immer mehr. Vielleicht übernehmen sie die Stadt, wenn wir nicht mehr da sind. Sie gucken sich alles von oben an, sie werden sich auch das, was morgen mit uns passieren wird, aus sicherer Entfernung anschauen, und wenn sie genug gesehen haben, werden sie wegfliegen.

Miriam und ich werden morgen die Vorlesungen in Halle schwänzen, denn die Leipziger Innenstadt soll abgesperrt werden, auch der Bahnhof und alle Zufahrtsstraßen. Wir werden schon am frühen Nachmittag zur Nikolaikirche gehen, dort, im Inneren der Kirche, können wir uns erstmal sicher fühlen. Keiner kann einschätzen, was passieren wird. Sicher ist nur, dass wir mit allem rechnen müssen. Und doch werde ich hingehen, alles andere wäre inkonsequent, ich möchte nicht unter die Glocke des Schweigens zurück, ich muss den Weg weitergehen, den ich spätestens seit meiner Unterschrift eingeschlagen habe. Ich werde nicht allein sein, darauf immerhin kann ich mich verlassen.

Im Treppenhaus ist es schon dämmerig. Ich habe das Buch fast ausgelesen, steige langsam die Stufen hinauf und krame in Gedanken versunken nach dem Wohnungsschlüssel, bis mir auffällt, dass die Tür offen ist. Als ich hinein gehe, schallt mir „Bohemian Rhapsody" in voller Lautstärke entgegen. Ich bemerke Bernd erst, als ich meine Jacke ausgezogen habe. Er lehnt in der Küchentür, und als ich bei ihm bin, als ich ihm um den Hals falle, als er mich an sich drückt, kleben seine feuchten Haare an meiner Wange. Er riecht frisch geduscht, und ich habe Angst, dass er mein Herz hört. Es dauert lange, bis wir uns loslassen.

Seine Augen sind dunkel. Er trägt keine Brille. Um die verkrustete Wunde an seiner rechten Schläfe hat sich ein roter Rand gebildet. Ich krame im Küchenschrank nach Verbandszeug, mein Gesicht glüht, ich finde eine Flasche mit Jodtinktur und eine Packung mit Mullkompressen, und als ich mich wieder zu ihm umdrehe, klopft es an die Tür. Er geht hinaus und öffnet, und ich höre lange nichts mehr.

Miriams Augen strahlen, als sie zusammen in die Küche kommen, sie drückt ihn auf einen Stuhl und nimmt mir die Jodflasche aus der Hand. Als sie mit einem Tupfer vorsichtig die Wunde berührt, schließt er die Augen.

„Sie haben euch tatsächlich nach Markkleeberg gebracht?", fragt sie.

„Ein echtes Abenteuer", sagt er wie zu sich selbst.

„Übernachten im Pferdestall. Auf Steinboden. Das Stroh nahmen sie für ihre Hunde."

Miriam setzt sich auf seinen Schoß. Als sie den Tupfer wieder auf die Wunde legt, verzieht er das Gesicht.

„Wie das liebe Vieh", sagt er und lacht lautlos und so heftig, dass seine Schultern zucken.

„Du darfst dich nicht bewegen", sagt Miriam so leise, dass ich es kaum hören kann. Er schließt wieder die Augen und lehnt seine Stirn an ihre Schulter.

Ich nehme die Jodflasche vom Tisch, schraube den Verschluss zu, stelle sie in den Schrank zurück. Ich möchte mehr für ihn tun können, für ihn da sein, ich möchte nicht sehen, wie sie ihn in den Arm nimmt, und ich lehne mich an die Spüle, mit dem Rücken zu ihnen, und denke an den Moment, der nur uns gehörte, versuche, ihn festzuhalten und empfinde ihn doch schon wie einen Traum.

„Das schlimmste war, dass ich nicht wusste, was mit dir ist", höre ich ihn sagen. „Aber jetzt lasse ich dich nicht mehr allein, ich habe unterschrieben, damit sie mich rauslassen, ich habe dieses beknackte Formular unterschrieben. Die dürfen mich nicht erwischen morgen."

Ich schleiche an ihnen vorbei, sie sitzen reglos da, eng umschlungen und gehe noch einmal zur Telefonzelle, um Frau Lehne anzurufen.

Spät in der Nacht liege ich im Gästeschlafsack auf dem Wohnzimmersofa, in den Fenstern flackern wieder Kerzen. Ich kann nicht schlafen, aber ich traue mich nicht, das Radio oder den Fernseher einzuschalten, die anderen wollen schließlich ihre Ruhe haben, vor allem vor mir, wie ich inzwischen glauben muss. Auch lesen kann ich nicht. Was eben passiert ist, sitzt tief. Am liebsten würde ich weglaufen, aber wohin? Es ist absurd. Und doch logisch. Dass ich Miriams Freundin bin, heißt nichts. Gar nichts.

Die Bauchschmerzen werden wieder stärker, und übel ist mir auch. Dabei schmeckte das Essen gut, Miriam hat Soljanka gekocht, und Bernds Gesicht bekam wieder Farbe, er aß mindestens drei Teller Suppe, schwieg über die letzte Nacht, und niemand fragte danach. Miriam und Maik berichteten von der Veranstaltung in der Michaeliskirche mit mehr Menschen, als die Kirche fassen konnte und einer überwältigenden Akzeptanz des Aufrufs. Außerdem sei ein offener Brief an Honecker verlesen worden, in dem die Bedeutung des kritischen Geistes betont wurde, „Bloße Zustimmung erneuert nicht, sondern wiederholt", zitierte Maik, er hatte sich den Satz notiert und schaute immer wieder auf die Uhr, denn die Veranstaltung sollte um halb acht abends wiederholt werden für diejenigen, die am Nachmittag keinen Platz in der Kirche gefunden hatten. Er fragte Bernd, ob er nicht mitkommen und fotografieren wolle, doch dieser hob abwehrend die Hände. Er sah müde aus und bat darum, bald den Plan für morgen zu besprechen, weil er sich dann zurückziehen wolle. Wir räumten das Geschirr ab, setzten uns wieder zusammen und beschlossen, uns um drei Uhr nachmittags in der Niko zu versammeln.

Maik wird mit Magnus die Flugblätter in der Stadt verteilen, sich mit Rosi treffen und versuchen, zur Kirche zurückzukommen, während Bernd bei Miriam und mir bleiben wird.

„Zieht eure ältesten Klamotten an, nehmt nichts mit, was ihr nicht unbedingt braucht, am besten nur euren Ausweis", sagte Maik.

„Zieht feste Schuhe an, falls sie Hunde einsetzen", warf Bernd ein. „Wenn sie euch festnehmen, verweigert die Aussage und unterschreibt nichts."

„Lasst euch auf keinen Fall provozieren und versucht, zusammenzubleiben."

„Was ist, wenn sie wirklich schießen?", fragte Miriam.

„Die werden höchstens versuchen, Unruhe in die Massen zu bringen, vielleicht haltet ihr euch besser am Rand auf. Aber man kann nie wissen", sagte Bernd, und Miriam lehnte ihren Kopf an seine Schulter und sagte:

„Ich glaube, ich rufe doch noch mal zu Hause an."

Ich verspürte ein starkes Ziehen im Unterleib, sprang auf und stürzte zur Toilette. Als ich zurückkam, hörte ich sie schon an der Tür. Sie redeten aufgeregt durcheinander.

„Ich will doch nur, dass ihr nichts rumliegen lasst! Samisdate, Flugblätter, ihr wisst schon."

„Mensch, Maik, du siehst doch Gespenster!"

„Sie wusste von Markkleeberg, Bernd, und sie ist gestern Abend einfach aufgestanden und nach unten gegangen, es muss nichts heißen, aber sie war auch am Bücherregal und hat wahrscheinlich das Brasch-Gedicht mitgenommen, oder hat das jemand von euch?"

„Das ist doch lächerlich, sie ist meine Freundin!" Miriams Stimme klang schrill.

„Es wäre nicht das erste Mal, ihr wisst das genauso gut wie ich. Ich würde es ihr auch nicht zutrauen, aber lasst uns wenigstens nachsehen. Wenn wir nichts finden, ist es doch umso besser, eine reine Vorsichtsmaßnahme. Außerdem, du hast doch erzählt, dass ihr Vater ein Bonze ist."

„Er ist in der Partei, nichts weiter", höre ich Bernd. „Wenn sie wirklich vom Fach wäre, hätte sie nichts von Markkleeberg erzählt. Und was soll sie mit dem Brasch-Gedicht anfangen?"

In meiner Kehle wurde es eng, ich nahm das Buch und ging in die Küche. Alle schauten mich an, Maik war aufgestanden und hatte die Hände auf die Tischplatte gestützt. Ich legte das Buch mit dem Gedichtzettel vor ihn hin und sah ihm direkt in die Augen.

„Ich hatte mir das ausgeliehen und zum Lesen mit in den Hof genommen, ich wusste nicht, dass das ein Problem ist, aber warum solltet ihr mir auch vertrauen."

Mein Kinn zitterte, mir fiel nichts weiter ein, ich rannte hinaus und ins Wohnzimmer, warf die Tür hinter mir zu, hockte mich aufs Sofa und weinte lange. Nach einer Weile kam Miriam herein und setzte sich zu mir. „Du musst Maik verstehen, er hat schon schlechte Erfahrungen gemacht mit Leuten, die von anderen mitgebracht wurden."

Ich hob den Kopf. „Miriam, bitte, sei ehrlich, glaubst du auch, dass ich …"

Sie schüttelte heftig den Kopf. „Nein, auf keinen Fall. Bernd hat ihm eben auch noch mal kräftig die Meinung gesagt. Paranoid ist das."

Sie streichelte meinen Arm.

„Wie geht's Bernd?", fragte ich.

„Er hat sich schon hingelegt, er ist völlig fertig, er hat mir noch alles erzählt, ich sage dir, sie mussten die ganze Nacht in eisiger Kälte stehen, zu zehnt im Pferdeverschlag, und draußen liefen sie mit Kalaschnikows herum. Der blanke Horror. Was macht dein Bauch?"

Ich zuckte mit den Schultern. Ihre Berührung war mir unangenehm. Sie huschte in Bernds Zimmer und gab mir mein Bettzeug und die Tasche heraus. Er schien tatsächlich schon zu schlafen. Ich richtete mein Lager im Wohnzimmer, und seitdem liege ich hier auf der Couch und hoffe nur noch auf ein Ende der Dunkelheit.

Montag, 9. Oktober 1989, Leipzig

Kann man von Stille aufwachen?

Die Sonne scheint, ich schaue auf die Uhr, es ist halb zwei, ich habe also tatsächlich geschlafen. Die Bauchkrämpfe, die mich die halbe Nacht durch das kalte Treppenhaus rennen ließen, sind verschwunden. Vorsichtshalber schlucke ich noch eine Kohletablette und spüle mit kaltem Kamillentee nach. Zum Duschen ist es zu spät. Gähnend schlüpfe ich in meine alten Jeans und ziehe zwei Pullover übereinander.

Ich treffe Miriam in der Küche, sie füllt Tee in die Thermoskanne und packt Butterkekse und Brote in ihren Rucksack. Ich sammele alle Kerzen ein, die ich finden kann und lege sie in meinen Rucksack. Auf dem Tisch liegt die Leipziger Volkszeitung. „Guck lieber nicht rein", sagt Miriam. Wir tauschen einen Blick, mir fällt die Schlagzeile „Mit Recht und Gesetz für Ruhe und Ordnung" auf, doch ich lese nicht weiter, stopfe die Zeitung zu den Kerzen in den Rucksack und schnüre ihn zu.

„Wir müssen los", sagt Miriam.

Wir gehen die Nikolaistraße hinauf. So gelassen wie möglich. Solange uns niemand aufhält, ist alles gut. Aus den Augenwinkeln sehe ich LKWs am Straßenrand, keine Polizisten, nur Hundegebell hinter grünen Planen.

Eine Frau mit Kind kommt uns entgegen. „Mama, lauf doch nicht so schnell!" Die Brottasche schaukelt vor der Brust des kleinen Mädchens, doch die Mutter zieht es immer schneller hinter sich her, und ich muss daran denken, dass Rosi gesagt hatte, alle Kindergärten würden um drei schließen und die Geschäfte um fünf. Ich drehe mich nicht um, auch Miriam wird immer schneller, und ich atme auf, als wir die Kirche sehen und sicher sein können, dass der Weg hinein noch frei ist.

Noch eine Stunde, bis die Andacht anfängt.
Der Tee ist heiß, die Tasse auch, ich gebe sie an Miriam weiter, die Bernds Hand nicht loslässt. Die Frau neben mir tauscht ihre Metallbrille gegen eine mit Horngestell aus.
„Die ist stabiler", sagt sie, faltet die Hände im Schoß und schaut vor sich hin. Aus ihrer Handtasche ragt ein Pappschild. Ich kann nur die Rückseite sehen. Sie hat mir vorhin erzählt, dass sie für ihren Sohn hier wäre, der seit Anfang September in Haft säße.
Unten, in den Sitzreihen lesen sie das Neue Deutschland oder die LVZ, sie verbergen ihre Gesichter dahinter, sie sind schon so lange da wie wir. Ich öffne meinen Rucksack und schiebe die Zeitung ganz nach unten. Maik und Magnus haben einen kleinen Stapel Flugblätter bei uns gelassen und sich mit dem Rest auf den Weg in die Stadt gemacht. Maik hat von Droh- und Warnanrufen im Pfarramt erzählt und davon, dass die Kirche nach dem Gebet für alle Fälle geöffnet bleiben würde.
Pfarrer Führer steht am Fenster und redet auf die ein, die draußen stehen und eigentlich sehen müssten, dass hier alles brechend voll ist. Ich glaube, dass wir hier auf der Empore

sicher sind, denn wir bekommen zuerst mit, was passiert und werden beim Rausgehen unter den Letzten sein.

Ich denke an Mama und Oma, die jetzt beim Kaffee sitzen, an Papa, der über seinen Kalkulationen brütet, an Brit, die die Hausaufgaben fertig hat und auf dem Weg zu Lukas ist, an Tom, der jetzt vielleicht Politunterricht hat und an Suse, die im Laden Blumen verkauft, an alle, die heute einen ganz normalen Tag haben und sich nicht vorstellen können, wie es ist, mittendrin zu sein in dieser Kirche, in diesem Warten, das zermürbt und zum Schweigen bringt, so dass das Rufen und Klatschen da draußen noch lauter erscheint.

Auf meinen Knien liegt das Flugblatt. Es sind immer wieder die gleichen Worte, die mir auffallen.

„Wir haben Angst, Angst um uns selbst, Angst um unsere Freunde, um den Menschen neben uns und Angst um den, der uns da in Uniform gegenübersteht."

Vielleicht ist der Polizist von letzter Woche heute wieder dabei, vielleicht auf der anderen Seite, aber dazu müsste er den Befehl verweigern.

„Greift zu friedlichen und phantasievollen Formen des Protestes."

Phantasie, jetzt, hier, in dieser Situation? Unterschrieben hat niemand, nur die Namen der Gruppen stehen darunter.

Ich weiß nicht, ob ich froh darüber sein soll, dass Bernd bei uns geblieben ist. Sie sitzen eng umschlungen neben mir, sie tuscheln, und ich versuche, an etwas Schönes zu denken, an Tom, an unseren Urlaub, an Strand und Meer und Wärme.

„Entschuldigen Sie", sagt die Frau neben mir. „Darf ich mal auf das Flugblatt gucken? Und würden Sie mir vielleicht eine Kerze überlassen, für nachher?"

Als die Andacht endlich beginnt, bin ich so angespannt, dass ich mich nicht auf die Worte der Redner konzentrieren kann. Erst als das Flugblatt verlesen wird, das ich in den Händen halte, lese ich stumm mit. Plötzlich drängelt sich ein Mann durch die Menschenmenge nach vorn, er wedelt mit einem Papier, übergibt Pfarrer Führer den Zettel und redet auf ihn ein. Draußen klatschen sie und schreien nach Gorbi.

„Wenn das noch lange dauert, stürmen sie die Kirche", flüstere ich Miriam zu.

Jemand anders nimmt mit dem Papier in der Hand den Platz hinter dem Pult ein.

„Unsere gemeinsame Sorge und Verantwortung haben uns heute zusammengeführt. Wir sind von der Entwicklung in unserer Stadt betroffen und suchen nach einer Lösung. Wir alle brauchen einen freien Meinungsaustausch über die Weiterführung des Sozialismus in unserem Land. Deshalb versprechen die Genannten heute allen Bürgern, ihre ganze Kraft und Autorität dafür einzusetzen, dass dieser Dialog nicht nur im Bezirk Leipzig sondern auch mit unserer Regierung geführt wird. Wir bitten Sie dringend um Besonnenheit, damit der friedliche Dialog möglich wird ..." Als der Redner die Namen der sechs Unterzeichner vorliest, scheinen die Menschen um uns herum aufzuwachen.

„Da sind welche von der Partei dabei", sagt Miriam, „endlich."

„Und der Herr Masur", sagt die Frau mit der Brille und lächelt.

Als das Friedensgebet zu Ende ist, dauert es lange, bis wir die Empore verlassen können. Ich habe die Hände in den Jackentaschen vergraben und schaue auf Bernds Hinterkopf. Langsam steigen wir die Treppen hinab.

„Geht noch ein bisschen zur Seite. Wir wollen alle mit euch zusammen sein", ruft der Pfarrer.

Erst als wir unten sind, sehe ich, wie gleichmäßig der Menschenstrom an ihm vorbei nach draußen fließt.

Das Licht der Kerze flackert, Wachs tropft auf meine Finger, brennt kurz auf der Haut und erstarrt. Ich schaue nach vorn. Wir laufen den bekannten Weg.

„Keine Gewalt!"

„Wir sind keine Rowdys!"

„Wir sind das Volk!"

Zwischen den Rufen rhythmisches Klatschen und Schweigen. Außer Miriam und mir trägt kaum jemand eine Kerze. Die Frau mit der Brille habe ich aus den Augen verloren. Sie wird irgendwo sein, in diesem Meer aus Köpfen, das sich im Dunkel der Stadt verliert. Im Lichtblitz von Bernds Kamera sehe ich Ernst und Entschlossenheit in den Gesichtern. Manche Menschen haben Regenschirme dabei, viele tragen verschlissene Jacken und derbe Schuhe.

Am Bahnhof stehen Polizisten in den Eingängen, wieder Einsatzwagen und Fahrzeuge mit langen schmalen Rohren. Bernd versteckt die Kamera unter seiner Kutte, und ich hake ihn unter. Seine Nähe tut mir gut, auch wenn wir bisher kaum ein Wort geredet haben und ich nicht weiß, was er seit gestern Abend über mich denkt.

Das Stasi-Gebäude liegt vor uns wie eine verlassene Festung. Ein Pfeifkonzert beginnt, und der Zug stoppt so plötzlich, dass ich der Frau vor mir in die Hacken trete. Ich rücke noch näher an Bernd heran. Als vorn „Umkehren!" gerufen wird, drehen wir uns um, als hätten wir es vorher geprobt. Zwei ältere Frauen lassen sich über eine Absperrung helfen und hasten davon.

Das Blaulicht eines Polizeiwagens dreht sich neben uns, wir bilden eine Gasse, das Auto rollt vorbei. Kurz darauf laufen wir weiter. Alle Fenster der Festung sind dunkel, aber plötzlich stehen da Polizisten mit Helmen hinter weißen Schilden. Miriams Kerze geht aus. Als Bernd sie wieder anzünden will, schüttelt sie den Kopf.

„Keine Gewalt!" Unser Sprechchor übertönt die Pfiffe und Buh-Rufe.

„Passt nur auf, ihr …" Ein Mann hinter uns schüttelt seine Fäuste. Die neben ihm fassen sich an den Händen, bilden einen Kreis um ihn und reden so lange auf ihn ein, bis er ruhiger wird.

„Polizisten, schließt euch an!", wird vorn gerufen.

Als wir an der Festung vorbei gelaufen sind, umarmen wir uns und ich genieße Bernds Wärme.

Kurt Masurs Stimme tönt aus den Lautsprechern des Stadtfunks. Der Aufruf wird wieder und wieder gesendet. Ich fühle mich wie im Traum, alles erscheint weit weg von mir. Wir sind wieder auf dem Karl-Marx-Platz angekommen. Wir haben zum ersten Mal die Innenstadt umrundet. Um uns herum kommen Gespräche auf. Die Gesichter sind entspannt, es wird gelacht.

Miriam ist mit der Kamera unterwegs. Bernd und ich stehen dicht beieinander, und ich halte noch immer meine heruntergebrannte Kerze in den Händen.

„Das feiern wir morgen Abend", sagt er. „Bist du dabei?"

„Vielleicht."

Er kommt näher und lehnt seine Stirn gegen meine.

Dienstag, 10. Oktober 1989, Leipzig

Die Küchenuhr zeigt zwei Uhr morgens.

Ich kann meine Augen kaum noch offen halten, mein Kopf kippt auf Bernds Schulter, meine Kehle fühlt sich rau an.

Ich könnte aufstehen, einen Tee kochen oder den Mund unter den Wasserhahn halten, aber das würde zu viel Kraft kosten. Die erste Flasche Wein öffneten Maik und ich allein, gleich als wir von der Demo kamen. Er hielt mich im Wohnzimmer zurück, als die anderen in die Küche gingen, um das Abendessen zu kochen. Im Fernsehen lief der Wetterbericht, wir hatten auf Bilder der Demo gewartet, doch es gab keine, dafür wurde berichtet, dass wir siebzigtausend waren, dass nicht ein Stein geworfen wurde, nicht eine Fensterscheibe zu Bruch gegangen war.

Maik schaltete den Fernseher aus. „Es tut mir so leid, Ania", sagte er, und ich spürte, dass er es ehrlich meinte. Er schenkte uns Rotwein in Sektgläser ein und fing an zu reden. Er trank mehr als ich und sprach immer schneller, berichtete von unangekündigten Wohnungsdurchsuchungen, von der Wut, die ihn und die anderen befiel, wenn alles auf den Kopf gestellt wurde und nichts als Chaos zurückblieb, und von dem tief sitzenden Schock, wenn sie heimlich da gewesen waren und Maik und seine Freunde das nur am verschobenen Teppich im Flur oder den vertauschten Büchern im Regal bemerkten.

„Ich weiß nicht, ob sie Fehler machen oder ob sie wollen, dass wir es merken", sagte er und verschränkte die Hände unterm Kinn. Es war eine Kollegin von Rosi, die sich von ihrem Freund getrennt hatte und für ein paar Tage bei ihnen wohnte. Sie war längst wieder ausgezogen, als ihnen auffiel, dass Samisdate und Fotos aus verschlossenen Schubladen fehlten. Etwas später entdeckte Bernd auf der Toilette die erste Wanze, versteckt zwischen Spülkasten und Wand. Eine weitere fand sich unter Maiks Bett.

„Die wissen alles von uns", sagte Maik, „alles."

„Du musst mir glauben ...", begann ich, doch er legte den Zeigefinger an seine Lippen und unsere Gläser klangen aneinander. Als Miriam zum Essen rief, nahmen wir die leere Flasche mit in die Küche. Bernd saß mir gegenüber, unsere Blicke trafen sich, wir sahen uns an, immer wieder, während Miriam und Rosi Spaghetti auf unsere Teller häuften und sie mit Tomatensauce übergossen. Wir sahen uns an und ich weiß bis jetzt nicht, ob es den anderen aufgefallen ist, ob es Miriam aufgefallen ist, die mit glänzendem Gesicht über Maiks Witze lachte und irgendwann auf der Couch einschlief, zusammengerollt wie ein kleines Mädchen. Bernd trug sie ins Bett, Maik und Rosi zogen sich zurück, und die Müdigkeit überfiel auch mich. Aber die Vorstellung, dass Bernd dann zu Miriam gehen würde, hielt mich wach.

„Schlafen oder reden?", fragte er, als er zurückkam.

„Reden", sagte ich, und jetzt sitzen wir vorm Kachelofen in der Küche, unsere Schultern lehnen aneinander, und wir schauen Fotos von Samstag an, die er in seiner Dunkelkammer im Keller entwickelt hat, verschwommene Bilder von Menschen mit angsterfüllten Gesichtern, verfolgt von Polizisten mit Helmen und Schilden.

„Einer von unseren Leuten hat den Film gerettet, den Miriam fallen gelassen hat", erzählt er, und wir lächeln uns an.

„Warum studierst du eigentlich Theologie?" frage ich schließlich.

Er sieht mich überrascht an. „Weil ich nichts anderes studieren darf."

Er lehnt seinen Hinterkopf an die Ofenkacheln. „Und weil ich für diejenigen da sein will, denen es geht wie mir, so wie Richard."

„Dein Onkel?"

„Genau. Das andere schwarze Schaf der Familie."

Ich betrachte Bernds Profil, die verkrustete Wunde über dem Auge, die schmale Nase, die farblosen Wimpern.

„In der Schule wurde ich oft verdroschen. Ich war zu dürr, zu klein, ich konnte ohne Brille nichts sehen, die haben mich fertiggemacht. Mein Vater hat mich abends geschüttelt und von mir verlangt: Schlag zurück! Sei ein Mann! Und Mutter hat mich in Schutz genommen. Es gab ständig Krach. Richard kam manchmal vorbei, wenn Vater auf Schicht war. Mutter und er mögen sich sehr. Eines Tages kam ich von der Schule nach Hause, wieder mal mit einem blauen Auge, da saß er am Küchentisch. Es war mir peinlich, dass er mich so sah, aber er nahm mich in den Arm und hielt mich fest, bis ich mich beruhigt hatte. Dann sprach er davon, dass Gewalt sinnlos sei und roh, ich sollte nicht zurückhauen, sondern denen meine Hand reichen. Darüber habe ich erstmal nur gelacht, ich stellte mir vor, wie die wohl gucken würden, wenn ich mit ausgestreckten Händen auf sie zuginge. Mein Onkel blieb ruhig und sagte: Du bist klug, Junge. Klüger als sie. Nutz das."

Meine nackten Füße werden kalt, ich würde sie am liebsten unter sein ausgestrecktes Bein schieben, und lege sie doch nur übereinander.

„Und dann?"

„Ich bin immer öfter zu Richard gefahren, er hat sich viel Zeit für mich genommen. Wir haben Pläne gesponnen, wie ich die Typen in der Schule austricksen konnte, nur mit Worten, und es hat geklappt, die haben mich in Ruhe gelassen. Außerdem konnte ich Richard alles fragen. Er hat mir Bücher gegeben, wir haben diskutiert, ich habe in jeder freien Minute gelesen. Mit Vater habe ich nur noch das Nötigste gesprochen. So ist es bis heute. Kaum zu glauben, dass die beiden Brüder sind."

„Du warst oft allein, oder?"

„Ja, aber ich war es gern. Trotzdem habe ich dich immer um deine Familie beneidet, deine Unbeschwertheit, sogar um deine kichernde Freundin. Und darum, dass der Weg, den du gehen wolltest, frei war."

Ich unterdrücke ein Lachen, verschränke die Arme und lege das Kinn auf die Knie. „Es wird nie mehr so sein", sage ich und mein Körper überzieht sich mit einer Gänsehaut. Er hängt mir sein Sweatshirt um.

„Vielleicht ist es ja gut so", sagt er.

„Gestern hatte ich zum ersten Mal Heimweh."

Er hält noch immer meine Schultern fest, und ich erzähle von meinen Eltern und von Tom. Er hört schweigend zu. Als er aufsteht und Teewasser aufsetzt und ich seinen Pullover überziehe, ist es halb fünf.

„Woher nimmst du die Kraft für das, was du tust? Aus deinem Glauben?"

„Was denkst du denn, woran ich glaube?" Er pustet in seine Tasse.

„Ich weiß es nicht. Ich kann mir nicht vorstellen, wie es ist, an Gott zu glauben."

Er nimmt mir die Teetasse ab und stellt sie neben sich auf den Boden. Dann greift er nach meiner Hand und legt sie auf meinen Bauch.

„Spürst du die Kraft in dir? Gott ist für mich eine Kraft, die ganz tief aus mir selbst kommt, die in mir ist, weil ich daran glaube."

Wir schweigen einen Moment, er streichelt meinen Handrücken, und ich schließe die Augen. Weit entfernt rattert eine Straßenbahn vorbei.

„Es gibt viele Menschen, die in Krisensituationen Halt in Gott finden. Als ich in Prora war, haben sie mich nach Schwedt geschickt, in den Militärknast. Ich habe Wochen in Einzelhaft zugebracht, da war ich froh, dass ich beten konnte, Worte in mir fand, die mir halfen, das durchzustehen"

Ich schiebe langsam meine Finger zwischen seine.

„Oder im Pferdestall vorgestern, da habe ich Zuversicht genug gehabt, um anderen beistehen zu können."

„Ich würde dich so gern besser verstehen."

„Ist dir das alles so fremd?"

„Manchmal schon. Aber ich fühle mich wohl bei euch."

Ich lege den Kopf an seinen Oberarm und spüre seine knochige Schulter.

„Du musst mir alles erzählen", flüstert er. „Alles, was du mir damals geschrieben hast."

„Lieber nicht."

Seine Finger spielen mit meinen Haaren. „Darf ich mir was wünschen?"

Als ich den Blick hebe, ist sein Gesicht nah, seine Augen, der geöffnete Mund.

„Was denn?"

„Ich möchte dich fotografieren."

Es dauert einen Moment, bis seine Worte bei mir ankommen. „Aber ...", flüstere ich und rücke unwillkürlich von ihm ab.

„Keine Angst." Seine Stimme klingt ruhiger. „Du musst nichts tun, was du nicht wirklich willst."

„Und wo?"

„In unserem Atelier im Abrisshaus, wo morgen auch die Party sein wird."

Er taxiert mich mit schmalen Augen, als wäre ich ein Objekt, und ich stelle mir vor, wie es wäre, sich vor ihm auszuziehen, langsam und betont, die Augen nicht zusammenzukneifen, wenn das Blitzlicht aufflammt, ihn knipsen zu lassen, bis er nicht mehr kann, bis er nicht mehr anders kann, als zu mir zu kommen.

„Nur, wenn niemand sonst davon erfährt", sage ich.

„Es ist nur für uns." Er drückt meine Hände und streichelt sie wieder, und ich will ihn umarmen, ihn endlich küssen, aber mit dem Verlangen kommt der Gedanke an Miriam, daran, dass sie im Nebenzimmer schläft und uns vertraut, ihm und mir, und ich frage: „Hast du eigentlich einen Verdacht, was mit meinen Briefen passiert sein könnte?"

Er antwortet nicht, ich suche nach seinen Augen, aber er lässt meine Hände los, greift in die Hintertasche seiner Jeans und zieht die Zigarettenschachtel heraus.

„Du weißt es, oder?"

Er zuckt mit den Schultern und geht zum Fenster, sein Feuerzeug blitzt auf, er dreht mir den Rücken zu und raucht hastig. Meine Kehle schnürt sich zusammen, und ich stehe auf, die Tasse mit dem lauwarmen Tee in der Hand, und lehne mich neben ihn ans Fensterbrett.

„Es ist vorbei. Es muss einfach vorbei sein", sagt er und legt den Kopf in den Nacken.

„Nicht, wenn du es in dir vergräbst."

Ich will seinen Arm berühren, doch er weicht mir aus und stößt den Rauch durch die Nase aus. Als er sich mir zuwendet, erschrecke ich vor seinen schmalen Augen und den Falten auf seiner Stirn. Gleich wird er mich allein lassen, und alles ist vorbei, das kann ich nicht zulassen, und als er die Zigarette ausdrückt, schlinge ich die Arme um seinen Hals. Er zieht mich an sich, greift in mein Haar und küsst mich auf die Stirn. Seine Lippen wandern zu meinem Mundwinkel, und wir küssen uns sanft. Er streichelt über meinen Rücken, schiebt seine Hände unter den Pullover. Ich lehne mich ans Fensterbrett, da stoße ich mit dem Ellenbogen an die Teetasse. Sie fällt mit einem dumpfen Laut auf die Dielen, kalter Tee bespritzt meine Füße, und ich lasse Bernd los und hole den Lappen aus der Spüle. Er greift nach einem Geschirrhandtuch, gemeinsam hocken wir auf dem Boden und wischen, er lässt das Handtuch liegen und streichelt über meine Arme, wir küssen uns wieder, gieriger, mit offenen Mündern, seine Zunge an meiner. Wir knien voreinander, und er nimmt mein Gesicht in seine Hände, er zieht mich zu sich, da kracht eine Tür ins Schloss. Wir fahren auseinander und sehen uns entgeistert an, bevor wir aufspringen. Ich knülle den nassen Lappen in meiner Hand, und wir stehen uns noch gegenüber, als Rosi in der Tür erscheint. Sie trägt ein langes Nachthemd, die dunklen Haare umrahmen ihr bleiches Gesicht.

„Was is'n hier los?", brummelt sie, „Leute, es ist fünf Uhr."

Ich schleiche wortlos an ihr vorbei, noch immer in seinem Pullover.

Es ist vier Uhr nachmittags, und ich liege wieder auf der Couch im Wohnzimmer. Rosi hat das Radio in der Küche eingeschaltet, klassische Musik schallt herüber. Ich ziehe mir die Wolldecke über den Kopf und schließe die Augen. Ich bin so müde, dass ich alles um mich herum wie in Zeitlupe wahrnehme, doch ich kann keine Ruhe finden.

In der letzten Nacht schlief ich nicht eine Minute, saß in der Zeit, die mir noch bis zum Aufstehen blieb, neben der Tür, den Kopf auf die Knie gelegt, meinen Herzschlag im Ohr, und redete in Gedanken mit Bernd. Ich wünschte mir so sehr, dass er zu mir kommt, und als Miriam an die Tür klopfte und „Aufstehen!" rief, war ich erleichtert. Der Tag lief ab wie ein Film. Im Zug nach Halle ging ich nicht auf Miriams Geplauder ein und ignorierte ihre verwunderten Blicke. Mir genügte es zu wissen, dass sie tief und traumlos geschlafen hatte. In den Seminaren kämpfte ich mit der Müdigkeit. Ob es an der Erschöpfung lag, dass mein schlechtes Gewissen sich in Grenzen hielt, weiß ich nicht, ich hatte Angst, wach zu werden und die tiefe Ruhe gegen Schuldgefühle und Sehnsucht einzutauschen.

Miriam fuhr nach der Schule nach Wittenberg, sie muss heute Abend auf einem Kirchenkonzert spielen und wird nachher nicht mit auf die Party gehen. Als wir uns auf dem Bahnhof in Halle verabschiedeten, wünschte sie mir viel Spaß, sie war fröhlich und, wie es schien, arglos. Erleichtert wünschte ich ihr auch einen schönen Abend und fuhr zurück nach Leipzig. An der Wohnungstür traf ich Bernd, in Parka und

Trampern, die Tasche mit der Kameraausrüstung über der Schulter. Er strahlte mich an, und ich lächelte zurück.

„Das Licht ist gut, ich fahre raus aus der Stadt, ein paar Aufnahmen machen, kommst du mit?"

Ich schüttelte den Kopf, und auf seine Frage, ob wir uns auf der Party sehen würden, konnte ich nur „Weiß nicht" antworten. Das Lächeln verschwand aus seinem Gesicht. Er nahm meine Hand und streichelte sie, und ich hätte ihn am liebsten festgehalten und sah ihm doch nur nach, wie er die Treppe hinunterging und hatte wieder Miriams Stimme und ihr Lachen im Ohr.

Auf dem Flur traf ich Rosi, sie erzählte, dass heute Abend jede Menge Leute kämen. Ich glaube, sie ahnte etwas, so wie sie mich ansah, doch ich war zu müde, um mir darüber Gedanken zu machen und versprach, ihr später beim Salatschnippeln zu helfen.

Die Musik in der Küche wird lauter. Ein Klavierkonzert. Ich lege mich auf den Rücken und frage mich, was bei all dem, was gerade im Lande geschieht, eine durchquatschte Nacht bedeutet, was ein paar Küsse unter alten Freunden? Wenn es in diesen Tagen möglich ist, ohne Entschuldigung im Seminar zu fehlen, wenn es möglich ist, mit den Dozenten über die Montagsdemo zu diskutieren, die gestern zum ersten Mal auch in Halle stattfand, wenn es möglich ist, auf der Straße die Wahrheit zu sagen, warum hört meine Aufrichtigkeit dann in der Liebe auf?

Noch immer könnte ich zum Bahnhof fahren, in den Zug nach S. steigen, meine Eltern überraschen und morgen früh mit der ersten Bahn zurück nach Halle kommen. Der Rucksack steht gepackt neben mir, ich brauche nur meine Jacke zu nehmen und zu gehen, doch ich greife nach Bernds Pullover, der neben mir auf dem Stuhl liegt, drücke ihn an mich und finde seinen Geruch wieder.

Rosi nimmt einen Zwiebelzopf von der Wand und fragt:
„Magst du ein paar davon schneiden?" Ich hole mir aus der Besteckschublade ein angerostetes Zwillingsmesser. Rosi schält Kartoffeln, ihr Messer produziert Spiralen aus brauner Schale. Im Nudeltopf kochen Spirelli. Es ist kurz vor sechs Uhr, ich habe doch noch geschlafen, in Bernds Pullover gekuschelt. Ich habe tief geschlafen und fühle mich müder als vorher. Ich betrachte die Zwiebel, die vor mir auf dem Brett liegt und eine Haut nach der anderen verliert, weißer und glänzender wird, immer intensiver riecht. Meine Augen brennen.
„Das hat er uns noch nie gefragt", sagt Rosi.
Ich hacke die Zwiebel, die Messerschneide bohrt sich in das Holzbrettchen.
„Auf seine Fototouren nimmt er normalerweise niemanden mit." Ihr Messer kreist in gleichbleibender Geschwindigkeit um eine eiförmige Kartoffel.
„Aber Miriam war schon öfter dabei", sage ich. Meine Augen brennen, Tränen laufen mir übers Gesicht und ich suche in meiner Hosentasche nach einem Taschentuch.
„Mag sein, ausnahmsweise."
Die Kartoffelschalen landen auf den Sportseiten der LVZ, ich verstecke mein Gesicht hinter dem Taschentuch und schnäuze kräftig. Als ich das Messer wieder in die Zwiebel schiebe, kündigt eine Sprecherin im Radio die Nachrichten an.
„Rosi ..."
„Du musst mir nichts erklären, Ania. Wenn ich daran denke, wie das mit Maik und mir war ..."

Ich lasse das Messer fallen und wische mir mit dem Handrücken über die Augen. „Zwischen Bernd und mir wird nie wieder etwas sein."

Ich presse meine Wade gegen das Tischbein, aber ich kann meine Worte nicht zurückholen. Die nackte Kartoffel fällt in den mit Wasser gefüllten Kochtopf, und Rosi legt das Messer hin. Ihre Augen werden größer.

„Ja", sage ich und weiß plötzlich, dass ich Rosi vertrauen kann. Während ich Zwiebeln, Jagdwurst und Gurken schneide, erzähle ich ihr von Bernd und mir. Rosi bereitet die Marinade für den Kartoffelsalat und zerteilt die gekochten Kartoffeln in feine Scheiben.

„Du wirst dich entscheiden müssen", sagt sie. Ihr ruhiger Blick irritiert mich. Ich rühre den Nudelsalat um, lege die Kochlöffel ins Spülbecken und lasse Wasser darüber laufen.

„Was würdest du tun, wenn Miriam nicht wäre? Hättest du dann irgendeinen Zweifel?"

Ich drehe mich zu ihr um und schüttele den Kopf.

„Dann steh dazu. Glaub mir, ich weiß, wovon ich rede. Ich hatte auch so meine Überzeugungen. Die Familie war für mich immer etwas Unantastbares, fast schon Heiliges. Dann habe ich Maik auf einem Krawczyk-Konzert in Berlin getroffen. Damals hatte er noch lange Haare und einen Vollbart. Seine Frau war schwanger. Schrecklich. Ich hatte gerade eine üble Trennung hinter mir und weiß Gott keinen Bedarf an Dramen. Wir standen die ganze Zeit nebeneinander. Am Ende hat er mir einen Zettel mit seiner Adresse in die Hand gedrückt. Wir hatten noch kein Wort miteinander gesprochen."

Ich lasse Wasser aus der Leitung in eine Tasse laufen und trinke es langsam aus.

„Nach drei Wochen habe ich es nicht mehr ausgehalten und bin zu ihm gefahren. Er wusste ja nicht, dass ich auch aus Leipzig bin. Seine Frau hatte das Kind gekriegt und lag noch in der Klinik. Wir haben erst reden können, nachdem wir miteinander geschlafen hatten. Ein paar Wochen lang kam er nachts zu mir, blieb zwei, drei Stunden und ging dann wieder. Ich wusste, zu Hause wartet seine Frau mit dem Kind. Ich hab mich gehasst damals. Aber ich war glücklich."

Rosi streicht sich eine Haarsträhne aus der Stirn.

„Eines Abends kam er und sagte, dass er bleiben kann. Er hatte die Scheidung längst eingereicht und seine Frau und die Kleine zu ihren Eltern nach Berlin gebracht."

Ich fülle die Tasse wieder mit Wasser.

„Und dann bin ich hier eingezogen. Ich hab mich manchmal gefragt, was geworden wäre, wenn ich nicht den Mut gehabt hätte, zu ihm zu gehen. Vielleicht hätte ich ihn irgendwann vergessen. Aber wahrscheinlich würde ich immer noch nach ihm suchen."

„Darf er sein Kind sehen?"

„Er fährt regelmäßig am Wochenende nach Berlin. Seit einiger Zeit hat seine Ex einen neuen Freund. Es geht immer weiter, auch wenn es erstmal nicht danach aussieht."

Ich trinke die dritte Tasse Wasser und schaue Rosi zu, wie sie den Kartoffelsalat kostet. Sie legt den Löffel hin und nickt zufrieden.

„Es bringt nichts, wegzulaufen, Ania. Mal abgesehen davon, was zwischen euch ist, seine Gespenster sind auch deine. Wahrscheinlich kannst nur du ihm helfen. Und, glaub mir, er braucht Hilfe."

Sie legt ihr benutztes Messer in die Spüle.

„Komm, lass uns losgehen. Es ist schon nach acht."

Schon von weitem hören wir die Musik.

„Deep Purple", sagt Rosi, „wird Zeit, dass wir die Songs aussuchen."

Ich weiche nur knapp einem Schlagloch aus. Der Abend ist kühler als erwartet, und mein Kleid reicht nur bis knapp übers Knie. Unsere Schritte hallen auf dem Kopfsteinpflaster. Rosis Mantel flattert im Wind. Wir gehen auf ein würfelförmiges Haus mit verhängten Fenstern zu. Durch die Ritzen dringt Licht, Bässe dröhnen in den Abend hinaus.

„War das mal eine Fabrik?", frage ich.

„Ja, vor dem Krieg."

Wir schlüpfen durch die halbgeöffnete Tür in einen fensterlosen Vorraum, in dem ein Tapeziertisch mit dem Essen steht, finden neben einem Suppentopf und einem Brot noch einen Platz für unsere Salate und gehen weiter in die Halle hinein. Jemand drückt mir eine Bierflasche in die Hand. Gesichter tauchen auf und verschwinden wieder. Die Luft ist wie Watte. Maik winkt vom DJ-Pult, und ich kämpfe mich durch die Tanzenden hindurch. Zigarettenasche rieselt auf meinen Arm, der Fußboden ist klebrig. Die Toten Hosen singen „Eisgekühlter Bommerlunder", Maik trägt große Kopfhörer, er zeigt auf eine Tür an der Seitenwand und hält mir ein Stück Pappe entgegen, auf dem steht:

„Bernd wartet auf Dich im Atelier. Eine Treppe höher."

Die Blechtür ist verschlossen. Ich atme tief durch und klopfe an, warte und kann nichts hören, die Musik von unten ist zu laut. Ich klopfe wieder, kräftiger diesmal und zum letzten Mal, denn wenn er jetzt nicht öffnet, werde ich wieder gehen.

Ein Schlüssel rasselt, und als die Tür aufgeht, würde ich am liebsten doch noch verschwinden.

„Ania!" Die Haare fallen ihm ins Gesicht, er lacht mich an, greift nach meiner Hand und zieht mich in einen Raum mit großen Fenstern, Kamerastativen, Lampen, Holzstühlen und einer Hollywoodschaukel mittendrin. Die Wände sind voller Bilder, schwarzweiß, ungerahmt. Auf den ersten Blick kommt es mir vor, als wären es vor allem Porträts. Er zieht mich weiter, er scheint allein zu sein, er hat seine Jeans aufgekrempelt, die Füße sind nackt in den Jesuslatschen.

Er bleibt stehen, nimmt auch meine andere Hand, legt den Kopf schief und schaut mich mit seinem Fotografenblick an. Auf dem Schreibtisch an der hinteren Wand brennt nur eine kleine Lampe, und unsere Schatten huschen riesig über den Boden und die Wände. Es ist warm, auch wenn ich nirgendwo einen Ofen entdecken kann. Ich ziehe die Jacke aus und werfe sie auf die Schaukel, ich trage jetzt nur noch mein schwarzes Kleid und darüber eine weite Bluse.

„Es ist perfekt", sagt er.

Der Sekt prickelt in meinem Bauch, mir ist heiß, meine Stirn glänzt bestimmt, ich habe das Glas in einem Zug ausgetrunken. Das grelle Licht brennt sich von der Seite in meine Haut. Er ist wieder neben mir und streicht mir das Haar hinters Ohr, es kitzelt, ich muss kichern, und ich kichere immer noch, als er schon wieder hinter dem Stativ steht. „Schau mich an", sagt er, dann blitzt es. Ich drehe den Kopf weg und lache jetzt laut, stolpere aus dem Licht heraus, lasse mich auf die Hollywoodschaukel fallen, presse die Hände auf meine Wangen und höre Annie Lennox zu, deren „There Must Be An Angel" unter uns aus den Boxen schallt. Der Lachkrampf lässt nur langsam nach, aber ich muss mich nicht mehr zusammenkrümmen, ich atme schon ruhiger, singe leise mit, dann lauter, und plötzlich habe ich Lust zu tanzen. Bernd lehnt an der Wand, die Sektflasche in der Hand, sein Gesicht liegt im Dunkeln, aber ich weiß, dass er mich beobachtet, dass er sieht, wie ich aufstehe, meine Haare zurückwerfe und den Kopf in den Nacken lege. Die Decke mit Lüftungsschlitzen und dunklen Flecken dreht sich immer schneller, mir wird schwindlig, ich tanze jetzt durch den ganzen Raum, singe weiter mit. Ein Lichtblitz trifft mich von hinten und erinnert mich daran, dass ich einen Zuschauer habe, und ich tanze weiter, bis die Musik leiser wird, bewege mich auf Bernd zu, die Absätze meiner Stiefeletten klackern auf dem Boden. Er sitzt an die Wand gelehnt, ich strecke die Hand aus, und er gibt mir die Sektflasche, sie ist nur noch viertelvoll, der Sekt inzwischen lauwarm, aber er prickelt noch, und ich trinke genüsslich.

„Ohhh, Love To Love You, Baby ..." Jimmy Somervilles Stimme lässt Bilder in mir aufsteigen, die ich nicht sehen will. Ich bleibe stehen, mit der Flasche in der Hand, und sage: „Die Punk-Fans sind wohl schon müde."

Bernd antwortet nicht, sein Gesicht liegt weiterhin im Schatten, in seinen Händen die Kamera, und ich tanze wieder, weil ich nicht anders kann, ich tanze, weil ich nicht wissen will, was sonst passieren würde, ich tanze, obwohl ich an René denken muss und an Tom, an diesen Abend im „Inseltreff", der erst sechs Wochen her ist, und auch an Miriam, die sicherlich längst im Bett liegt und vielleicht in diesem Moment mit ihren Gedanken bei uns ist. Aber ich lasse keine Wehmut zu, keine Schuld, ich tanze ruhiger und betonter, ich sehe, wie er die Kamera wieder vor die Augen hält, und als Jimmy „I Feel Love" singt, lasse ich die leere Flasche fallen. Sie rollt über den Betonboden in die Dunkelheit, und ich öffne meine Bluse, Knopf für Knopf, sie rutscht über meine Schultern und schwebt zu Boden. Er regt sich nicht, und ich tanze weiter in meinem ärmellosen Kleid, meine Haare fallen nach vorn, da ist er plötzlich hinter mir und seine Hand auf meiner Haut. Er schiebt den Träger des Kleides von meiner Schulter, ich lehne meinen Kopf an seinen und schließe die Augen, da presst er seinen Mund auf meine Schulter. Er legt die Arme um mich und drückt mich an sich, nur einen Moment, dann lässt er mich los, lässt mich wieder allein, versteckt sich hinter der Kamera, während ich überlaufe vor Sehnsucht und Glück. Die Tränen schießen mir in die Augen, er knipst und knipst, und ich tanze weiter, immer weiter, bis das Lied ausklingt. Ich stolpere ein paar Schritte rückwärts, will mich auf die Schaukel retten, aber es ist zu weit, er ist schon bei mir und streichelt mein nasses Gesicht.

Mittwoch, 11. Oktober 1989, Halle/Saale – G./Südharz

„Kommst du mit an die frische Luft?", fragt Miriam. Wir verlassen den Seminarraum und gehen hinaus, setzen uns auf die Treppenstufen vor der Eingangstür des Schulgebäudes, und ich stütze meinen Kopf in die Hände.
„Hast du verschlafen?", fragt sie.
„Bin erst um fünf ins Bett."
„Dann hab ich gestern wohl was verpasst."
„Kann man so sagen. Bernd hat mich heute früh zum Bahnhof gefahren, sonst wäre ich noch später gekommen. Maik hat die halbe Nacht gekotzt. War wohl der Wodka."
Miriam zerknüllt ihr Butterbrotpapier in der Hand. „Das ist immer das Gleiche. Der findet kein Ende beim Saufen." Sie zielt auf einen der Abfallkübel und versenkt den Papierball in der schmalen Öffnung.
„Und – wie war dein Konzert?", frage ich und höre doch nicht darauf, was sie erzählt. Als die Pause zu Ende ist, atme ich auf. Es ist elf Uhr, und die Seminare dauern mindestens bis um drei, es sind Wiederholungsseminare, ich brauche sie für die Prüfungen. In den nächsten drei Wochen werde ich wieder in S. im Krankenhaus arbeiten, und ich bin froh, die Schule und Miriam in dieser Zeit nicht sehen zu müssen. Ich schlage meinen Hefter auf, Klinische Chemie, Analytik, und kritzele auf ein Schmierblatt: „Herzschlag und Puls nur noch unwesentlich beschleunigt. Gehirnfunktion verlangsamt aber

präzise. Nervosität abnehmend, Müdigkeit nahe hundert Prozent, Tendenz steigend. Alles andere ausgeblendet."

Es ist noch nicht so spät, wie es sich anfühlt. Brit schnarcht leise vor sich hin. Ich drehe mich auf den Rücken, verschränke die Arme unter dem Kopf und starre in die Dunkelheit. Ich liege wieder in meinem Bett. Ich war nur vier Tage weg, vier Tage, die mir wie vier Jahre vorkommen.

„Ach, Kind", flüsterte Mama heute Nachmittag und drückte mich an sich. Sie kam aus der Waschküche mit einer wollenen Strickjacke über der Kittelschürze, sie plauderte schnell und mit zu lauter Stimme, erzählte mir, dass Brit in der Stadt wäre und Oma einen Arzttermin hätte, sie kochte Kaffee und wir setzten uns an Omas Küchentisch. Alles wollte sie wissen, fragte auch nach Bernd, obwohl sie von Frau Lehne schon von seiner Freilassung wusste, und ich berichtete noch einmal von seiner Verhaftung und davon, dass er am Montag mit uns auf der Demo war und spürte, wie mir das Blut ins Gesicht stieg.

Kurz darauf kam Brit nach Hause, und als sie mir entgegenstürmte und mich fast erdrückte, musste ich weinen, und sie gleich mit. Nach dem Abendessen rief Miriam an. Ich hatte Mühe, mich zusammenzureißen, am liebsten hätte ich ihr alles gebeichtet, so wie schon heute Nachmittag am Zug, als sie mich zum Abschied umarmte. Aber ich wusste, dass ich damit alles zerstören würde.

Papa kam spät von der Gemeinderatssitzung, er gab mir die Hand, setzte sich in seinen Sessel und öffnete eine Flasche Bier. Im Fernsehen lief das heute-journal. Ich ließ die Bilder an mir vorbeiflimmern, nichts kam bei mir an. Mama versuchte, ein Gespräch zu beginnen, aber gegen Papas Schweigen war nicht anzukommen, und so ging ich bald ins Bett. Brit erzählte mir, dass es schon die ganze Zeit so wäre, und mir wurde klar, dass es vielleicht nie wieder so werden würde wie vorher.

Auf meinem Schreibtisch liegen zwei Briefe von Tom. Ich habe sie noch nicht geöffnet, ich weiß, dass ich damit rechnen muss, dass er anruft. Mein altes Leben hat mich wieder, ich bin zurück, und doch ist alles anders, denn Kraft geben mir nun die Gedanken an die vergangenen Tage in Leipzig, vor allem aber an die letzte Nacht.

Die Schaukel quietschte, als wir auf sie fielen. Bernd küsste mich am ganzen Körper. „Wir haben Zeit, viel Zeit", flüsterte er, und als die Schaukel zu stark schwankte, nahmen wir die Polster ab und breiteten sie auf dem Boden aus. Unten lief „Satisfaction", alle schienen mitzugrölen, der Fußboden vibrierte, und wir standen uns gegenüber, sein Gesicht lag wieder im Dunkeln, ich spürte, wie er mich ansah. Da legte jemand 10CC auf, „I'm Not In Love", und im Takt der Musik schnürte ich meine Stiefeletten auf, zog sie von den Füßen, verlor fast das Gleichgewicht dabei. Die Kälte kroch in meine Füße. Er regte sich nicht. Ich ließ meine Hände unter den Rock wandern und rollte die Strumpfhose hinunter. Noch immer stand er an der gleichen Stelle, und ich bewegte mich schneller, tanzte wieder, überkreuzte die Arme vor dem Körper und zog mir das Kleid über den Kopf, trug nur noch BH und Slip, und kalte Luft traf auf meine Haut. Da zog er sich das T-Shirt aus, er hatte es nicht eiliger als ich, atemlos sah ich zu, sein Oberkörper schimmerte, der flache Bauch, die Hügel der Rippen, die Brustwarzen wie zwei dunkle Punkte. Das Shirt fiel neben ihm zu Boden, wir bewegten uns über das Polster aufeinander zu, er atmete tief, streichelte meine Schultern und schob die BH-Träger nach unten. Ich begegnete seinen Augen und spürte so etwas wie Angst, doch als er meine Brüste berührte, wuchs mein Verlangen, wir küssten uns, und meine Finger wanderten von seiner Brust aus abwärts. Er hob mich hoch und legte mich auf die Polster, und ich öffnete die Knöpfe der Jeans und berührte ihn und spürte seine Finger auch an mir, in mir, zärtlich und ein wenig scheu. Ich wusste, dass es richtig war, wir zogen uns aus und ich zog ihn auf mich. Die Bässe dröhnten von unten, er tastete sich in mich hinein, und wir bewegten uns zusammen, er hielt sich nicht mehr zurück, sein Körper glänzte von Schweiß, er zitterte wie ich, und wir klammerten uns aneinander, und es hörte nicht auf, es sollte nicht aufhören, nie mehr.

Brit schläft ruhig weiter, sie scheint nichts mitbekommen zu haben. Meine Erregung ebbt langsam ab, ich entspanne mich und denke an heute Morgen, als ich aufwachte, weil ein Auto draußen über das Pflaster rumpelte und mit quietschenden Bremsen hielt.

„Was soll denn der ganze Mist hier?", hörte ich eine laute Männerstimme. Ich wollte, dass es still bleibt, ich wollte weiterschlafen und suchte nach dem Kopfkissen. Aber meine Hand fand nur Betonboden, und ich musste meinen Kopf von dem muffig riechenden Polster heben, dessen großflächige Blumen vor meinen Augen verschwammen. Trübes Licht kam durch die Fenster, ich rieb mit den Händen über meine Arme, ich hatte nur sein T-Shirt an, das mir bis zu den Oberschenkeln reichte. Er lag nackt neben mir, seine Augenlider flatterten leicht. Ich wickelte eine seiner Locken um den Finger und dachte daran, wie oft ich von diesem Morgen geträumt hatte. Das Haus schien noch zu schlafen. Ich unterdrückte den Wunsch, mich wieder an ihn zu kuscheln, ich musste zur Schule. Meine Zähne schlugen vor Kälte aneinander, und ich stand auf und suchte meine Klamotten zusammen.

„Annuschka." Plötzlich war er hinter mir und legte die Arme um mich. Sein Atem streifte mein Ohr.

„Ben", flüsterte ich. Ich hatte das Bedürfnis, ihn so zu nennen, nach dieser Nacht war alles anders.

„Frierst du nicht?", flüsterte ich.

„Könnte schlimmer sein", sagte er.

Meine Blicke wanderten von seiner Brust über das rötliche Schamhaar und den kleinen Penis bis zu den sehnigen Oberschenkeln. Ich streichelte seinen Hintern, seine Augen wurden wieder schmaler, er drückte mich an sich, aber ich wand mich aus seinen Armen und schielte auf seine Armbanduhr.

„Mist, schon neun."

„Wie wär's mit Frühstück?"

Ich schüttelte heftig den Kopf.

„Und mit Duschen und Umziehen?"

„Ich hab keine Zeit."

Das amüsierte Glitzern verschwand aus seinen Augen, und ich sah zu, wie er die Unterhose anzog und in die Jeans schlüpfte.

„Krieg ich mein T-Shirt wieder?"

Ich hob die Arme und er zog es mir über den Kopf. „Danke fürs Anwärmen", sagte er, und ich spürte erst jetzt, wie die Haut an der Innenseite meiner Oberschenkel spannte. Es ist also wahr, dachte ich. Es ist passiert. Ich umarmte ihn wieder und ließ ihn erst los, als die Kälte von unten unerträglich wurde.

„Duschen wäre gut. Und ein heißer Tee auch", sagte ich.

Er lachte. „Na also."

Im Flur stiegen wir über Scherbenhaufen und Pfützen, es knirschte unter unseren Schuhen. Wir schienen übriggeblieben zu sein. Eine Toilettentür stand offen, es stank, und ich versuchte an etwas anderes als an meine volle Blase zu denken.

Schweigend liefen wir durch die verlassene Straße, wir hielten uns an den Händen. Als wir im Haus ankamen, war die Duschkabine, die Ben und Maik in der Waschküche im Keller installiert hatten, frei. Ich duschte lange, heißes Wasser prasselte auf meinen Körper, und mit dem Schaum des Duschgels verschwanden seine Spuren. Als ich nach oben kam, saß er mit Rosi und Maik am Frühstückstisch. Rosi zwinkerte mir zu und stellte eine Tasse mit schwarzem Tee vor mich hin. Ich trank, und langsam wurde mir auch innerlich warm, während Maik Kamillentee schlürfte und mit belegter Stimme allen Wodka der Welt verfluchte. Als Rosi gehen musste, zog sie mich kurz auf den Flur hinaus und sagte: „Komm bald wieder. Und lass dir Zeit. Mit allem."

Ben bestand darauf, mich zum Bahnhof zu bringen. Auf der Fahrt schwiegen wir, und ich musste an Miriam denken, die sicherlich schon in der Schule auf mich wartete. Als wir aus dem Auto gestiegen waren, legte er noch einmal seine Arme um mich.

„Ich schreib dir, ja?"

Ich nickte und spürte seinen Schal am Hals, während ich ihm meinen umband, der auch schwarz, nur etwas länger war.

Ich steige aus dem Bett, schleiche mich aus dem Zimmer und gehe zur Flurgarderobe. Der Schal steckt in meiner Jacke, er kratzt ein wenig an meinem Hals. Wieder im Bett lege ich mir die Enden übers Gesicht, atme Bens Geruch ein und werde ruhiger.

Samstag, 14. Oktober 1989,
G./Südharz

Leipzig, 11. 10. 89

Liebe Annuschka,

Du bist nicht mehr hier. Und neben mir liegen die Bilder von gestern. Du glaubst nicht, wie schön sie geworden sind.
 Mein T-Shirt riecht noch nach Dir. Ein schwacher Trost.
 Wenn es um Gefühle geht, fällt mir das Reden schwer, deshalb schreibe ich Dir lieber. Spätestens seit letzter Nacht, unserer Nacht, geht es uns beide etwas an, was in meiner Vergangenheit passiert ist.
 Bist Du sicher, dass Du wirklich alles wissen willst? Also, gut, ich kneife nicht, aber bitte, behalte es für Dich, ja?
 Damals in Prora habe ich mich wie ein gefangenes Tier gefühlt, ständig hatte ich das Verlangen, meinen Frust in die Büttel-Visagen hineinzuprügeln. Zugegeben, mitunter hatte ich Mordgedanken.
 Ich bekam kaum Besuch. Nur einmal war Maik da und einmal meine Mutter mit Richard. Am Anfang durfte ich wenigstens ab und zu auf Urlaub, doch von den drei Tagen ging allein einer für die Fahrt drauf. Einmal habe ich den Zug verpasst, weil ich aus Versehen verschiedene Strümpfe angezogen hatte und sie mich beim Ausgangsappell deswegen

zurückgeschickt haben. Sie zeigten uns vom ersten Moment an, dass wir das allerletzte waren.

Schon bevor ich eingezogen wurde, haben sie mich aufs Wehrkreiskommando bestellt und mir einen Theologie-Studienplatz in Leipzig angeboten, wenn ich nicht mehr den Pazifisten spiele. Ich habe ihnen dann klargemacht, dass ich nichts spiele und schon gar nicht den Pazifisten.

Und dann auch noch Prora. DAS Vorzeigeobjekt für Armeegeneräle. Diese wurden regelmäßig herangekarrt und suhlten sich in ihrer Herrlichkeit. Und wir mussten spuren und grinsen und froren in der Hölle.

Das ging schon morgens los. Nach dem Laufen ließen sie uns mit Gasmaske exerzieren, erst danach ging es mit kaltem Wasser ans Waschen und Rasieren, denn Duschen gab es keine. Erst später haben wir uns selbst welche aus Gartenschlauchstücken gebaut, die wir an die Wasserhähne gehängt haben.

Wir durften als letzte zum Frühstück und bekamen nur noch die Reste, immer die gleiche graue Wurst, vertrocknetes Brot, Malzkaffee. Der Kontakt zu den anderen Soldaten war verboten, aber wenn ich jemanden zufällig im Speisesaal oder auf dem Flur traf, habe ich gegrüßt. Immer. Auch wenn der andere weggguckte.

Später, nach der Grundausbildung, als ich in Mukran war und es mir, soweit man das sagen kann, gut ging, hat mir einer der „normalen" Soldaten erzählt, was sie so über uns zu hören bekommen haben. Dass sie sich von uns fernhalten sollten, dass sie sich an „diesen Menschen und ihrem Verhalten" kein Beispiel nehmen sollten, dass wir Asoziale seien und schlimmer als Kriminelle.

Wir von der Stube, wir sechs, haben immer zusammen-gehalten. Wir gehörten zum gleichen Bataillon und verbrachten unsere Zeit vor allem mit dem Spaten. Für den neuen Fähr-Hafen in Mukran bei Sassnitz buddelten wir Gräben und verlegten Kabel. Solange der Boden nicht gefroren war, ging das ganz gut.

Schlimm war auch die Propaganda. Du kennst mich ja, eigentlich sage ich nicht viel, aber wenn es darauf ankommt, kann ich meinen Mund nicht halten. So war es auch beim Politik-Unterricht. Wenn die anderen abschalteten, fühlte ich mich herausgefordert.

„Mit Ihnen diskutiere ich nicht mehr!" Wenn ich das gesagt bekam, hatte ich gewonnen, dachte ich.

Meiner Aufsässigkeit und den Befehlsverweigerungen hatte ich viel Ärger zu verdanken. Irgendwann hatte mich der Spieß auf dem Kieker, eins kam zum anderen, und so schickten sie mich nach ein paar Monaten nach Schwedt in den Militärknast.

Es war die schlimmste Zeit, die ich je erlebt habe, schlimmer als Prora und Markkleeberg und zahlreiche U-Haft-Sitzungen in Leipzig zusammen. Drei Monate Verbannung.

Ich musste unterschreiben, dass ich über alles schweige, was dort gelaufen ist. Daran werde ich mich halten, vor allem aus Selbstschutz, und ich hoffe, Du verstehst das.

Als ich wieder in Prora war, schlich ich mich spätabends an den Posten vorbei zum Strand. Es war das Größte, dort zu stehen, wenn es auch nur ein paar Minuten waren.

Morgen mehr.
Ich küsse Dich da, wo Du es am liebsten hast.
Ben.

12. 10.

... nun bin ich lange genug um den angefangenen Brief herumgeschlichen und schreibe jetzt einfach weiter, auch wenn es mir schwerfällt.

Ja, Annuschka, wegen unserer Briefe, da gab es so eine Geschichte. Am Anfang habe ich ihm vertraut. Er war der einzige, dem ich von dir erzählt habe. Er hieß Nico, und ich habe ihn schon im Zug nach Prora kennengelernt. Ein Pfarrerssohn aus einem 200 Seelen-Ort im Oberharz. Wir haben uns sofort verstanden. Er wohnte zwei Zimmer weiter, ein redseliger Typ, der schnell Kontakte knüpfte. Er hatte einen naiven Optimismus, über den ich mich manchmal lustig machte, aber er hat mir oft aufgeholfen, wenn es allzu schlimm wurde.

Den ersten Brief an Dich habe ich ihm gegeben, und er hat ihn, wie auch immer, an der Zensur vorbeigeschmuggelt. Sonst hättest Du ihn wahrscheinlich nie bekommen.

Bis jetzt fasse ich meine Idiotie nicht.

Was wirklich lief, bemerkte ich erst, als er nach und nach mutiger wurde. Er lief nicht mehr rot an und schaute nicht mehr weg, wenn ich seine Blicke bemerkte. Er berührte mich wie zufällig am Arm oder an der Hand und er lief beim Frühsport hinter mir. Es war das erste Mal, dass sich ein Mann für mich interessierte. Es hat mich unsicher gemacht.

Und dann kam der Abend, als wir zu zweit im Aufenthaltsraum saßen. Über den Bildschirm des Fernsehers flimmerte das Testbild. Ich trank das fünfte Bier. Er hatte noch mehr intus. Ich hatte keine Lust, schlafen zu gehen, weiter dachte ich in diesem Moment nicht. Da fasste Nico plötzlich in meine Haare und versuchte mich zu küssen. Ich sprang auf und starrte ihn an, er wurde wieder rot und sagte Dinge wie: „Du willst es doch auch" und „Lass es zu". Mir fiel nichts dazu ein. Ich habe nur den Kopf geschüttelt und den Raum verlassen. Den Rest der Nacht lag ich wach. Am nächsten Morgen nach dem Wecken habe ich Nico auf dem Gang getroffen. Er sah durch mich hindurch. Wir liefen wie an jedem Morgen unsere 5000 Meter auf dem Sportplatz. Er war zum ersten Mal nicht hinter mir. Er hat nie wieder ein Wort mit mir gesprochen, obwohl ich oft versucht habe, mit ihm zu reden.

Wahrscheinlich hatte er auch Angst vor den anderen. Wenn die das mitgekriegt hätten, wäre das für ihn die Hölle gewesen.

Er war oft in der Poststelle unterwegs, kannte die Leute dort gut. Möglich, dass er dafür gesorgt hat, dass Deine Briefe verschwanden. Vielleicht hat er sie sogar direkt weitergegeben. Versteh mich nicht falsch, Annuschka, ich möchte ihm nichts unterstellen, aber es ist die einzige Erklärung, die ich finden kann. Ich bekam sonst regelmäßig Post, von meiner Mutter, von Richard und sogar von den Leipzigern.

So, jetzt weißt Du, wie ich über das Verschwinden Deiner Briefe denke.

Gleich morgen schicke ich diesen Brief ab.
Du fehlst mir.
Ben

Ich lasse den Brief sinken und schaue hinaus in den verregneten Samstagnachmittag. Auf dem Scheunendach sitzen Tauben. Brit ist zu Lukas gegangen, und die anderen sind zu Besuch bei meiner Tante. Als der Brief heute kam, erkannte ich Bens Schrift auf den ersten Blick, meine Hände zitterten beim Öffnen, und ich las die Zeilen wieder und wieder. Er vertraut sich mir an. Vielleicht träume ich das nur. Mir ist, als ob sich eine Tür zu ihm geöffnet hätte, die sich jederzeit wieder schließen kann. Ich werde heute Nacht seinen Schal umbinden und in Gedanken mit ihm sprechen. Toms Briefe liegen auf dem Schreibtisch, noch immer habe ich sie nicht geöffnet. Werde ich mit ihm umgehen können wie mit Miriam, werde ich auch ihn täuschen können? Wenn Miriam und ich telefonieren und das Gespräch auf Ben kommt, versuche ich, das Thema zu wechseln. Ich will nichts Genaueres wissen, vor allem nicht, wann sie zusammen sind. Es reicht mir, dass ich weiß, dass sie jetzt bei ihm ist, jetzt im Moment und noch den ganzen Abend und die ganze Nacht, und ich muss damit leben und versuchen, nicht daran zu denken. Ich muss versuchen, an Ben und nicht an Bernd zu denken.

Ich schiebe die „Dirty Dancing"-Kassette in die Stereoanlage, trinke noch einen Schluck Tee, stütze den Kopf in die Hände und schaue auf das weiße Blatt vor mir.

G./Südharz, 14. 10. 89

Lieber Ben,
gibt es eigentlich irgendetwas, das Du nicht mitgemacht hast?
Was da in Prora passiert ist, geht mir unter die Haut. Und Nico tut mir leid. Hast Du ihn seitdem mal wieder getroffen, weißt Du, was aus ihm geworden ist?
Dir so nah sein zu können, war einmalig für mich, und ich habe am Morgen danach immer wieder daran denken müssen, dass sie vorbei ist, unsere Nacht, vielleicht unsere einzige, dass ich jetzt Miriam unter die Augen treten muss und Tom. Außerdem war ich unsicher, weil ich nicht wusste, wie Du Dich gefühlt hast.

Ich mag es, wenn Du mich Annuschka nennst, und wenn Du nichts dagegen hast, wirst Du für mich Ben bleiben. Vorhin habe ich Deine Mutter auf der Straße getroffen, sie hat nach Dir gefragt. In letzter Zeit treffen sich unsere Mütter öfter als sonst, vielleicht planen sie irgendetwas. Wahrscheinlich wissen sie sowieso, was mit uns ist. Mütter wissen doch alles. Habe ich Dir schon erzählt, wie sich Mama verändert hat? Sie wirkt aufrechter und zuversichtlicher, es ist etwas Neues in ihrem Gesicht, in ihrem ganzen Verhalten, auch wenn sie chronisch überarbeitet und übernächtigt ist. Sie managt hier alles, seit sich Papa ins Schweigen zurückgezogen hat. Ich habe nicht die geringste Ahnung, was in ihm vorgeht, er wirkt auf mich, als würde er sich Augen und Ohren und Nase und Mund zuhalten und warten, bis alles vorbei ist. Aber was wird kommen, wenn das, was gerade passiert, vorbei ist?

Miriam hat mir am Telefon erzählt, dass Du mit Maik morgen nach Berlin in die Erlöser-Kirche zu einem Konzert mit Krawczyk und Gerhard Schöne fährst. Machst Du Fotos?

Was für Zeiten. Ich denke an Dich, fühle mich Dir nah und umarme Dich.

Deine Annuschka

Ich habe die Uhr im Blick. Ihr Ticken beruhigt mich. Es ist kurz vor Mitternacht, und Tom stellt sein Bierglas ab und lehnt sich an den Küchenschrank. Bis auf seinen schweren Atem ist es still.

„Noch mal, du hast was?" Seine Stimme ist ruhig.

„Du hast mich schon richtig verstanden."

Er lacht laut auf und kommt auf mich zu.

„Sag mal, hast du vielleicht ein bisschen viel getrunken?"

Ich habe Mühe, seinem Blick standzuhalten, lehne an der Spüle, mit den Händen am kühlen Beckenrand. Als er vor mir steht, lässt er die Arme sinken. Er ist plötzlich blass.

„Das stimmt nicht, oder? Du willst mich verarschen?"

Ich schüttele langsam den Kopf.

„Wer? Sag mir, wer es ist!!!"

„Jetzt schrei doch nicht so. Werden ja alle wach."

„Sollen sie doch. Sollen sie doch wissen, was du für eine ..."

„Ja?"

„Ach vergiss es", seine Stimme wird leiser, „Ania, du gehörst doch zu mir, da kann doch nicht plötzlich irgend so ein Scheiß-Typ kommen und ..."

Sein Kinn zittert. Er lässt sich auf einen Küchenstuhl fallen und vergräbt das Gesicht in den Händen. Ich streiche mit dem Zeigefinger über seinen Arm.

„Tut mir leid, aber es ist einfach passiert."

„Eben war doch noch alles in Ordnung, oder?" Er hört sich an wie ein kleiner Junge. „Kann ja mal passieren, dass du mit nem anderen Typen ... Aber lass mich nicht allein. Bitte, lass mich nicht allein."

Seine Worte sind kaum noch zu verstehen, und erst jetzt merke ich, dass die Tränen, die auf die Wachstuchtischdecke tropfen, von mir kommen.

„Ich kann nicht mehr, Tom", sage ich. „Ich kann einfach nicht mehr."

Sonntag, 15. Oktober 1989, G./Südharz

Der Wecker auf meinen Nachttisch tickt zu laut. Fünf Uhr. Und noch nicht eine Minute Schlaf. Weggeschickt habe ich ihn, hinaus in Kälte und Nieselregen. Ich habe es zugelassen, dass er mit dem Moped losgefahren ist, obwohl er mehr als ein Bier getrunken hatte und mit den Nerven am Ende war.

Er kam gegen neun Uhr abends.

„Überraschung", rief er, als ich die Tür öffnete. Er strahlte übers ganze Gesicht und presste mich an sich, bis mir die Luft wegblieb. Ich erschrak vor seinen hungrigen Augen, und beim Abendessen überredete ich ihn, tanzen zu gehen. Mit ihm allein zu sein, wäre mir unerträglich gewesen.

Ich konnte ihn nicht ertragen, sein Grinsen, seine Hand auf meinem Po, seine Sprüche, das Glitzern in seinen Augen. Wie lange ist es eigentlich her, dass ich gern mit ihm geschlafen habe?

Ich musste es ihm einfach sagen.

Sicherlich ist er längst bei seinen Eltern angekommen und wird auch wachliegen und an mich denken. Vielleicht weint er sogar. Er wird in Gedanken alles zerschlagen, er wird jeden Moment zwischen uns aus seinem Gedächtnis kramen und an unsere Nächte denken, unser erstes Treffen, die schwerelosen Urlaubstage. Er wird das alles vergessen wollen und doch nicht davon loskommen.

Ich erinnere mich an meinen ersten Besuch bei ihm. Er wurde achtzehn, und ich sollte seine Eltern kennenlernen. Es war ein kühler Abend im März, seine Mutter lehnte am Kachelofen im Wohnzimmer, sie trug eine grüne Strickjacke, ihr Gesicht war bleich und von schwarzen Haaren umrahmt. Weiß wie Schnee und schwarz wie Ebenholz, dachte ich. Sie kam auf mich zu, sie war so zierlich, und nahm mich in den Arm. Nur ihr harter Atem an meinem Ohr und ihre raue Stimme, als sie „Grüß dich" sagte, wiesen auf ihre Herzkrankheit hin, und ich dachte daran, wie Toms Stimme sich veränderte, wenn er sie seine Schneewittchen-Mama nannte.

„Sie haben sich viel Mühe gemacht", sagte ich, als ich die zu Fächern gefalteten Servietten auf dem Tisch und die Töpfe auf dem Herd in der Küchenzeile bemerkte.

„Nicht doch, ich habe Zeit", sagte sie und strich mir im Vorübergehen über die Schulter. Sein Vater kam erst nach Hause, als wir die Teller abräumten. Er drückte meine Hand und nickte kurz mit dem Kopf. Ich war darauf vorbereitet. Tom hatte gefrotzelt, dass das viele Holz an seinem Arbeitsplatz auf ihn abfärben würde, trotzdem verschlug mir der Blick aus seinen tiefliegenden Augen für einen Moment die Sprache. Erst, als er den Rest des Gulaschs gegessen und das erste Bier getrunken hatte, erzählte er von seinem Tag im Wald und den Auseinandersetzungen mit dem Forstamt, und irgendwann bemerkte ich den Schatten eines Lächelns auf seinen Lippen.

Ich war die erste, die Tom seinen Eltern vorgestellt hat. Ich sehe ihn wieder vor mir, wie er jeden Freitag auf dem Bahnsteig auf mich wartete, an kalten Tagen den rot-weiß gestreiften Schal, den seine Schneewittchen-Mutter für ihn gestrickt hatte, mehrmals um den Hals geschlungen. Ich küsste ihn und konnte gar nicht damit aufhören, dann schulterte er meinen

Rucksack und wir fuhren zu mir nach Hause, wo Mama ihm von Anfang an jeden Wunsch von den Augen ablas, Papa ihm eine Flasche Bier anbot und Brit an seinen Lippen hing.

Ich suche unter dem Kopfkissen vergeblich nach einem Taschentuch, zum Glück übernachtet Brit bei einer Freundin. Kurz nachdem Tom gefahren war, stand Mama plötzlich vor mir, im Nachthemd, und fragte, ob sie Papa mit dem Auto hinter Tom herschicken solle. „Was macht ihr nur, Kinder?", fragte sie. Ich wich ihrer Umarmung aus und bat sie, mich wieder allein zu lassen. Es reicht, wenn ich morgen ihre Blicke ertragen muss. Papa wird wahrscheinlich gar nicht mehr mit mir reden. Was habe ich nur getan? Habe ich Tom jetzt verloren? Wäre er mir, wenn er jetzt hier wäre, noch immer zuwider? Würde ich es ertragen, seinen Mund auf meiner Haut zu spüren und seinen vertrauten Körper neben mir? Werde ich ihm jemals wieder so nah sein können? Ich beiße ins Kopfkissen, um das Schluchzen zu unterdrücken und muss an die Nacht denken, als er das erste Mal bei mir blieb.

Wir hatten es lange geplant. In den Wochen zuvor streichelten wir uns ganze Abende lang, jedes Mal gingen wir ein Stückchen weiter, ich nahm schon seit zwei Monaten die Pille, und wir hatten immer wieder darüber gesprochen. Er hatte sein erstes Mal schon hinter sich, und ich fürchtete mich vor dem Tag, an dem es bei mir passieren würde und sehnte ihn zugleich herbei.

Es war an einem Samstag, wir kamen vom Tanzen nach Hause, ich war müde und hätte es lieber aufgeschoben, noch ein letztes Mal. Aber meine Eltern und Brit waren verreist, und Oma bekam in ihrem Schlafzimmer nichts mit. Ich wollte ihn nicht enttäuschen und ließ ihn zu mir. Es tat weh, als er in mich kam und noch mehr, als er sich bewegte. Dann ging alles sehr schnell. Warme Flüssigkeit lief an der Innenseite meiner Oberschenkel hinab, ich knipste das Licht an, um mich herum war es feucht und hellrot, und alles verschwamm vor meinen Augen. Mein Puls pochte in den Ohren, und Tom flüsterte: „Alles wird gut, Schatz."

Am nächsten Morgen zogen wir die Bettwäsche ab und stopften sie in die Waschmaschine. Oma sagte nichts, auch nicht, als wir die sauberen Laken auf die Wäscheleine im Hof hängten. Nachmittags traf ich Suse, wir hockten in der Wintersonne auf unserem Lieblingsklettergerüst aus Kindergartenzeiten, und während ich ihr alles erzählte, spürte ich noch immer den Schmerz zwischen den Beinen. Sie lachte nur, und ich glaubte ihr nicht, als sie sagte: „Irgendwann wirst du nicht genug davon kriegen."

Vor Toms Bild schiebt sich Bens. Ich weiß, dass er jetzt nicht allein ist, aber ich bin es, und ich bin selbst schuld, und das ist das Schlimmste.

Freitag, 20. Oktober 1989, G./Südharz

Leipzig, 18. 10. 89

Liebe Annuschka,
dass Du mich Ben nennst, gefällt mir. Ich habe meinen Namen noch nie gemocht. Es ist ein schönes Gefühl, für Dich anders zu heißen.
Bevor ich es vergesse: Hast Du Lust, übernächstes Wochenende (4. 11.) mit uns nach Berlin zu fahren? Es soll für Versammlungs- und Pressefreiheit demonstriert werden. Die Oberen von der Partei werden kommen, aber auch Christa Wolf, Christoph Hein, Stephan Heym. Stell Dir vor, Stephan Heym darf sprechen!
Ich habe mich jetzt wieder in mein Zimmer zurückgezogen. Maik und Rosi sitzen noch mit ein paar Leuten vom Neuen Forum zusammen. Heute brauchen sie nur den Küchentisch. Wenn die Koordinierungstreffen bei uns stattfinden, ist die ganze Wohnung voller Menschen. Alle rauchen und trinken und diskutieren. Du findest nicht mal mehr auf dem Fußboden einen Platz zum Sitzen. Stifte und Papier sind Mangelware. Dafür gehen Zigaretten und Kaffee nie aus. Rosi kocht Riesentöpfe voller Nudelsuppe. Jedes Mal kommen mehr Leute. Gestern waren noch zwei Kolleginnen von Rosi da, außerdem meine Zahnärztin, unsere Nachbarn vom Hinterhof, ein Dozent und der Hausmeister von unserer Hochschule (der dann behauptete, mich kaum noch zu kennen, weil ich mich nicht mehr sehen

lasse). Unterschriftenlisten werden auf dem Boden ausgebreitet und weitergegeben und kommen mit der Post zu uns zurück. Maik ist einer der Kontaktmänner, deshalb läuft vieles hier bei uns zusammen.

Wenn wir dann am frühen Morgen das Geschirr spülen und die Fenster öffnen, wenn wir herumliegende Notizen einsammeln und die Kontaktadressen abschreiben, die auf einen Zeitungsrand oder einen Bierdeckel gekritzelt wurden, weiß selbst Maik nichts mehr zu sagen.

Vielleicht hast Du es ja mitbekommen, auf einem Treffen in Berlin haben die Leute des NF jetzt einen Problemkatalog erarbeitet, der die wichtigsten Fragen enthält und alle Bereiche umfasst, vom Gesundheitswesen über die Wirtschaft bis zur Umwelt. Sie haben beschlossen, die Knackpunkte zu benennen und kritisch zu bearbeiten. Überall bilden sich inzwischen Fachgruppen, in den Schulen, den Kliniken, den Betrieben. Auch Miriam ist dabei, im Hygiene-Institut in Wittenberg eine Zusammenkunft interessierter Leute zu organisieren.

Wir wollen keine Minute verlieren. Das sind wir den Bürgern schuldig, sagt Maik immer wieder. Er würde am liebsten gleich die Revolution ausrufen und versteht nicht, dass ich lieber mit der Kamera losgehe. Ich finde es gut und mutig, was er und die anderen tun, aber ich höre mir lieber die Geschichten der Leute an, lasse sie reden und zu sich selbst kommen, und wenn ich im Keller in der Dunkelkammer sitze und die Gesichter auf den Fotos sichtbar werden, dann erinnere ich mich an die Gespräche.

Wenn ich daran denke, wie es hier noch im Juni aussah. Oben klopften die Stasi-Leute jede halbe Stunde an unsere Tür (zum Glück waren Maik und Rosi längst bei Magnus). Ich hockte bis in den frühen Morgen im Keller und entwickelte und klebte Fotos, die wir für eine Ausstellung in der Reformierten Kirche brauchten. Wir saßen schon seit Monaten an der Vorbereitung, immer gut bewacht, aber in der Dunkelkammer konnten sie mich nicht aufspüren. Ich hörte Deutschlandfunk. Es kamen Meldungen aus China. Ort des Geschehens: Der Platz des Himmlischen Friedens in Peking. Der Schreck lähmte mich, ich hätte mich am liebsten im Keller verbarrikadiert. Eine Zeit lang hätte ich dort überleben können, aber dann dachte ich an die anderen, die in Magnus' Wohnung auf mich warteten, die auf mich zählten. Und ich packte alles in meinen Rucksack und schaffte es über den Hinterhof weg. Im Morgengrauen fuhr ich mit dem Rad auf Schleichwegen in die Innenstadt. Ich weiß noch, dass ich nicht die Spur müde war, dass mir die Panik im Nacken saß.

Und jetzt? Es sind noch nicht mal fünf Monate vergangen. Ich sitze wieder in der Dunkelkammer und höre Deutschlandfunk. Aber ich muss nichts mehr verstecken. Ich kann Dir diesen Brief schreiben, ohne für uns beide fürchten zu müssen.

Du fragst mich, wie es weitergehen soll. Ich weiß es nicht. Sicher ist nur, dass wir eine Grenze überschritten haben, dass wir nicht zurückkönnen, weil wir uns verändert haben. Alles ist offen und nichts für die Ewigkeit gemacht.

Komm doch mit mir am Sonntag um zehn Uhr zum Gewandhausgespräch! Kurt Masur hat dazu eingeladen. Wenn Du mich fragst: Wir müssen wach bleiben und alles auf uns zukommen lassen. Wir müssen lernen, dass es nicht auf jede Frage gleich eine zufriedenstellende Antwort gibt und dass alles Zeit braucht.

Oft denke ich, ich träume. Und wenn ich aufwache, finde ich mich wieder in der Kaserne in Prora, im Militärknast in Schwedt, in Leipzig in der Dimitroff-Straße. – Lebenslang als Gedanken-Verbrecher.

Manchmal verfolgt mich das bis in den Schlaf.

Miriam fährt am Wochenende übrigens zum Geburtstag ihrer Oma ins Erzgebirge, sie wird also nicht da sein.

Ich umarme Dich.
Bis bald, in Liebe
Ben

Samstag, 21. Oktober 1989,
Leipzig

Es hat sich auf den ersten Blick nichts verändert. Nur die Papierstapel im Flur sind angewachsen, und auf dem Bücherregal liegen Blätter mit der Überschrift „Kontaktadressen". Auf einem Gartenstuhl liegt ein geblümter Schirm, ein Herrenhut mit Krempe, über der Lehne hängt ein rosa Glitzertuch. Darüber ein Zettel mit der Aufschrift „Fundbüro".

Ben hat mir die Tür geöffnet, wir begrüßen uns stürmisch, er küsst mein Gesicht, meinen Hals, und doch hören wir auf die Stimmen, die aus der Küche kommen.

Miriam sagte mir gestern am Telefon, dass sie traurig wäre, mich heute nicht sehen zu können. Ich sagte ihr das Gleiche. Ich log inzwischen ungeniert und war doch froh, ihr nicht in die Augen sehen zu müssen.

Ben und ich lösen uns voneinander, und ich lege für einen Moment die Hände vors Gesicht, als könnte ich damit die Hitze vertreiben. Dann gehen wir in die Küche, wo Maik, Rosi und Uwe am Tisch sitzen. Vor den Männern stehen Kaffeetassen, Rosi trinkt Rotwein und schenkt mir auch ein Glas ein. Vor Maik liegt ein Stapel Papier, und ich setze mich auf den Stuhl, den Uwe freigeräumt hat. Maik erzählt vom letzten Koordinierungstreffen des Neuen Forums, davon, dass sie ab Montag ein Büro mit Info-Zentrum hätten und doch noch mehr Struktur bräuchten, er erzählt von dem Treffen in Berlin, von dem Ben mir schon geschrieben hat und von der Wahl eines Sprecherrates. Er redet von den Aufrufen gegen Gewalt und für einen friedlichen Verlauf der Demos, die zwar in den Kirchen verlesen würden, aber noch nicht offiziell veröffentlicht seien. „Wir schaffen uns unsere eigenen Medien", sagt Maik und legt seine Hand auf den Papierstapel.

„Wie ist es bei euch, Ania? Gibt es im Krankenhaus schon eine Fachgruppe? Und wenn nicht – magst du eine aufbauen?"

„Ich, als Praktikantin?"

Maik weicht meinem Blick nicht aus.

„Warum nicht? Einer muss doch anfangen. Und wir haben keine Zeit zu verlieren. Der Einfluss der Partei muss zurückgedrängt werden. Auch wenn die jetzt mit uns reden wollen und plötzlich so offen und verständnisvoll sind – ich traue denen nicht."

„Bei mir im Altersheim hat es auch gut funktioniert. Ich habe einen Aushang gemacht und alle einzeln angesprochen, die den Aufruf unterschrieben haben", sagt Uwe, er strafft die Schultern, und seine herabhängenden Mundwinkel heben sich. „Die Kompetenz ergibt sich ganz von allein, jeder bringt sein Wissen mit, seine Erfahrungen, jeder hat seine Meinung und Probleme, die ihm auf der Seele liegen."

„Im Moment zählt der Versuch", sagt Rosi.

„Und wie soll es weitergehen, wenn die Versuche abgeschlossen sind?", fragt Ben und hält Streifen mit Filmnegativen ins Licht der Küchenlampe.

„Das werden wir sehen", sagt Maik. Seine Stimme ist kalt, und mir fällt erst jetzt auf, dass die beiden bisher kein Wort miteinander gewechselt haben. „Sich aus allem rauszuhalten, ist jedenfalls keine Lösung."

„Jetzt fangt nicht schon wieder an!", sagt Rosi.

„Wir haben einen großen Fachkräftemangel in der Pflege", sagt Uwe, „und wenn so etwas wie ein Zivildienst eingerichtet würde, ein ziviler Wehrersatzdienst, wäre das schon mal eine Riesenerleichterung. Wir verfassen jetzt gemeinsam eine Erklärung, die wir dann weiterleiten."

„Wohin?", fragt Ben.

Maiks Gesicht läuft rot an. „Hör endlich auf zu stänkern und pack mit an!" Er springt auf und stützt seine Hände auf den Tisch. Ben legt die Fotostreifen weg.

„Was tue ich denn die ganze Zeit?"

„Das kann ich dir sagen! Fotos schießen und zynische Sprüche abdrücken! Merkst du nicht, dass du uns den Mut nimmst, dass du uns demotivierst?"

„Ich lasse mich nicht vor deinen Karren spannen, ich lasse mir nicht sagen, was ich zu denken oder zu tun oder zu lassen habe. Kapier das endlich!"

Ben schreit nicht, doch seine Stimme zittert. Maiks Gesicht ist tiefrot. „Das liegt mir fern, das weißt du. Niemand hier spielt sich auf, niemand will Anführer oder Chef sein. Das haben wir hinter uns. Aber wir müssen neue Strukturen, neue Grundlagen schaffen. Gemeinsam."

Uwe schaut auf seine Hände und schweigt.

Ich habe das Gefühl, etwas tun zu müssen, um die Situation zu entschärfen, doch mir fällt nichts ein.

Rosi hebt entschlossen den Kopf.

„Wir brauchen jeden", sagt sie und räuspert sich. „Und jeder bringt sich so ein, wie er möchte und kann. Ist das so schwer?" Ihre Frage bleibt im Raum stehen. Ben geht zum Fenster und zündet sich eine Zigarette an. Maik streicht sich mit einer fahrigen Bewegung durchs Stoppelhaar, murmelt etwas vor sich hin und schmeißt die Tür hinter sich zu.

„Bis morgen", sagt Uwe und setzt seine Schiebermütze auf. „Ich bring dich noch raus", sagt Ben mit wieder ruhigerer Stimme.

Rosi setzt sich wieder und trinkt, bis das Weinglas halb leer ist.

„Das geht jetzt ständig so. Heute früh musste ich schon mal dazwischengehen. Wie im Kindergarten. Dabei hat jeder seinen Platz und ist auf seine Art wichtig."

Ich sammle die Gläser und Tassen ein und lasse Wasser ins Abwaschbecken laufen. Rosi trocknet ab. Wir schweigen, und als die Tür klappt und Ben wiederkommt, trocknet sich Rosi die Hände am Geschirrtuch und sagt: „Ich schau mal nach Maik."

Ben schenkt uns Wein ein, er nimmt meine Hand und will mich auf seinen Schoß ziehen, doch ich löse mich von ihm und gehe zum Fenster. Der Hinterhof ist dunkel, im Nachbarhaus brennt kein Licht.

„Maik ordnet an, Maik organisiert, Maik hat seine Berufung gefunden."

„Seid ihr überhaupt noch Freunde?" Ich drehe mich zu ihm um.

„Darum geht es doch gar nicht." Er zündet sich eine Zigarette an, läuft auf und ab.

„Wir wissen, woher wir kommen, aber nicht, wohin wir gehen. Seit Jahren versuchen wir, in Verhältnissen zu überleben, die uns so gut wie keinen Raum lassen. Wir sind Profis im Tarnen und Täuschen, im Improvisieren und Flüchten. Jetzt, wo wir die Gelegenheit haben, etwas zu ändern, sind wir überfordert, denn wir haben nur gelernt, Strukturen zu nutzen, die es schon gibt. Aber anstatt sich das einzugestehen, innezuhalten und nachzudenken, verfällt Maik in Aktionismus. Nichts geht schnell genug, alles muss sofort sein, und alle müssen mitmachen, ob sie nun wollen oder nicht."

Er ist wieder lauter geworden, lehnt am Kachelofen und drückt die Zigarette auf einer Untertasse aus.

„Aber irgendwo muss man doch anfangen."

„Ja, stimmt. Aber ich bin kein Organisationstalent. Kein Rhetoriker. Mein Weg ist ein anderer. Und das sieht Maik nicht ein. Er wirft mir vor, zu viel Distanz aufzubauen, mich aus allem rauszuhalten. Ich habe den Aufruf unterschrieben, ich verfolge alles, was passiert, ich fotografiere. Und doch kommt er immer wieder, quatscht auf mich ein, drischt Phrasen und will mich für seine Zwecke einspannen. Dich hat er doch auch gleich angehauen."

„Er ist nun mal ein anderer Typ und versucht, seine Visionen zu leben. Und die sind, soweit ich weiß, ähnlich wie deine."

„Eine zivile Gesellschaft mit mündigen Bürgern? Keine hohlen Politiker mehr? Keine aufgeblasene Bürokratie? Aber dafür reicht es nicht, Havels ‚Versuch, in der Wahrheit zu leben' zu lesen, sich die Köpfe heißzureden und doch nur aneinander vorbeizuquatschen. Sie wollen praktische Pläne machen und bleiben doch Theoretiker."

„Es ist ein Anfang, Ben."

Die Falten verschwinden von seiner Stirn, die Augen werden wieder größer. Er kommt zu mir und legt seine Stirn gegen meine. „Für Mitte November planen sie eine Kundgebung in Leipzig. Legal. Angemeldet. Sie träumen von tausenden Teilnehmern. Glaubst du daran?"

„Warum nicht?"

Er schüttelt den Kopf und legt die Arme um mich. „Miriam redet auch auf mich ein. Sie brauchen Köpfe wie dich, sagt sie."

„Sie hat recht. Auch das, was Rosi eben gesagt hat, stimmt. Und du hast doch nichts zu verlieren."

Ich lehne meinen Kopf an seine Schulter.

„Sollen wir schlafen gehen?" fragt er und pustet mir das Haar aus der Stirn.

Im Fenster flackert eine Kerze. Sein Körper ist schweißnass und warm, und ich drücke ihn an mich. Ich habe sein Loslassen gespürt, sein Weichwerden, und ich atme seinen Duft ein, lasse meine Zunge um sein Schlüsselbein kreisen. „Ich träume", flüstert er, und ich spüre ihn wieder in mir.

Sonntag, 22. Oktober 1989, Leipzig

Der Morgen ist diesig und kühl. Wir radeln Richtung Innenstadt. Der Karl-Marx-Platz ist voller Menschen, die vor dem Gewandhaus auf Einlass warten. Wir schließen die Fahrräder an einem Laternenpfahl an. Mir ist warm, und ich öffne meine Jacke. Es ist kurz nach neun Uhr, und wir reihen uns in die Schlange ein. In den Fenstern des Gewandhauses spiegeln sich die Oper und die umliegenden Gebäude. Ich möchte meine Hand in die Tasche von Bens Parka stecken, doch ich halte mich zurück. Niemand darf von unserem Geheimnis erfahren, es reicht, dass wir Rosi als Mitwisserin haben. Also versuche ich, den normalen Abstand zu ihm zu halten, ihn auch nicht zufällig zu berühren, was mir nach der letzten Nacht, in der wir nicht eine Minute geschlafen haben, schwerfällt. Erst als der Morgen anbrach, habe ich mich zurück ins Wohnzimmer geschlichen, mich auf der Couch in den Gästeschlafsack gekuschelt und, bis es hell wurde, unseren Berührungen nachgespürt, dem Fallenlassen ohne Scham, bei dem ich weder an Miriam noch an Tom dachte. Ich war ich selbst in Bens Armen, und ich fühle mich erfüllt und keine Spur müde. Meine Lippen sind wund, die Mundwinkel schmerzen, und doch spüre ich meinen Körper kaum, so leicht ist er.

Als sich die Türen öffnen und die Menschen in das Konzerthaus strömen, wird mir bewusst, dass ich zum ersten Mal ohne Angst hier bin.

Das erste Dia zeigt eine Menschenmenge vor dem Gewandhaus, die Gesichter sind erwartungsvoll, freudig, es ist der 9. Oktober 1981, der Tag der Eröffnung des Neuen Gewandhauses. Auf dem zweiten Foto ist der große Konzertsaal zu sehen.

Wir sitzen weit entfernt von den Mikrofonen, die in den Gängen aufgestellt sind, und vorn ist ein Podium aufgebaut, an dem die Herren sitzen, die den „Aufruf der Leipziger Sechs" vom 9. Oktober verfasst haben.

Die „Ode an die Freude" erklingt, Papas Lieblingssinfonie, mir steigen die Tränen in die Augen, und ich muss daran denken, wie ich Papa vor einigen Jahren im Fernsehen sah, in der Live-Übertragung eines Großen Konzertes. Er war auf einer Tagung in Leipzig und hatte eine Restkarte ergattert und uns angerufen. Brit und ich entdeckten ihn schnell, auf dem obersten Rang, in Hemd und Lederjacke unter den Damen und Herren in Abendgarderobe, und Mama wurde ganz blass und sagte: „Er hätte sich wenigstens umziehen können."

Ich muss grinsen, und Ben zeigt zur Bühne. Der Gewandhauskapellmeister steht auf und beginnt zu reden.

Es ist elf Uhr. Noch immer tritt ein Redner nach dem anderen ans Mikrofon. Ben hat meine Hand längst losgelassen und beobachtet alles durch die Kamera.

„Die graue Masse wird farbig", flüstert er mir zu, und mir gehen die Worte des letzten Redners durch den Kopf, eines älteren Mannes, der die Kaderpolitik der DDR mit einer Champignonzucht verglichen hatte, im Dunkeln, mit viel Mist darunter, und alle hellen Köpfe würden abgeschnitten. Als Kurt Masur in seiner Ansprache ein Gesetz für einen zivilen Wehrersatzdienst gefordert hatte, musste ich wieder an

Uwe denken, der sicherlich auch hier unter uns sitzt und sich doch nie zu Wort melden würde.

Ein Kirchenmann sagte, man dürfe die Kinder nicht zu Menschen erziehen, die zwei Gesichter hätten. Darauf eine Lehrerin: „Viele in unserem Land haben zwei Gesichter."

„Ist denn überhaupt ein Arbeiter hier?", rief Kurt Masur plötzlich in den Saal hinein. Ein Mann meldete sich und bezeichnete sich selbst als Träger der Goldenen Lüsterklemme, der höchsten Auszeichnung für einen Elektriker. Gelächter im Saal. Er hatte einen Zettel dabei, auf den er immer mal wieder schaute und forderte eine echte Demokratie, wie er es nannte. „Was sollen wir noch groß drum herumreden, gebt den Leuten die Einheit!", rief er und ließ Raunen und vereinzelten Applaus zurück, als er sich wieder setzte.

„So wird es kommen", sagte Ben und drehte die Kamera in den Händen. „Wirst du sehen."

„Was?"

„Das vereinigte Deutschland."

Ich stieß ihn mit dem Ellenbogen an und lachte: „Du spinnst." Doch er blieb ernst und schaute vor sich hin.

Nun ist es kurz vor eins, und ein junger Mann tritt nach vorn und stellt sich als Anhänger des Neuen Forums vor. Ich frage Ben, ob er ihn kennt. Er schüttelt den Kopf, und der Mann sagt, dass der Dialog, der hier und anderswo geführt werde, nicht zum Kern der Dinge vorstoßen würde, dass man ein neues Gesellschaftskonzept bräuchte und nicht viele kleine Lösungen. Ben nickt und hebt wieder die Kamera.

Einer der Männer, die vorn sitzen, beendet die Debatte und sagt, dass sie am nächsten Sonntag unter dem Motto „Dialog am Karl-Marx-Platz" weitergeführt werde, zur gleichen Zeit und am gleichen Ort, und bald werde es vor dem Gewandhaus eine Litfaß-Säule geben, an der aktuelle Termine und Entwicklungen bekanntgegeben würden.

Während wir nach draußen gehen, sehe ich mir die Menschen an, die mit uns hier waren. Einige sind still und in sich gekehrt, viele diskutieren weiter, lautstark und über mehrere Sitzreihen hinweg, und ich habe das Gefühl, dass die ganze Stadt hier ist, alle Bürger, jeder, der nur irgendwie laufen und zuhören kann.

Montag, 23. Oktober 1989,
G./Südharz

G., 23. 10. 89

Lieber Ben,
sicherlich seid Ihr jetzt auf der Demo unterwegs. Stell Dir vor, ich kann Euch im DDR-Fernsehen zusehen!
„Die ganze Stadt ist voller Menschen", sagt der Reporter gerade und dass der Verkehr völlig zum Erliegen gekommen sei.
Ich habe heute nach der Frühstückspause den Aufruf des Neuen Forums am Schwarzen Brett in der Kantine des Krankenhauses ausgehängt. Der Raum war leer, nur die Küchenfrauen konnten sehen, dass das Plakat von mir befestigt wurde. Schon beim Mittagessen versammelten sich die Leute davor, manche hatten Stifte in der Hand, andere winkten ab und schüttelten ihre Köpfe. Mamas Chefarzt hat unterschrieben und auch die Schwestern der Inneren II, wo ich mal Ferienpraktikantin war. Ach Ben, nach unserem Erlebnis gestern erscheint mir alles möglich. Wie mutig die Menschen vor die Mikrofone getreten sind. Wie offen sie waren und wie überlegt. Ich glaube, in jedem von uns steckt ein ehrlicher, aufrechter Kern, der nicht auf Dauer unterdrückt werden kann. Selbst bei mir im Labor wird jetzt ausgiebig über die aktuellen Entwicklungen diskutiert. Es ist spannend, die verschiedenen Meinungen mitzubekommen und einzuordnen, ich lerne viel dabei, und auch während der Arbeit hören wir Radio und tauschen uns aus. Nachmittags und abends

braucht Mama meine Hilfe, so dass ich kaum zum Zeitunglesen und Fernsehen komme. Ich darf nicht verraten, was unsere Mütter vorhaben, aber ich kann Dir jetzt schon sagen, dass Du stolz auf sie sein wirst.

Spätestens seit unserer letzten Nacht bin ich zur Meisterin im Wechseln der Welten geworden. Ich träume, spüre uns nach und kann nicht genug davon bekommen, und es stört mich nicht, dass Du jetzt wahrscheinlich mit Miriam unterwegs bist, denn wir haben ein Geheimnis, das nur uns gehört und das uns niemand nehmen kann.

Trotzdem geht mir Tom nicht aus dem Kopf. Ich habe angefangen, einen Entschuldigungsbrief an ihn zu schreiben, aber ich finde nicht die richtigen Worte. Ich weiß nicht, ob wir jetzt getrennt oder verstritten sind, es ist eine vertrackte Situation. Wenn ich ihn wenigstens etwas vermissen würde, aber das, was mich umtreibt, ist nichts als ein schlechtes Gewissen und die Erinnerung an das, was ich mal für ihn empfunden habe. Geht so eine Liebe zu Ende? Es ist traurig, ich fühle mich schlecht dabei. Er hat es nicht verdient. Aber was soll ich tun? Wie geht es Dir mit Miriam?

Kannst Du mir ein paar Bücher mitbringen, falls Du am Samstag kommst?

Ich freue mich schon und denke an Dich und küsse Dich.

Deine Annuschka

Samstag, 28. Oktober 1989,
G./Südharz

„Guck mal, der Flur hat eine neue Tapete", sagt Brit.

Mir ist so schlecht, dass ich glaube, jeden Moment zu einer Toilette rennen zu müssen. Ich zwinge mich, an Toms Brief zu denken, an diese wenigen Zeilen, auf die ich reagieren sollte, falls ich ihn wiedersehen möchte. Er ist mir zuvor gekommen mit seinem Brief, seine Traurigkeit hat mich tief getroffen, und für einen Moment glaubte ich, ihn wirklich zu vermissen.

Ich knote meine Turnschuhe auf und schiele zur halb geöffneten Küchentür. Mama und Frau Lehne reden irgendetwas und lachen. Brit ruft „Hallo zusammen", und ich lausche angespannt, kann aber außer Mamas Stimme und Frau Lehnes Lachen nichts hören. Die Tramper aus grünem Wildleder auf dem Bänkchen neben der Garderobe kenne ich, die braunen Stiefel daneben auch. Ich kämpfe nun doch mit dem Schreck und frage mich, wieso mich mein Mut jetzt verlässt. Niemand hier weiß von Ben und mir. Niemand kann etwas wissen.

Als ich über die kalten Fliesen in Richtung Küche gehe, wird das Geräusch der Wasserspülung kurz lauter, eine Tür schlägt zu, dann höre ich Schritte hinter mir.

„Ania!"

„Miriam!"

Wir umarmen uns. Sie hat gerötete Wangen, sie redet schneller als sonst, und ich würde in diesem Moment nichts lieber tun als an einen ganz normalen Kaffeeklatsch-Samstagnachmittag bei Lehnes glauben, nur deshalb aufregender als sonst, weil Frau Lehne und Mama etwas mit uns zu besprechen haben. Als ich über Miriams Schulter blicke, schaue ich Ben in die Augen. Ich strecke ihm die Hand entgegen. Ich weiß nicht, wohin meine Stimme sich verkrochen hat, er zieht mich zu sich heran und küsst mich auf die Wange. Ich folge den beiden in die Küche, schüttele Frau Lehne die Hand, winke Mama zu und lasse mir von Ben Kaffee einschenken. Das große Stück Kirschstreuselkuchen zerfällt auf meinem Teller, und ich versuche, Miriam zuzuhören, die von ihrer Arbeit im Labor des Hygieneinstitutes und von den Demos in Wittenberg erzählt.

„Du siehst wieder besser aus", sagt sie plötzlich.
„Findest du?", antworte ich viel zu spät.
„Wo ist Ihr Mann eigentlich?", fragt Brit Frau Lehne.
„Spätschicht."
„Am Samstag?"
Frau Lehne zuckt mit den Schultern. „Und euer Papa?"
„Sitzung vom Jagdverein."
„Warst du eigentlich am Montag auf der Demo?", frage ich Bernd, „ich hab's zwar im Fernsehen gesehen, aber ..." Ich schaue ihm in die Augen, dann greife ich nach der Thermoskanne und schraube den Deckel auf. Ein braunes Rinnsal tröpfelt in meine Tasse.

„Ich koche neuen", sagt er und als er mir die Kanne aus der Hand nimmt, berühren sich unsere Finger. Er nimmt die Kaffee-Büchse aus dem Regal und befüllt die Maschine. Seine Haare kräuseln sich im Nacken.

„An der ‚Runden Ecke' war alles mit Kerzen erleuchtet", sagt er, „auf den Treppenstufen, den Simsen, und sie haben gerufen ‚Wir verdienen euer Geld!'"

„Die Vorhänge der Burgfenster waren zugezogen", mischt sich Miriam ein, „dahinter brannte Licht, aber keiner hat sich gezeigt."

„Keine Vorstellung für das Volk." Ben stellt die Maschine an und streicht Miriam im Vorbeigehen über die Schulter.

„Noch nicht", sagt sie, „Wann kommst du mal wieder mit, Ania? Es ist keine Polizei mehr da, und es werden immer mehr Menschen, und die lassen sich jetzt was einfallen, kann ich dir sagen."

„Schön wär's, wenn denen da oben auch mal was einfallen würde", sagt Frau Lehne.

„Immerhin kann man jetzt wieder die Zeitung lesen." Mama stellt ihr Gedeck zusammen, schiebt es zur Seite und holt ein zusammengefaltetes Papier aus ihrer Handtasche.

„Also – Helga und ich, wir wünschen uns, dass endlich klare Worte gesprochen werden."

„Jetzt wird's spannend." Brit setzt ihr offizielles Gesicht auf.

„Genau", meint Frau Lehne. „Wie heißt es jetzt so schön: Dialog."

„Was haltet ihr von einem Plakat, so in der Größe", Mama umreißt in der Luft ein A3-Format. Dann liest sie von ihrem Zettel ab:

Aufruf zur Demo der Dagebliebenen!

Liebe Mitbürger!
Wenn Ihr dieses Plakat lest, wartet Ihr nicht in Prag oder Warschau oder Budapest auf Eure Ausreise, denn Ihr habt die Entscheidung getroffen, hier zu bleiben. Und das ist gut so. Schließlich können wir nicht alle davonlaufen.

Aber das muss nicht heißen, dass Ihr zufrieden seid. Sicherlich habt Ihr Fragen, wollt etwas verändern, in unserem Dorf, in unserer täglichen Umgebung, hier, wo wir leben. Ihr wollt die Entscheidungen, die vom Gemeinderat getroffen wurden und werden, diskutieren und lang aufgestaute Kritik loswerden.

Würdet Ihr Euch gern offen und ehrlich austauschen? Mit anderen Dagebliebenen? Mit den Mitgliedern des Gemeinderates und dem Bürgermeister?

Lasst uns die Leipziger Demonstrationen und die Gewandhausgespräche zum Vorbild nehmen.

Wie Ihr wisst, ist an jedem Mittwochabend Gemeindevertreter-Sitzung. Wir treffen uns am 1. November um 18.00 Uhr im Gemeindesaal. Von dort aus gehen wir gemeinsam zum Bürgermeisterhaus und fordern unseren Bürgermeister und die Mitglieder der Gemeindevertretung zum Dialog auf.

Bringt Eure Fragen und Anregungen mit! Bringt Eure Freunde und Verwandten mit! Bringt Kerzen mit!

Wir freuen uns über jeden, der uns unterstützt!

Wir Dagebliebenen lassen uns nicht die Butter vom Brot nehmen. Wir sind mündige Bürger und nutzen unser Recht.

Damit unser Leben hier freier und lebenswerter wird!

Helga Lehne
Doris Hochlinger

„Ihr Verschwörer. Weiß Papa davon?", fragt Brit mit vor Verwunderung großen Augen. Mama zieht die Augenbrauen hoch und schüttelt den Kopf.

„Ihr braucht eine Liste mit den Unterschriften von allen, die dabei sind", schlägt Miriam vor.

„Habt ihr noch so einen Zettel, den nehme ich mit in die Schule", sagt Brit.

„Und dann wird das Pamphlet den hohen Herren überreicht, mit der Bitte um gnädige Kenntnisnahme", sagt Ben und vertieft sich in das Geschriebene.

„Eine Delegation", prustet Brit.

„Und wer eignet sich am besten dafür?" Miriam zwinkert mir zu und legt eine Hand auf Bens Arm. Ihre Blicke wandern zwischen uns hin und her. Ich schüttele langsam den Kopf. „Warum nicht? Ihr beide, das wäre doch schön", sagt Mama.

Mir steigt das Blut ins Gesicht. „Da sitzt Papa drin!"

Die Kaffeemaschine röchelt, Ben scheint noch immer zu lesen, und ich zucke zusammen, als ich seinen Fuß an meinem Bein spüre.

„Das müssen wir jetzt doch nicht klären." Frau Lehne klopft mit der Kuchengabel gegen ihren Teller.

„Weiß Richard schon davon?", fragt Ben. Ich schaffe es nicht, mein Bein zurückzuziehen und genieße die Berührung seines Fußes.

Frau Lehne nickt: „Er war Feuer und Flamme, aber er kann nicht dabei sein, weil er nächste Woche auf Dienstreise ist. Er will in der Stadt etwas Ähnliches organisieren. Das hier könnte ein Probelauf werden."

„Was könnten wir denn für Fragen stellen? Was könnten wir fordern?", fragt Mama.

„Einsicht in die Unterlagen der Kommunal-Wahl im Mai", sagt Frau Lehne.

„Warum musste unser Bäcker schließen?"

„Warum ist die Straßenbeleuchtung nachts so schlecht?"

Mama hat ihr Kinn vorgeschoben und spielt mit dem Kuli in ihrer Hand. „Und Plakate malen müssen wir auch noch. Ich habe A3 Papier besorgt."

In der Dachkammer flackert die Glühlampe. Schatten wandern über die alten Möbel. Wir breiten zusammen das Betttuch auf dem Boden aus.

„Die Hälfte reicht doch auch, oder?" Die Schere wackelt in meiner Hand.

„Klar", sagt Ben, und wir treffen mitten auf der weißen Fläche aufeinander und halten uns fest. Die Scheren fallen zu Boden, und ich wünsche mir, dass er niemals wieder zu ihr gehen kann. Er ist unrasiert, und sein Haar riecht stärker nach Rauch als sonst. Ich streichele seinen Nacken. Er küsst mich auf den Mundwinkel, so zart, dass es kaum auszuhalten ist. „Kommst du nächste Woche?", flüstere ich. „Die haben es drauf und schicken uns tatsächlich mit der Liste los."

„Ich kann es versuchen." Er lässt sich auf die Couch fallen und zieht mich mit sich.

„Hier habe ich dir immer geschrieben", flüstere ich ihm ins Ohr und schiebe meine Hände unter seinen Pulli.

Als sich die Tür unten knarrend öffnet, schrecken wir zusammen und bringen unsere Kleidung in Ordnung. Doch dann küssen wir uns noch einmal heftig.

„Miriam geht es nicht gut", sage ich.

Er blickt weg.

„Ben, wir müssen ..." Ich stocke, und er sieht mich fragend an. Die Worte stauen sich in mir, aber ich kann es ihm nicht sagen, ich darf es ihm nicht sagen, denn schließlich hat sie es mir anvertraut, mir, die sie für ihre Freundin hält.

„Bernd, Ania, seid ihr noch oben?", höre ich ihre Stimme.

„Ja", rufe ich und spüre seine Hand auf meinem Rücken, als er hinter mir die Treppe hinabsteigt.

Mittwoch, 1. November 1989, G./Südharz

"Wir bleiben hier! Ihr auch? Dann kommt mit zur Demo der Dagebliebenen!"

Ich befestige das letzte Plakat mit Reißwecken an der Eingangstür zum Gemeindesaal. Inzwischen kann ich den Text nahezu auswendig. Unter der Überschrift steht der Aufruf. Die Rückseite des Zeichenblockpapiers haben wir mit Pappe beklebt, die Schrift in mehreren Farben gestaltet. Die Plakate sind nicht zu übersehen, Brit und ich haben in den vergangenen Tagen das Dorf damit tapeziert, und ich bezweifele, dass es Papa gelungen ist, sie zu ignorieren wie unsere Bastelaktionen am Küchentisch. Ich stelle mir vor, wie er darauf reagieren würde, dass niemand unserem Aufruf folgt, ahne seinen stillen Triumph, hinter dem Vollbart verborgen. Das Dorf wirkt verlassen, als hätten sich die Menschen verzogen, um auf bessere Zeiten zu warten. Der Nebel ist dichter geworden. Die Luft riecht nach Braunkohle. Für die Nacht wurde der erste Frost angekündigt.

Dreiviertel sechs ist es inzwischen, und im Saal ist es zugig und nicht viel wärmer als draußen. Ich lasse meine Jacke an und helfe Mama, den Papierbogen für die Unterschriften auf einem der Tische neben der verlassenen Tanzfläche auszubreiten.

„Vielleicht hätten wir das Angebot vom Pastor doch annehmen sollen. Die Leute wären bestimmt lieber in die Kirche gekommen", sagt sie und presst die Lippen aufeinander. Es tut mir weh zu sehen, wie sie immer blasser wird.

„Die kommen noch, Doris!" Frau Lehne rührt in ihrer Tasse.

„Ich hol uns frischen Kaffee", sage ich und laufe mit der Thermoskanne in die Kneipe nebenan. Die Gastwirtin füllt die Kanne und stellt mir eine Flasche mit Kondensmilch dazu.

„Wenn hier nicht so viel los ist, komme ich nachher mal rüber zu euch", sagt sie. „Und wenn ihr noch Stühle braucht, gebt Bescheid."

Zum Glück fragt sie nicht, wie viele Leute schon da sind. Als ich zurückgehe, kommt mir unser Nachbar Rothmann entgegen, er folgt mir in den Saal, hängt seine Schirm-Mütze an einen Garderobenhaken und sagt: „Meine Frau kommt nach."

„Hier", rufe ich. „In die Liste könnt ihr euch eintragen, mit Namen und Unterschrift."

Es ist neunzehn Uhr, und immer noch drängen Menschen in den Saal. Die Kinder jagen sich kreischend um die Tische herum, an denen die Erwachsenen ihre Köpfe zusammenstecken. Zwei Jungen tragen ein zusammengerolltes Transparent. Mama spricht mit einem Mann und einer Frau, deren Gesichter mir bekannt vorkommen. Sie zeigt auf eins unserer Plakate. Sie lacht wieder.

„Ist Bernd schon da?", fragt mich Frau Lehne.

„Nein, er hatte Vorlesung bis fünf. Und bei dem Wetter braucht er mindestens zwei Stunden."

Ihr Blick ist besorgt, und ich versuche, es nicht an mich heranzulassen. Jemand hält mir von hinten die Augen zu. Es ist Brit, ich will sie durchkitzeln, doch sie versteckt sich hinter Lukas, der nur ein schmales Lächeln für mich übrig hat.

„Ania, die beiden da, mit denen Mama spricht, die sind beim Neuen Forum."

„Unsere Nachbarn", sagt Lukas.

Mir fällt auf, wie kalt seine Augen bleiben, als Brit ihren Arm unter seinen schiebt. Er flüstert ihr etwas ins Ohr und macht sich auf den Weg Richtung Theke. Brit sieht ihm nach. Ich halte ihr meine Kaffeetasse entgegen. Sie schüttelt den Kopf und schreibt ihren Namen auf die Liste.

Es ist halb neun, wir stehen vor dem Gemeindesaal, die Kälte kriecht unter meine Jacke.

„Wenn ich mich nicht verzählt habe, sind es dreihundert", sagt Mama und drückt meine Hände. Auf dem Dorfplatz parkt ein Polizeiauto mit ausgeschalteten Scheinwerfern. Jemand klopft an die Fensterscheibe und sagt zu den Polizisten: „Passt bloß gut auf uns auf!"

Mama und Frau Lehne gehen untergehakt voran. Brit und ich nehmen das Transparent, das ich eigentlich mit Bernd tragen wollte. *WIR LEBEN JETZT!* haben wir darauf gemalt. Er ist immer noch nicht da, und das macht mich zunehmend unruhig.

Die Gemeindevertreter-Sitzung hat längst angefangen, die Straße ist überfroren, und wir haben Mühe vorwärts zu kommen ohne hinzufallen. Wir überqueren die Hauptstraße und laufen den Hügel hinauf Richtung Gemeindeamt, am Haus von Suses Eltern vorbei auf die erleuchteten Fenster zu, hinter denen sie sitzen, der Bürgermeister, Papa, Herr Lehne und die anderen. Weit entfernt sind Martinshörner zu hören, das Geräusch kommt rasch näher, es sind zwei Krankenwagen. Die Demonstranten hinter uns weichen an den Straßenrand zurück, Blaulicht streift ihre Gesichter.

Der Fahrer des ersten Wagens beugt sich aus dem Fenster.
„Macht doch mal die Straße frei!"

Ich bitte Lukas, das Transparent zu halten und will zurück schlittern, um zu fragen, was passiert ist. Doch sie sind schon den Konsumberg hinaufgefahren, so schnell trotz der Glätte, und die Sirenen werden leiser. Ich halte mich am Gehweggeländer fest, ich habe plötzlich panische Angst, sehe den weißen Skoda im Straßengraben, zersplitterte Fensterscheiben und sein blutüberströmtes Gesicht, er hängt im Sicherheitsgurt und bewegt sich nicht mehr.

Der alte Mann, der allein im Haus neben Lehnes wohnt und dessen Namen ich mir nie merken kann, holt einen Flachmann aus der Jackentasche und nimmt einen kräftigen Schluck. Als er meinen Blick bemerkt, hält er mir die Flasche entgegen. Ich rieche daran, es muss Schachtschnaps sein oder Wodka, ich trinke vorsichtig, im Mund ein einziges Brennen, ich huste, aber mir wird wärmer, und die Bilder im Kopf weichen zurück. Ich lächele in das verblüffte Gesicht des Mannes, gebe ihm die Flasche wieder und schaue nach oben zu den erleuchteten Fenstern.

Mama hält die Rolle mit den Unterschriften hoch und ruft: „Wir gehen jetzt rein!"

„Lasst mich mitgehen!", höre ich mich sagen.

Sie schauen mich beide mit großen Augen an.

„Bitte!"

„Na, wenn du unbedingt willst, Ania, dann geh mit Helga!", sagt Mama und gibt mir die Liste.

Drinnen klopfe ich drei Mal an die Tür zum Besprechungsraum, und es kommt mir vor, als würde ich mir dabei selbst zusehen.

„Guten Abend", sage ich laut, die Türklinke noch in der Hand. Meine Stimme ist ruhiger, als ich erwartet habe. Alle Stühle sind besetzt. Ich sehe Überraschung in Papas Augen und wie sich seine Lippen bewegen.

„Ja, bitte", sagt der Bürgermeister.

„Wir möchten euch um ein Gespräch bitten", beginnt Frau Lehne.

„So?" Im Gesicht des Bürgermeisters regt sich nichts.

„Kommt ihr von dieser Dableiberdemo da draußen?", fragt ein Mann, den ich nur vom Sehen kenne. Herr Lehne und Papa stecken die Köpfe zusammen. Ich sammele mich und gehe zum Fenster, die Rolle mit den Unterschriften noch in der Hand, ich öffne es und in dem Moment ruft eine Stimme: „Wir bleiben hier!" Aus der Stimme wird ein Chor, kalte Luft weht in den Raum und Papas Stuhl knarrt, als er aufsteht. Er nimmt die Liste entgegen, entrollt sie und liest schweigend die Unterschriften.

„Wie viele seid ihr?", fragt der Bürgermeister.

„Dreihundert haben unterschrieben", sage ich.

„Sagen wir, halb zehn im Saal?" Papas Blick ist unergründlich.

„Gut, ich werde es weitergeben."

Wir sprechen miteinander wie Fremde.

„Enttäuscht uns nicht", sagt Frau Lehne noch, bevor sie die Tür hinter uns schließt. „Ist dir eigentlich aufgefallen, dass da drin nur Männer sitzen?", fragt sie und legt ihren Arm um meine Schultern. Ich atme tief durch, sehe wieder Papas Blick vor mir und versuche zu lächeln.

Es ist inzwischen kurz vor zehn. Brit und Lukas lehnen neben mir am Geländer der Empore. Auf der Bühne haben wir Tische zusammengestellt und Bett-Tücher darüber gehängt.

Auf das rote Fahnentuch, das hinter der Bühne lagerte, haben wir einstimmig verzichtet.

„Hast du Papa schon mal Cola trinken sehen?", fragt Brit. Ich schüttele den Kopf. Er dreht die Flasche in den Händen und spricht mit dem Bürgermeister. Mama hat mir vorhin gestanden, dass sie Angst hat, sie könnten ihn fertigmachen. Es wäre das erste Mal, dass ich ihn schwach erleben würde. Vielleicht sollte ich vorher gehen. Herr Lehne sitzt mit gebeugtem Rücken daneben und starrt vor sich hin. Obwohl wir noch Stühle aus der Kneipe geholt haben, gibt es zu wenige. Die Dorfbewohner hocken auf dem Boden, auf den restlichen Tischen oder lehnen an den Säulen neben dem Tresen. Und Bernd ist immer noch nicht da.

Mama steigt auf das Treppchen zur Bühne, es wird ruhiger im Saal.

„Danke, dass Ihr alle gekommen seid!" Ihre Worte gehen im Beifall unter. Ich ahne, dass unter dem Rollkragen rote Flecken an ihrem Hals erscheinen, sie strahlt und ähnelt plötzlich der jungen Frau, die ich von Fotos aus den Alben kenne, die nur selten aus dem Schrank gekramt werden und die ich mir manchmal heimlich ansehe.

„Danke auch an unsere Volksvertreter, die auf unser Angebot eingegangen sind und sich jetzt euren Fragen stellen werden."

In die Stille hinein schreit ein Kind.

„Ich muss sagen, wir sind überrascht", beginnt der Bürgermeister, „dass so viele hier sind."

„Na, das glaube ich", ruft jemand dazwischen.

„Ruhe!"

„Lasst ihn doch mal ausreden!"

Das Kind schreit lauter. Mama hebt beschwichtigend die Hände.

„Wir sind bereit, alle Eure Fragen zu beantworten. Aber bitte bleibt sachlich!" Die Halbglatze des Bürgermeisters glänzt.

„Die Mauer muss weg", ruft jemand.

„Dafür sind wir nicht zuständig", ruft Papa. Vereinzeltes Lachen im Saal.

„Wer etwas zu sagen hat, meldet sich bitte", ordnet Mama an. Nach kurzem Zögern schnellen mehrere Hände nach oben.

„Ja, Otto, bitte", ruft Mama.

Nachbar Rothmann erhebt sich und schaut sich im Saal um, bevor er seine Frage stellt:

„Dieter, warum wolltest du uns im Mai zwingen, zur Wahl zu gehen? Ich meine, ich habe mich nicht drauf eingelassen, aber der Druck war groß."

Papa räuspert sich. „Ich habe euch nur darauf aufmerksam gemacht, dass das Wahlrecht auch eine Pflicht ist und dass es nur eine kleine Mühe ist, einen Kandidatenzettel in die Urne zu werfen. Für jeden Nichtwähler haben wir den Kopf hinhalten müssen."

„Soso, für das echte Ergebnis auch? Wie sah das überhaupt aus?"

Papa runzelt die Stirn. „Das interessiert doch jetzt keinen, Otto."

„Von wegen."

„Wir wollen über aktuelle Probleme reden."

„Das ist wohl nicht aktuell oder was?" Er wendet sich an alle im Saal. „Wir haben hier die Falschen sitzen. Wir haben die gar nicht gewählt. Wir sind beschissen worden, von vorne bis hinten!"

Seine Frau fasst ihn am Arm und hebt drohend den Kopf, er reißt sich los und schimpft vor sich hin.

„Wer war der Nächste? Frau Mannher!", entscheidet Mama, und unsere Nachbarin gibt die Hundeleine an ihre Freundin weiter und erhebt sich von ihrem Stuhl.

Ein Blitzlicht flammt auf. Gleich darauf ein zweites. Ich kann ihn nicht sehen. Er muss direkt unter der Empore sein. Ich renne zur Treppe und nehme zwei Stufen auf einmal.

Er lehnt an einer Säule und spricht mit Suses Bruder. Sein Gesicht schimmert wächsern. Ich gehe zum Tresen und bestelle eine Cola und zucke zusammen, als ich seine Hände an meinen Hüften und seinen Mund am Ohr spüre. Ich falle ihm wortlos um den Hals. Die Kamera drückt sich in meine Brust. Er riecht nach langer Autofahrt.

„Ich war mit deiner Mutter drin."

„Ich weiß." Ich schaue ihn fragend an, und er seufzt und wird noch blasser, und ich frage mich, ob ich ihm sagen soll, dass die Aussicht auf die Begegnung mit Papa mir weniger Angst gemacht hat als das Warten auf ihn.

Er greift an mir vorbei nach der Cola und trinkt, bis das Glas halbleer ist. Er wischt sich mit der Hand über den Mund und lächelt zum ersten Mal. „Ich hab Hunger."

In der Kneipe nebenan ist noch ein Tisch am Fenster frei. Wir bestellen Würstchen mit Kartoffelsalat. Er streichelt meine Hand, und es kümmert mich nicht, dass alle hier es sehen können.

„Tut mir Leid, ich wollte dich nicht allein lassen."

„Bist du wirklich okay?"

„Nur ein bisschen müde."

Ich glaube ihm nicht. Aber irgendetwas hält mich davon ab, weiter zu fragen. Das Essen kommt. Der Salat ist kalt und weiß von Mayonnaise, ich esse nur die lauwarme Wurst mit reichlich Senf. Wir schweigen. Er isst seinen Teller leer und danach noch meinen Salat. Langsam kommt wieder Farbe in sein Gesicht.

„Wie lange bist du gefahren?", frage ich schließlich.

Er sieht auf seine Uhr. „Um drei bin ich los, sechs Stunden."

Ich umfasse seinen Nacken und lege meine Lippen auf seinen Mundwinkel. Er streichelt mein Gesicht.

„Was ist denn los?", flüstere ich.

„Ania ..." Brit steht neben mir, sie sieht verweint aus.

„Was die mit Papa da drin machen, kann ich nicht mehr mit angucken."

Ich drücke ihr mein Taschentuch in die Hand, und sie setzt sich zu uns an den Tisch.

„Ging es immer noch um die Wahlen?"

„Ja, das auch und dass er mit den Russen von der Garnison gemeinsame Sache gemacht hat, dass die Ernteversorgung viel besser war als das Angebot im Konsum, dass er als LPG-Vorsitzender ein hohes Tier war, hat der eine gesagt, und der Beinbach hat ihn als Stasi-Bonzen beschimpft." Sie beißt sich auf die Lippen, und ich umschließe ihre kalten Finger mit meinen Händen.

„Haben alle mitgemacht?"

„Nee, nur ein paar."

„Lasst uns lieber draußen reden", sagt Ben.

„Wo ist Lukas?"

„Ach, der ..." Ihr Kinn zittert.

„Ich bringe dich nach Hause."

„Ich kann auch alleine gehen."

„Kommt nicht in Frage."

Ben geht an die Theke und drückt dem Kneiper einen Zehnmarkschein in die Hand. „Ich mache da drin noch ein paar Fotos." Er zieht seine Lederjacke über und nimmt mein Gesicht in seine Hände.

„Kommst du später mit in Richards Wohnung?", flüstert er mir ins Ohr. „Ich soll nach dem Rechten sehen, Blumengießen, Post und so."

„Holst du mich ab?"

Draußen hakt sich Brit bei mir ein. In den Regen haben sich Schneeflocken gemischt, der Asphalt schimmert im Licht der Straßenlampen.

„Er ist einfach gegangen. Er hat genau gesehen, wie fertig ich war wegen Papa. Und weißt du, was er gesagt hat? Da muss er durch, die rote Socke! Ganz leise hat er's gesagt, aber ich habe es gehört."

Brit schnieft wieder.

„Weißt du was, ich glaube, Lukas tut dir nicht gut." Sie zuckt zusammen, als hätte ich sie geschlagen. Ihre Schultern sinken nach vorn. Sie weint lautlos. Ich weiß nichts mehr zu sagen, mir fällt nichts ein, womit ich meine Worte abschwächen könnte.

„Du konntest ihn noch nie leiden", schluchzt sie.

„Glaub mir, ich weiß, wie du dich jetzt fühlst. Aber du hast was Besseres verdient."

Es schneit stärker.

„Such dir jemanden, der dich lieb hat, Brit." Sie lässt zu, dass ich den Arm um sie lege. Der Wind frischt auf, und die Schneeflocken treiben in unsere Gesichter. Wir beeilen uns, nach Hause zu kommen.

„Was ist eigentlich mit Tom?"
Ich schlucke.
„Bist du jetzt mit Bernd zusammen?"
„Ach, Brit."
„Und Miriam?"
Ich kann ihr nicht in die Augen sehen und suche nach dem Hausschlüssel.

Es ist kurz vor Mitternacht. Die Gardinen filtern das Laternenlicht der vierspurigen Straße, die von Süden nach S. hineinführt. Ich erkenne die Umrisse einer Schrankwand, eines mit Papier überhäuften Schreibtischs und eines Gummibaums mit schlaffen Blättern.

„Ich glaube, Richard ist nur zum Schlafen hier", sagt Ben und findet den Lichtschalter. Das Deckenlicht geht an, ich blinzele, habe mir die Wohnung eines Pfarrers geräumiger vorgestellt. Eigentlich hatte ich immer ein Haus vor Augen, ein altes Haus mit dunklen Möbeln, einem Speisezimmer und Bücherwänden und einem Klavier. Hier, in diesem Wohnblock am Stadtrand, in diesen wenigen Quadratmetern Neubau strahlt alles Gleichgültigkeit aus und gerade genug Verwahrlosung zum Traurigwerden, ob es die Sperrholzmöbel sind oder die Couch mit dem abgeschabten Cordbezug.

„Ob überhaupt schon mal eine Frau hier war?", denke ich laut, während Ben in eine Gießkanne Wasser einlaufen lässt.

Er schweigt und schaut mich mit hochgezogenen Brauen im Badezimmerspiegel an. Ich denke an seine Mutter, und will ihn danach fragen und kann es nicht. Ich gehe ins Wohnzimmer zurück und entdecke im Regal der Schrankwand eine Flasche Wein, Chianti, Jahrgang 1987. Ich kenne die Marke, weil Onkel Volker und Tante Ute bei ihrem letzten Besuch eine ähnliche Flasche mitgebracht hatten. Daneben ein gerahmtes Foto, Ben in Lehnes Küche am Tisch, mit aufgekrempelten Hemdsärmeln und ohne Brille, daneben ein Mann mit schmalem Gesicht, großer Nase und kurz geschnittenem Haar.

„Das ist Richard", sagt Ben, und ich wundere mich, dass er weder ihm noch seinem Vater ähnlich sieht. Ich frage ihn, ob wir den Wein öffnen dürfen.

„Den hat bestimmt mal ein Kollege aus dem Westen mitgebracht", sagt er und entkorkt die Flasche. „Richard wird es uns nicht übelnehmen." Er gießt den Wein in die Wassergläser, die ich im Küchenschrank gefunden habe.

Ich atme lange über dem Glas, bis der erste Schluck meinen Mund ausfüllt, höre dem Prasseln der Dusche zu und stelle mir vor, wie Ben riechen wird, wenn er wieder bei mir ist. Ich denke an Brit, die sich mit ihrem Tagebuch ins Bett gelegt hat. Als ich mit meiner Jacke über dem Arm schon vor dem Haus stand, ging ich noch einmal zurück, um sie zu fragen, ob ich nicht doch bei ihr bleiben solle. „Quatsch", sagte sie, „oder willst du so traurig werden wie ich?"

Die Badtür klappt, und Ben legt von hinten seine Arme um mich. Er hat nur ein schmales Handtuch um die Hüften, ich lehne mich an ihn, schiebe seine Hände auf meine Brüste und schließe die Augen. Langsam zieht er mich aus, und wir fallen auf das Cordsofa und lieben uns, zweimal, dreimal, und ich ahne, dass er etwas vergessen will und nicht kann.

Donnerstag, 2. November 1989,
S. – G./Südharz

Es ist drei Uhr nachts. Ben und ich liegen aneinandergeschmiegt auf Richards Couch und trinken Wein. Ich höre seinem Atem zu und schrecke auf, als er sich räuspert und zu reden beginnt.

„Der erste Unfall war kurz hinter Leipzig. Nicht weiter schlimm, nur Blechschäden. Der Nebel wurde immer dichter. Bis die Straße wieder frei war, hat es über eine Stunde gedauert. Dann bin ich langsam nach Halle weiter. In der Stadt ging es noch, aber auf der Landstraße …" Er verstummt, und ich schütte etwas Rotwein auf seine Haut über dem Bauchnabel und sauge ihn mit den Lippen auf. Er greift in mein Haar, ich lasse meinen Kopf auf seiner Brust liegen und höre, wie schnell sein Herz schlägt.

„Als es dunkel wurde, habe ich das Seitenfenster runtergekurbelt und mich raus gehängt. Mehr als Schritttempo ging nicht. Dann wurde es auch noch glatt. Ein paar Kilometer weiter war der nächste Unfall. Ein Auto lag im Graben. Ein paar andere hatten sich ineinander verkeilt, da war zum Glück keinem was passiert. In dem Auto im Graben war ein Kind eingeklemmt und schrie, die Mutter war bewusstlos, der Vater auch. Ich bin weiter ins nächste Dorf, da war die Telefonzelle demoliert. Ich hab bei irgendwelchen Leuten geklingelt, die kannten jemanden, der ein Telefon hat. Nachdem ich den Rettungsdienst angerufen habe, bin ich zurückgefahren. Der Weg nahm einfach kein Ende, und als ich ankam, hatten sie die drei aus dem Wagen geholt und mühten sich ab mit Herzdruckmassage und Beatmung. Eigentlich wussten wir da schon, dass nichts mehr zu machen war."

Er zittert so stark, dass ich nicht weiß, ob ich ihn fester halten oder lieber loslassen soll.

„Als der Krankenwagen kam, haben sie das Kind mitgenommen. Für die Eltern war es zu spät. Wir mussten warten und uns als Zeugen von der VP befragen lassen."

Er setzt sich auf und tastet nach seinem Weinglas. Er schwenkt es und trinkt nicht. Vermutlich wäre alles, was ich jetzt sagen könnte, falsch. Ich fühle mich matt, und als ich über ihn steigen will, um zur Toilette zu gehen, küsse ich die Tränen von seinem Gesicht, doch seine Augen laufen über, und ich bin hilflos, weil ich rein gar nichts für ihn tun kann.

„Nico", flüstert er.

Ich weiß nicht, ob ich mich verhört habe.

„Der Mann aus dem Auto ... wie er da lag, er sah ... er hat genauso ausgesehen wie ..." Er kneift die Augen zusammen, und ich lege mich wieder zu ihm.

„Es war nichts mehr zu machen, als wir zu ihm kamen ... aus dem vierten Stock war er gesprungen ... seine Arme und Beine wie bei einer fallengelassenen Gliederpuppe und die Augen ..."

Bens Atem wärmt mein Ohr, pulsierende, warme Luft. Er stößt mich von sich, rennt ins Bad, würgt laut, ich halte mir die Ohren zu und presse mein Gesicht in das Sofakissen. Als ich die Hände von den Ohren nehme, ist es still. Im Bad brennt kein Licht, ich gehe hinein, und er kniet neben der Toilette, sein Körper gekrümmt, er hebt nicht einmal den Kopf, als ich die Hand auf sein Haar lege. Ich knie neben ihm nieder, spüre den kalten Schweiß auf seiner Haut, und frage mich, ob da überhaupt noch Haut ist über seinen Adern und Knochen, über seinem Innersten. Ich versuche, ihn von hinten zu wärmen und kann ihn doch kaum festhalten, weil ich selbst so zittere. Ich möchte ihn von der Kloschüssel wegschieben, der Wein und die Bockwurst drängen in mir nach oben, und der Boden unter uns ist klebrig und kalt und trägt immer weniger. Ich atme in Bens Rücken, presse meine Nase so lange gegen seine Wirbelsäule, bis sie sich taub anfühlt, und er rührt sich noch immer nicht.

Als mir sein saurer Atem entgegenschlägt, weiß ich nicht, wie viel Zeit vergangen ist.

„Ich hab mich danach besoffen, Klaren, gleich aus der Flasche ... ich hab meinen Kopf gegen die Wand gehauen, aber die Bilder immer noch vor mir gesehen. Ich hab um mich geschlagen, bis sie mir eine Spritze in den Arm gegeben haben ... er hat nicht mal einen Abschiedsbrief hinterlassen."

Außerstande, irgendetwas zu sagen, wühle ich mein Gesicht in seine feuchten Locken.

„Er hat es ... wegen mir ... weil ich nicht ..."

„Nein, Ben, nein ..."

Irgendwann schleppen wir uns zusammen zur Couch, und ich falle in einen schweren Schlaf. Als ich erwache, ist es hell. Ben schläft noch, und ich schleiche mich nach draußen, gehe zur nächsten Telefonzelle und melde mich im Labor krank. Ich sehe meinem Atem nach, während ich auf das Umschalten der Ampel warte und laufe durch das Wohnviertel in eine Kleingartenanlage hinein. Die frische Luft vertreibt meine Müdigkeit, und ich frage mich, wie viel von Ben schon kaputt gegangen und nicht wiederherzustellen ist, dem Gewissen geopfert, der jahrelangen Einsamkeit, die jetzt geteilt und zur Zweisamkeit geworden ist, zur miriamlosen Zweisamkeit, berauschend und zerbrechlich und vergänglicher, als er je glauben würde.

Ich werde nichts sagen. Jetzt nicht mehr.

Am Abend sitze ich in meinem Zimmer und schreibe einen Brief an Suse. Ben ist vor einer Stunde zurück nach Leipzig gefahren. „Bis Samstag", sagte er und umarmte mich und wirkte, als wäre eine schwere Last von ihm abgefallen.

Ich schreibe Suse von der Demo der Dagebliebenen und höre nebenbei Werner Reinke auf hr3 zu. Als er Phil Collins mit „Another Day In Paradise" ankündigt, drehe ich den Kassettenrecorder auf und fahre in Gedanken wieder mit Miriam die Rosa-Luxemburg-Straße in Leipzig entlang, an diesem Abend, als Ben verhaftet wurde und ich zum ersten Mal in der WG übernachtete.

Als ich die Augen wieder öffne, hat mein Füller einen Klecks auf dem Brief hinterlassen, und Papa sitzt auf der Couch und blättert in Orwells „1984".

Ich erschrecke und drehe den Ton leiser. Verlegenheit erfasst mich, und ich hoffe, dass er genauso lautlos wieder verschwindet, wie er gekommen ist, obwohl ich weiß, dass er, wenn er es einmal gewagt hat, zu mir zu kommen, nicht ohne Weiteres wieder gehen wird.

„Bernd hat es mir geliehen", sage ich, auf das Buch deutend und sehe zu Boden, um nicht wieder vor seinem Blick kapitulieren zu müssen.

„Ich habe es vor vielen Jahren gelesen", sagt er, „Big Brother Is Watching You. Zum Glück haben wir schon 1989."

„Und sind auf dem besten Weg, Doppeldenk bei uns abzuschaffen."

Er entgegnet nichts, und seine Augen sind klarer, als ich zu hoffen gewagt habe.

„Das war mutig von dir gestern", sagt er.

„Ich habe dich auch bewundert."

Er senkt den Kopf und greift wieder nach dem zerlesenen Taschenbuch, als müsse er sich daran festhalten.

Ich nehme all meinen Mut zusammen. „Diese Veränderungen machen mir auch Angst, Papa. Aber trotzdem ist das alles wunderbar, auch wenn du es nicht glauben kannst."

„Du bist wunderbar", sagt er.

Wir schweigen und lächeln uns hin und wieder an, während Werner Reinke einen Titel nach dem anderen ansagt.

Nach einiger Zeit kommt Mama herein. „Ich habe eine Flasche Wein aufgemacht", sagt sie, und wir gehen zusammen ins Wohnzimmer.

„Ich stehe zu dem, was ich getan habe", sagt Papa, „was sie mir auch vorwerfen wollen."

„Du hast immer nur gearbeitet und für alles den Kopf hingehalten", antwortet Mama.

„Tja, so ist das, das Land geht den Bach runter, und die Verantwortlichen ziehen sich einer nach dem anderen aus der Affäre. Verarscht haben die uns, da hat Otto schon recht."

„Was machst du jetzt, Papa?"

Auf seiner Stirn erscheint eine senkrechte Falte.

„Ich gebe morgen mein Parteibuch ab."

Er trinkt sein Glas in einem Zug aus und lehnt sich zurück.

„Gab es so etwas überhaupt schon mal, dass jeder neue Tag aufregender ist als der vorige?", frage ich, und da lächeln sie erst sich und dann mich an, und ich frage mich, wann ich sie das letzte Mal so gesehen habe.

Samstag, 4. November 1989, G./Südharz

Schon seit dem frühen Morgen sei die gesamte Berliner Innenstadt mit Demonstranten gefüllt, sagt der Berichterstatter des DDR-Fernsehens.

„Du lieber Himmel, sind das viele", staunt Mama.

„Die rechnen mit mindestens hunderttausend."

Sie schenkt mir Tee nach. „Schon besser?"

„Geht so."

„Hast du Bernd entdeckt?"

Ich verdrehe die Augen. „Wie denn bei den Massen."

„Nun sei doch nicht traurig. Bei dem Wetter ist es besser, sich die Demo im Fernsehen anzugucken."

Der Kräutertee dampft mir entgegen. Papa setzt sich zu uns, mit Zeitung und Kaffee, so, als wäre es nie anders gewesen, das macht mich froh, und ich versuche, die Sprüche auf den Transparenten zu entziffern. Meine Blase drückt schon wieder, aber ich kann jetzt nicht zur Toilette laufen, dies ist die erste offiziell genehmigte Demonstration, von DDR 1 live übertragen, und so gern wäre ich dabei gewesen.

„Ich freue mich auf Berlin", sagte Ben gestern am Telefon und wollte mir nicht verraten, was auf seinem Transparent steht. „Du siehst es ja dann im Fernsehen", meinte er und ich ahnte sein Lächeln, während ich schwieg und meine Blasenentzündung verfluchte. Dass es ihm so gar nichts auszumachen schien, dass ich nicht mitfahren konnte, machte mich noch trauriger. Erst, als er sich verabschiedete, klang seine Stimme wieder wärmer, er gab mir einen Kuss durchs Telefon und versprach, vorbeizukommen, sobald es möglich wäre.

„Das Volk hat seine Sprachlosigkeit überwunden", sagt der Kommentator von DDR 1, während die Kamera über die Köpfe schwenkt und unzählige Transparente zu sehen sind.

„Das kann man wohl sagen", meint Papa. „Dem Land ein neues Antlitz ohne Kalk aus Wandlitz", liest er vor und lacht und scheint seinen Kaffee vergessen zu haben.

Im Flur klingelt das Telefon, Mama nimmt ab und ruft nach mir. Ich lehne mich an die Wand und halte den Hörer ans Ohr.

Miriams Stimme klingt aufgeregt.

„Eigentlich wollte ich es dir erst nächste Woche erzählen, aber ich halte es nicht mehr aus. Ich bin sieben Tage drüber."

„Was???"

„Du weißt schon. Das hatte ich noch nie. Und ich fühle mich auch ganz komisch. Nun sag doch was, du bist die erste, die es erfährt. Noch vor Bernd. Letzte Woche hatten wir es erst davon, weißt du noch? Aber dass es so schnell klappt. Und glaub mir, ich hab so ein gutes Gefühl ..."

Ich muss wirklich dringend zur Toilette und trete von einem Bein aufs andere.

„Morgen sag ich's ihm, Ania..."

Ich lasse den Hörer fallen und renne zur Toilette, und während ich auf der Brille sitze und unter Schmerzen ein paar Tropfen Urin aus mir herausfallen, fange ich heftig an zu weinen. Es ist kalt im Bad, doch ich bleibe sitzen, ich weiß nicht, wie lange. Irgendwann klopft Mama an die Tür und fragt, ob alles in Ordnung sei. Ich rufe „Ja" und stehe auf und wasche mir so lange das Gesicht, bis meine Augen etwas abschwellen.

Als ich wieder auf der Couch liege, mit einer Wolldecke zugedeckt, friere ich noch immer. Mamas Hand kommt näher, ich drehe meinen Kopf zur Seite und presse die Augen zusammen.

„Miriam klang so aufgekratzt."

„Lass mich, Mama."

Sie bedeutet Papa, ihr zu folgen, nimmt die leere Teekanne und zieht die Tür hinter sich zu.

Auf dem Fernsehschirm flimmern die Bilder weiter. Die Demonstranten haben sich inzwischen auf dem Alex versammelt. „Es ist, als habe einer die Fenster aufgestoßen nach all den Jahren der Stagnation ...", sagt ein alter Mann mit Brille und wehenden weißen Haaren. Sein Name wird eingeblendet, es ist Stefan Heym, und ich erinnere mich, in Bens Regal mehrere Bücher von ihm gesehen zu haben. Ben. Bernd. Wahrscheinlich steht er jetzt da im Gedränge, zusammen mit Maik und Rosi. Vielleicht denkt er an mich. Vielleicht auch an Miriam. Was weiß ich schon? Was werde ich jemals wissen?

„Ich habe dir frischen Tee gekocht", sagt Mama und stellt die Kanne auf dem Couchtisch ab. Schon der Geruch ist mir zuwider, ich weiß nicht, wie viel davon ich seit gestern getrunken habe.

„Ich mag nicht mehr, Mama."

„Aber du musst viel trinken, das weißt du doch."

Sie setzt sich zu mir. Ihre Hände wärmen meine Finger. „Was ist los, Schatz?"

Ich schüttele stumm den Kopf.

„Ist Miriam schwanger?"

Sie muss gespürt haben, wie ich zusammengezuckt bin.

„Wie kommst du auf so was?", frage ich überflüssigerweise, und mein Kinn zittert wieder.

„Weiß Bernd es schon?"

„Es ist doch noch gar nicht sicher", sage ich, ziehe mir die Decke bis zum Hals und drehe mich zur Wand. Immer noch verfolgen mich ihre Blicke, ich ziehe mir die Decke über den Kopf und atme auf, als die Tür hinter ihr zufällt. Ich habe das Gefühl, nichts und niemanden mehr ertragen zu können.

G., 4. 11. 89

Ben, Liebster,

wenn Du diesen Brief liest, wird Miriam es Dir gesagt haben. Du wirst überrascht gewesen sein, geschockt, vielleicht auch wütend. Aber wenn etwas Zeit vergangen ist, wirst Du Dich freuen und begreifen, dass Euer Kind so etwas wie ein Zeichen ist, ein Signal, nach vorn zu schauen und Abstand zur Vergangenheit zu gewinnen.

Wahrscheinlich bin ich die Einzige, die von Deinem Geheimnis weiß. Keine Sorge, ich werde es für mich behalten, und nun zu dieser Vergangenheit gehören, die Du hinter Dir lassen musst, um frei zu werden. Ich werde Dir nie vergessen, dass Du es mir anvertraut hast, nie werde ich diese Nacht vergessen, in der Du Dich mir geöffnet hast in all Deiner Not, während ich verschlossen blieb, ohne dass Du es ahntest.

Ich war die erste, der Miriam von ihrer Schwangerschaft erzählt hat. Sie hat erwartet, dass ich mich mit ihr freue, obwohl ich, als sie vor einer Woche mit mir über ihren Kinderwunsch sprach, ablehnend reagiert habe. Ich glaube, erst in diesen Minuten am Telefon, als sie so freudig redete und redete, wurde mir bewusst, was ich, was wir ihr angetan haben. Und bevor alles noch schlimmer wird, möchte ich jetzt Klartext schreiben.

Jeden Tag wieder nahm ich mir vor, Dir von Miriams Vorhaben zu erzählen, Dich zu warnen. Ich sehnte und fürchtete den geeigneten Moment herbei, der doch nie kam, weil ich einfach nicht wusste, ob ich es Dir überhaupt sagen darf, weil es mich doch eigentlich nichts angeht, weil es allein Eure Beziehung ist und weil es mich berührt und beschämt, dass Miriam mir noch immer ihre geheimsten Wünsche und Gedanken anvertraut. Für sie scheint unsere Freundschaft noch zu existieren, obwohl sie doch spüren müsste, dass es längst nicht mehr so ist. Es tröstet mich etwas, dass es, selbst wenn ich mutiger gewesen wäre, zu spät gewesen wäre, schließlich war sie schon schwanger, als wir auf meinem Bett saßen und sie ihr bedrücktes Gesicht in Brits alten Teddy presste.

Ihr Geständnis, dass sie ein Kind mit Dir möchte, damit Ihr etwas Gemeinsames habt, etwas, das Euch verbindet und die Fremdheit zwischen Euch aufhebt, traf mich tief. Ich weiß nicht, ob sie gemerkt hat, wie erschrocken ich im ersten Moment war über ihre Ernsthaftigkeit, ihren Pragmatismus und ihre Naivität. Du weißt genauso gut wie ich, dass sie immer, wenn wir zusammen waren, bei uns, zwischen uns war, auch wenn sie selten in unseren Gesprächen vorkam. Ich habe immer auf ein Zeichen von Dir gehofft und trotzdem Angst vor dem Moment gehabt, an dem Du Dich entscheiden würdest. Ich habe jede Sekunde mit Dir genossen, Du hast mich stark gemacht, und ich habe geglaubt, dass das mehr als genug ist, viel mehr, als ich erwarten kann. Ich habe versucht, in Dir nur Ben und nicht mehr Bernd zu sehen. Und ich hatte Angst, dass der Zauber zwischen uns irgendwann verfliegt, so wie er gekommen ist, dieser Zauber, der anhält, seit unserem ersten Abend zusammen vor über drei Jahren. Ich weiß nicht, wie Du darüber denkst, aber vielleicht wäre eine feste Beziehung zwischen uns das Ende aller Träume.

Miriam zu hintergehen war schlimm für mich, ich merke erst jetzt, wie schlimm eigentlich, und mit der Gewissheit, ihr nicht nur den Geliebten, sondern auch den Vater ihres Kindes genommen zu haben, könnte ich nicht leben.

Ich habe ja nicht nur sie, sondern auch Tom verletzt und betrogen, Tom, dessen Briefe ich nicht mehr lese. Auch hier will ich nicht mehr feige sein, ich werde ihm schreiben, so wie Dir, in der Hoffnung, dass ich, wenn etwas Zeit vergangen ist, mal wieder in den Spiegel schauen kann, ohne mich schämen zu müssen.

Liebster, (ich nenne Dich noch ein letztes Mal so), es ist jetzt Dienstagabend, ich habe drei Tage an diesem Brief geschrieben, immer wieder habe ich neu angefangen, ich schrieb auch daran, als Du am Sonntagnachmittag bei uns geklingelt hast, als ich Deine Stimme an der Tür hören konnte und Brit Dich auf meine Bitte hin wegschickte. Du warst direkt von Berlin hierher gekommen, und ich hörte Brit die Treppe wieder hochkommen und wusste, dass mir, so schwer es ist, nur die Hoffnung bleibt, Dich irgendwann loslassen zu können. Aber ich weiß, dass alles, was wir zusammen erlebt haben, bleiben wird und nur uns allein gehören wird, Dir und mir, Ben und Annuschka.

Vielleicht verstehst Du mich irgendwann. Vielleicht bist Du sogar erleichtert, wenn Du diese Zeilen gelesen hast.

Ich könnte Dir noch so viel schreiben, längst ist nicht alles gesagt, aber kann man überhaupt alles sagen? Es hilft nichts, ich muss jetzt aufhören.

Bitte schreib mir nicht zurück, bitte kümmere Dich um Miriam, glaub mir, es ist das einzige, was Du im Moment für mich, für uns tun kannst und es ist das einzig Richtige.

Deine Annuschka

Ich falte das Briefpapier zusammen und stecke es in den schon vorbereiteten Umschlag. Es ist einfacher, als ich glaubte, und vielleicht geht es mir besser, wenn ich das hier endlich hinter mich gebracht habe.

Als ich mir im Flur den Mantel überziehe, klingelt das Telefon. Ich ziehe die Haustür hinter mir zu, bevor Mama nach mir rufen kann und schlittere durch die Dunkelheit zur Post. Die vereiste Klappe des Briefkastens lässt sich nur schwer öffnen. Ich schiebe den Brief hinein, doch ich kann ihn nicht loslassen.

Donnerstag, 9. November 1989,
G./Südharz

G., 9. 11. 89

Meine liebe Suse,
wie schön das alles! Ich freue mich für Dich, sehe vor mir, wie Du in dem kleinen Laden stehst und Blumen verkaufst. Wenn ich Dich doch nur besuchen könnte.

Tut mir leid, dass es mit Rüdiger nicht so gut läuft. Er hat wahrscheinlich genauso mit der Umstellung zu tun wie Du, vielleicht hat er auch Heimweh und will es nicht zugeben.

Und das mit Eurer Wohnung klappt bestimmt bald, hab Geduld. Vor ein paar Tagen habe ich Deine Mutter auf der Straße getroffen, wir redeten und sie sagte, dass sie auf Deine Briefe warten würde. Sie liest sie der Oma vor und freut sich für Euch. Sicher wird sie sich bald bei Euch melden, Suse.

Glaub mir, alles wird gut.

Du fragst, wie es mir geht. Naja, ich sitze auf dem Sofa und fühle mich wie ferngesteuert. Es wird nicht mehr lange dauern, bis meine Augen zufallen, obwohl es gerade mal halb sieben ist. Heute ist einer der angenehmeren Tage. Ich habe im Labor gearbeitet und vor mich hin funktioniert, zu müde, um irgendetwas zu empfinden. Du hast richtig vermutet, es geht mir nicht gut, es geht mir sogar alles andere als gut, und was würde ich dafür geben, jetzt bei Dir zu sein und zu reden anstatt zu schreiben. Ich habe Mist gebaut, Suse, und ich bezahle gerade *hart dafür. Ich habe Tom verloren und die Freundschaft zu Miriam zerstört, und Du kannst Dir sicher denken, dass das nicht das Schlimmste ist, aber ich kann es Dir jetzt nicht im Einzelnen schreiben, es fällt mir zu schwer und ich bin zu müde, Du sollst nur wissen, dass das, was geschehen ist, zu schön war, um es zu bereuen. Und nun ist es, wie es ist, und mir ginge es bestimmt schon besser, wenn ich den Mut hätte, das zu tun, was ich eigentlich tun muss.*

Ich weiß, ich schreibe in Rätseln.

Wenn ich wenigstens schlafen könnte. Ich habe jetzt wieder Vorlesungszeit und muss montags bis mittwochs um halb fünf aufstehen, um nach Halle zur Schule zu fahren, denn im Internat halte ich es nicht aus. Es reicht mir, Miriams Gesicht für ein paar Stunden ertragen zu müssen. Ihr ist schwindelig und sie hat keinen Appetit, und in der Seminargruppe weiß niemand außer mir, dass sie schwanger ist, obwohl alle schon frotzeln, weil sie morgens oft so blass aussieht.

Abends bin ich frühestens um sechs wieder zu Hause und muss dann noch für die Klausuren lernen, die bald anstehen. Nachts nicke ich nur für ein paar Stunden weg, morgens fühle ich mich oft noch müder als vorher. Donnerstags und freitags arbeite ich im Krankenhauslabor in S.

So sieht mein Leben im Moment aus.

Es tut gut, Dir zu schreiben, aber mir fällt fast der Stift aus der Hand, und ich will wenigstens noch die Nachrichten um halb acht sehen.

Bis bald, bitte schreib schnell oder noch besser, ruf an, ich brauche Dich und Deinen Rat!

Deine Anni

Freitag, 10. November 1989,
G./Südharz – S.

Der Wecker rasselt. Ich fahre zusammen. Mein Herz pocht. Ich entziffere die Leuchtanzeige und brauche einen Moment, um festzustellen, dass es schon sechs Uhr ist. Ich springe aus dem Bett und suche nach meinen Pantoffeln. Brits Bettdecke raschelt, sie dreht sich auf die andere Seite. Sie muss erst in einer halben Stunde aufstehen.

Im Heizkörper unterm Fenster bollert es. Ich schlurfe zur Tür. Kaum zu glauben, wie tief ich geschlafen habe. Normalerweise erwache ich jeden Wintermorgen von Papas Schritten auf der Treppe und dem Scheppern der zwei Blecheimer. Etwa zehn Minuten bleiben mir dann noch, bis er aus dem Kohlenkeller zurückkommt und im Vorbeigehen an unsere Zimmertür klopft.

Ich gehe ins Bad und genieße die Stille in mir. Das Stimmengewirr, das von wer weiß woher kommt, stört mich nicht.

Mein „Guten Morgen" geht unter im Lärm des Radios. Papa lehnt an der Anrichte und blinzelt. Sein Marmeladenbrot auf dem Holz-Brettchen scheint er noch nicht angerührt zu haben.

„Wir wollten doch nur mal gucken, wir gehen gleich wieder zurück, wir wollen doch gar nicht weg", sagt ein Junge, sich immer wieder verhaspelnd.

„Ist das irre, irre, irre", schreit eine Frau. Im Hintergrund Hurra-Rufe.

Die Kohleneimer stehen leer in der Ecke. Der Ofen ist kalt. Die Kaffeemaschine blubbert.

„Das ist in Berlin", sagt Papa, deutet auf das Radio und wischt sich mit der Hand über die Augen. „Die Mauer ist auf."

Er zieht ein kariertes Taschentuch aus seiner Hosentasche und schnäuzt sich kräftig.

„Die Leute sind in Westberlin, die sind heute Nacht einfach rüber, die Grenzer konnten nichts machen, es waren einfach zu viele."

Er steckt sein Taschentuch weg und zieht die Kaffeekanne aus der Maschine. Ich setze mich an den Küchentisch und beiße in sein Brot.

„Vielleicht machen sie ja nachher alles wieder dicht."

„Ist es wirklich wahr?" Mamas Stimme klingt längst nicht so verschlafen wie sonst um diese Zeit. Sie hat sich schon angezogen und steckt zwei Äpfel in ihre Umhängetasche.

„Scheint so", sagt Papa.

Sie setzen sich zu mir an den Tisch, ich schmiere Papa ein neues Brot. Mama stochert mit dem Löffel im Marmeladenglas. Die Stimme des Radioreporters ist schrill.

„Die Ostberliner feiern mit den Westberlinern. Eine riesige rauschende Party."

„Nur in Berlin?", frage ich.

„Keine Ahnung", sagt Papa, „gleich kommen Nachrichten."

Der Kaffee schmeckt wie jeden Morgen. Das Brot auch. Und auf dem Stuhl am Ofen hängen meine Klamotten, die ich mir gestern Abend zurechtgelegt habe, um Brit nicht wecken zu müssen. Ich ziehe mich schnell an, verabschiede mich und renne zum Bus.

Im Labor treffe ich die Chefin und eine meiner Kolleginnen in der Anmeldung an. Sie stehen ratlos vor der Dienstplantafel.

„Silke hätte heute Frühdienst in der Hämatologie."

„Wo ist sie?", fragt meine Kollegin.

„Wo wohl?" Die Chefin zieht einen Mundwinkel nach oben. „Da, wo auch Frau Riebert ist und Kerstin. Die eine ist in Köln bei ihrer Tante, die andere in Westberlin. Immerhin haben die beiden wenigstens angerufen."

Sie schaut konzentriert auf die schwarze Tafel und wippt in den Laborschuhen vor und zurück. In ihrer Hand liegen die grauen Pappschildchen mit unseren Namen.

„Ania. Wie wär's mit Häma heute? Zusammen mit Frau Gens?"

„Klar", sage ich, „falls Frau Gens kommt."

„Machen Sie keine Witze", sagt die Chefin.

„So viele Schildchen musste sie noch nie vom Plan nehmen", sagt meine Kollegin, als wir im Aufenthaltsraum sitzen und in unseren Teetassen rühren. „Kannst du das glauben? Das mit der offenen Grenze, meine ich?"

Ich schüttele den Kopf. „Und Sie?"

„Mein Sohn ist vorhin schon aufs Amt gerannt, ein Visum beantragen. Ab acht Uhr kann man das. Und dann: Freie Fahrt."

„Dann kann ich Suse besuchen."

Ich schlucke, obwohl ich meinen Tee noch nicht angerührt habe.

„Bist du neugierig?"

„Sie nicht?"

Meine Kollegin schiebt ihre Unterlippe vor. Wir müssen beide lachen.

„Ich gehe heute Nachmittag auch aufs Amt", sage ich. „Wenn's dann noch nicht vorbei ist."

Samstag, 11. November 1989, Braunlage

Auf Radio **DDR** II kommt Klaviermusik. Ich lasse die Augen zu und versuche, noch ein bisschen vor mich hin zu dösen. Schließlich ist Samstag und noch nicht mal acht Uhr. Brit schaut in den heraufdämmernden Tag hinaus. Wenn ihr Kopf gegen die Fensterscheibe kippt, zuckt sie zusammen. Sie muss die halbe Nacht geweint haben.

Lukas war gestern nicht in der Schule. Sein bester Freund sagte, dass die ganze Familie bei seinem Onkel in Bremen sei. Er wollte doch schon immer weg, soll der Freund gesagt haben. Brit wusste nichts davon.

Gestern Abend im Bett hat sie zugegeben, dass sie immer wieder seine Nähe gesucht hätte. Sie konnte nicht anders, seine Kälte hat sie nicht abgeschreckt, und auch nicht, dass er gegenüber den anderen nicht verheimlicht hat, dass er sich nicht mehr für sie interessierte. Darunter litt sie am meisten. Sie wollte nicht in mein Bett kommen, und als ich glaubte, sie würde endlich schlafen, sprach sie das aus, was ich schon die ganze Zeit gewusst habe, dass es damals schon hätte zu Ende sein müssen, damals vor gerade mal vier Wochen, als sie zum ersten Mal wegen ihm litt. Jetzt ist ihr Kummer stiller und tiefer, und wir sind ratlos gegenüber ihrem Schweigen und den rot unterlaufenen Augen. Mama bot ihr beim Abendessen an, eine Entschuldigung für die Schule zu schreiben.

„Kannst du dir sparen, wer weiß, ob morgen überhaupt noch jemand kommt", sagte Brit, verschluckte sich am Kakao und rannte weinend nach draußen.

„Zu meiner Schulzeit wurden wir auch von Tag zu Tag weniger in der Klasse", erzählte Papa in die Stille hinein, „dann wurde die Mauer gebaut. Achtundzwanzig Jahre ist das jetzt her." Er schüttelte den Kopf.

Auf meine Frage, warum er denn hier geblieben sei, antwortete er zögernd.

„Wir haben uns wohl gefühlt in Dessau. Opa hatte seine Arbeit in der Brauerei und Oma hütete das Telefon in der Pförtnerloge. Die beiden waren froh, mal irgendwo angekommen zu sein. Und Opa glaubte an das Neue, der war Kommunist durch und durch."

„Gut, dass er das jetzt nicht mehr mitkriegt", sagte Mama und ich fragte nicht weiter und erinnerte mich an Papas begeisterte Erzählungen von Rock'n'Roll-Konzerten in Hannover vor dem Mauerbau, Buddy Holly hatte er live gesehen und Peter Kraus. Er war siebzehn damals, jünger als ich jetzt, und gestern Abend sagte er, er müsse unbedingt nach Braunlage, es ziehe ihn zu seinem Geburtshaus, und etwas anderes wolle er erstmal nicht sehen.

Seine Meinung änderte sich auch nicht, als kurz vor der Tagesschau das Telefon klingelte.

Mama rief: „Volker? Hallo? Einladen wollt ihr uns? Nach Spandau? Jetzt am Wochenende? Ach, das ist ja ... Aber wir können leider nicht ... Volker?" Sie hielt den Hörer noch einen Moment in der Hand und legte dann auf.

„Das läuft uns nicht weg", sagte Papa, doch bei dem Gedanken an die verpasste Chance, Westberlin schon am nächsten Tag zu sehen, stieg Wehmut in mir auf, die sich erst wieder verflüchtigte, als ich in den Nachrichten die Schlangen an den Grenzübergängen sah und die Menschenmengen, die sich auf dem Kurfürstendamm drängten.

Drei Stunden hatte ich auf dem Volkspolizei-Kreisamt auf meinen Stempel im Personalausweis gewartet. Ein Mann hinter mir hatte von Autoschlangen am Grenzübergang Marienborn/Helmstedt erzählt, von dem beleuchteten Zaun, den Wachtürmen, den Grenzern. Für das, was dahinter lag, benutzte er nur ein Wort. Wahnsinn. Immer wieder. Wahnsinn.

Vor Nordhausen staut sich der Verkehr. Seit vorgestern seien über vier Millionen Visa ausgestellt worden, berichtet der Nachrichtensprecher im Radio.

„Wenn die heute alle rüber fahren, kann's ein bisschen dauern. Was meint ihr? Sollen wir umkehren?"

„Papa!!!"

Brit verschränkt die Arme vor der Brust. Mit ihrem vorgeschobenen Kinn sieht sie nicht mehr traurig aus. Ich beobachte im Spiegel, wie Papa sich ein Grinsen verkneift.

Auch, als wir Nordhausen hinter uns gelassen haben, geht es nur langsam weiter. Die Westautos, die uns entgegenkommen, sind schon an den helleren Scheinwerfern zu erkennen. Hinter uns fährt ein schwarzer VW. Als wir an einer Ampel warten müssen, steigt der Fahrer aus und klopft an mein Fenster. Ich kurbele die Scheibe herunter. Der Mann trägt eine braune Hornbrille, er lacht mich mit Raucherzähnen an und hält mir eine Tafel Schokolade entgegen.

„Lasst es euch schmecken."

Er zwinkert mir zu. Dann ist er verschwunden. Milka Erdbeer/Joghurt. Eine ganze Tafel. Einfach so.

„Nun mach schon auf", drängt Brit. Ich streiche über das lila Papier und muss an Prag denken, an unsere Klassenfahrt vor drei Jahren. Zusammen mit einer westdeutschen Reisegruppe hatten wir eine Burg außerhalb der Stadt besichtigt. Auf dem Burghof öffneten die Westdeutschen ihre Geldbörsen und warfen mit Kronenscheinen um sich. Noch jetzt überläuft es mich heiß, wenn ich daran denke, wie viele von uns sich nach dem flatternden Papier bückten oder ihm über den halben Hof nachliefen. Selten habe ich mich so geschämt.

Ich öffne die Verpackung und ziehe das Silberpapier beiseite. Dann breche ich die Schokolade in Stücke.

Dörfer wie leere Kulissen. Keine Bürgersteige, keine Straßenschilder. Die kopfsteingepflasterten Straßen sind übersät mit Asphaltflicken. Dunkelgrau verputzte Häuser, verwilderte Gärten, Reste von Gartenzäunen. Vereinzelt erleuchtete Fenster.

„So viel Verkehr hatten die hier noch nie", sagt Papa.

Ich weiß von Ben, dass man, um hier jemanden besuchen zu dürfen, einen Passierschein braucht. Ben. Ich versuche, die Gedanken an ihn wieder beiseitezuschieben. Im Radio kommt jetzt Marschmusik, und Mama sucht nach einem neuen Sender. NDR1. Radio Niedersachsen. Wir schweigen, bis der Zaun zu sehen ist. Weithin sichtbar teilt er die Landschaft, zieht sich, gespickt mit grauen Betontürmen über Hügel hinweg bis zum Waldrand.

Das beklemmende Gefühl, das mich jedes Mal, wenn ich mich einer Grenze nähere, überfällt, stellt sich ein. Wieder denke ich an die Klassenfahrt, an die Kontrollen an der tschechischen Grenze, den stumpfen und doch wachsamen Blick des Grenzers, der das Passbild im Ausweis mit meinem Gesicht verglich, und ich schwitzte und hielt seinem Blick stand, während Suse ihren Rucksack auspacken musste. Inzwischen ist der Grenzübergang zu sehen. Zwei Uniformierte stehen neben der weitläufigen Abfertigungsbaracke und winken die Autos durch.

„Bis jetzt sieht's genauso aus wie bei uns", bemerkt Brit.

Papa schmunzelt. Die Straße, auf die wir jetzt auffahren, ist ein breites, dunkelgraues Band ohne Blessuren und wie mit dem Lineal gezeichnet.

„Bleib auf der rechten Spur", sagt Mama. Links brausen die anderen Autos mit einem leisen Brummen vorbei. Die Leitplanken an den Straßenseiten glänzen in der noch tief stehenden Sonne. Alles sieht wie frisch gewaschen aus.

Vor uns kriecht ein Trabi.

„Den riecht man hier kilometerweit", sagt Papa und beschleunigt.

„Dieter, pass auf!"

„Ich mach das schon!"

Unser Skoda kommt mir lahm und dreckig vor. Die Straßenschilder sehen aus, als hätte man sie erst vor ein paar Minuten aufgestellt, und mir ist, als würde ich nach Jahren der Kurzsichtigkeit plötzlich eine Brille tragen.

„Guckt mal, Braunlage ist ausgeschildert", sagt Brit.

„Da ist ein Parkplatz", ruft Mama. „Wie wär's mit einer Pause?"

Die Luft ist kalt und klar. Ich schnuppere und finde in dem Waldduft gerade mal einen Hauch von Abgasen. Man kann sich in normaler Lautstärke unterhalten, während nur ein paar Meter weiter die Autos vorbeisurren.

Der Himmel ist wolkig. Die Fichten und Tannen sind ausladend, mit dicht bewachsenen Spitzen. Sie kommen mir riesig vor. Und sie scheinen gesund zu sein.

Mama packt belegte Brote und die Thermoskanne mit Tee aus. Ich laufe ein paar Schritte auf den Waldrand zu und greife in den Schneerest, der unter einem der Bäume schimmert. Was in meiner Hand schmilzt, hat keine grauen Stellen, und als es verschwunden ist, bleibt nichts zurück als klares Wasser und ein paar vertrocknete Grasfetzen. Brits türkise Thermojacke leuchtet, als sie aus dem Wald kommt.

„Ich habe das erste Mal auf Westboden gepinkelt", strahlt sie.

Mama gießt Tee in die mitgebrachten Becher.

„Na", sagt Papa, „sieht's hier immer noch so aus wie bei uns?"

Ein paar Schritte hinter dem Fachwerkhaus beginnt der Wald. „Hier war ich oft mit meinem Opa", sagt Papa und schaut über den grün gestrichenen Zaun in den Garten. „Er hat Holz gehackt, ich habe es eingesammelt und in den Korb gelegt."

Er wischt sich mit dem Handrücken über die Augen. Ich denke an den Urgroßvater mit Hosenträgern und blankgeputzter Glatze, den ich nur von den Bildern im Fotoalbum kenne, und betrachte die Reste eines Baumstumpfes, die aus dem gefrorenen Rasen herausragen.

„Willst du mal klingeln?", fragt Mama.

Papa schüttelt den Kopf. „Das Fenster oben rechts, da war mein Zimmer", sagt er. Das Braun des Fensterrahmens geht in das der Fachwerkbalken über. Hinter den Gardinen bewegt sich nichts. Der Name auf dem Klingelschild ist uns fremd. Neben der lindgrünen Haustür lehnen zwei Kinderfahrräder.

„Sollen wir nicht wenigstens ein Foto machen?", fragt Brit. Papa schüttelt wieder den Kopf.

Wir lassen uns durch die belebten Straßen Braunlages treiben. Papa und Brit bestaunen am Straßenrand geparkte Autos. Mama kriecht auf der Suche nach den Preisschildern fast in die Kleiderständer, die vor den Boutiquen stehen, hinein. Ich laufe wie durch einen intensiven Traum und warte darauf, dass ich jeden Moment erwache, dass der Schleier fällt und alles wirklicher werden lässt. Ich sehne mich nach Löchern in den Straßen, nach brüchigen Bürgersteigen, nach grauen Häusern und den Menschen, die dazu passen, unscheinbar und angestrengt und ein bisschen gebeugt. Ich spüre, dass wir auffallen, dabei tragen wir unsere besten Sachen, aber die, die hierhergehören, erkennen uns.

Was bekommt man für hundert D-Mark? Noch nicht mal eine Jeans mit Knöpfen und aufgesetzten Taschen und dem Levis-Schild hinten drauf, wie Ben sie trägt. Ich kämpfe dagegen an, mich in meiner Lieblings-Schneejeans zu schämen, in jedem Schaufenster betrachte ich mich verstohlen. Wie Mama befühle ich die Kleidungsstücke auf den Ständern, und als ich einen Pulli finde, der zu Ben passen könnte, einen schwarzen Pulli mit V-Ausschnitt für achtzig D-Mark, stelle ich mir die weiche Wolle auf seiner nackten Haut vor. Vielleicht ist er jetzt auch unterwegs in dieser beängstigenden Welt, die nur eine Illusion sein kann, vielleicht ist er sogar hier, aber nein, er wird in Westberlin sein, wo alles noch größer und schriller und bunter sein muss. Er wird sich schweigend umschauen, um dann irgendwann, wenn es niemand vermutet, einen Mundwinkel hochzuziehen und eine zynische Bemerkung loszulassen.

Ich schaue durch die großen Fenster einer Drogerie den Kunden zu, die sich sicher zwischen den Regalen bewegen und gezielt nach einem Shampoo oder einer Creme greifen. Brit geht einen Schritt zurück, als sich die Glastüren öffnen, dann läuft sie in den Laden hinein, dreht sich um und rennt wieder hinaus. Sie hakt sich schweigend bei mir ein.

„Was haltet ihr von einer Bratwurst?"
„Das ist viel zu teuer, Dieter. Wir haben Brote dabei!"
„Egal", sagt Papa und bestellt vier Stück. Der zerknitterte Zehn-DM-Schein aus seiner Brieftasche reicht dafür genau aus.
„Das muss doch nicht sein", sagt Mama.
„Senf oder Ketchup?", fragt der Mann im weißen Kittel und schiebt die Würste in kreisrunde Brötchen.
„Mostrich", sagt Brit.
Er lacht auf. „Na dann, guten Appetit!"
Die Wurst ist saftig, und das Brötchen kracht beim Hineinbeißen, Krümel rieseln auf die Ketchupflecke, die den Stehtisch sprenkeln.
„Wollt ihr Kaffee oder Tee?", fragt der Mann. „Geht aufs Haus."

Es ist längst dunkel, als wir zurückkommen. Oma sitzt vor dem Fernseher, in den Nachrichten werden Bilder von Autokolonnen, Begrüßungsgeld-Schlangen vor den Sparkassen und leer gekaufte Supermarktregale in Westberlin und den grenznahen Orten gezeigt. Während des Abendessens sieht mich Brit immer wieder bittend an.
Ich fühle mich wie gerädert von der Flut aus Bildern, Geräuschen und Düften und würde es mir am liebsten auf dem Sofa

bequem machen, froh, zurück in meiner verschwommenen, grauen Welt zu sein. Doch Brit hofft immer noch, dass Lukas zurückgekommen ist, sie möchte nicht allein zur Disko gehen, und ich habe ihr meine Hilfe versprochen, also ziehen wir uns um, und Papa fährt uns ins Nachbardorf.

Der Saal ist ausverkauft und mein Lieblings-DJ legt auf, doch ich lehne im Vorraum am Fensterbrett und beobachte die Leute an der Bar.

Meine Augen schmerzen. Alles ist mir zu viel, die Lichtblitze und die dröhnenden Bässe und die Menschen. Das Lächeln in meinem Gesicht ist festgefroren, ich mag nicht tanzen, nicht reden und hoffe, Brit überzeugen zu können, bald wieder zu gehen.

Als sie aus dem Saal kommt, winke ich ihr zu.

„Er ist nicht da."

„Hast du die anderen gefragt?"

„Ach, die wissen doch auch bloß nichts."

Sie zieht die Spange aus ihrem Haar. Inmitten der hellblonden Locken sieht ihr Gesicht noch schmaler aus. Die Wimperntusche vertieft die Schatten unter ihren Augen.

„Trinkst du noch was mit mir?", fragt sie mit kippelnder Stimme.

„Du hast schon genug, Brit. Lass uns nach Hause gehen."

„Und wenn er doch noch kommt?"

Ich weiß nichts darauf zu sagen und bitte sie, mir eine Cola mitzubringen. Sie rollt mit den Augen und drängelt sich zur Bar durch.

„Ania!"

Ein Schreck durchfährt mich, aber es tut gut, seine Stimme zu hören, es tut gut, ihn zu sehen. Seine Freude scheint echt zu sein. Er hebt mich hoch, ich hatte schon fast vergessen, wie es sich anfühlt, in seinen Armen zu verschwinden. Er trägt dunkle Jeans und eine glänzende Wetterjacke, greift nach einem Stuhl und zieht mich auf seinen Schoß. Seine Nähe verwirrt mich, und als ich in sein Gesicht mit den leicht geöffneten Lippen schaue, will ich ihn küssen und fühle mich, als wäre nichts, wirklich gar nichts seit unserer gemeinsamen Zeit passiert.

„Bist du allein hier?"

„Nein, mit Brit."

Sein Gesicht verrät nichts.

„Warst du schon im Westen?", frage ich schnell.

„Klar und du?"

„Tom!" Brit drückt mir die Cola in die Hand und umarmt ihn, sie verfehlt seine Wange, küsst ihn aufs Auge.

„Britti! Du hast ganz schön Schlagseite."

„Quatsch", fährt sie ihn an und verschwindet mit ihrem Bier in Richtung Tanzfläche.

„Liebeskummer", sage ich.

„Du siehst auch nicht gerade glücklich aus."

Ich zucke mit den Schultern und nippe an meiner Cola. „Und du?"

„Die Verbannung ist vorbei, ich bin jetzt in Strausberg bei den Nachrichtentechnikern. Und ich kann jedes zweite Wochenende nach Hause."

Er schaut mich mit ruhigen Augen an, er schaut mich lange an, und ich weiß, ich sollte jetzt aufstehen und gehen. „Ich vermisse dich so", flüstert er mir ins Ohr. Ich spüre seinen Atem und lehne meinen Kopf an seine Stirn, ich habe einfach keine Kraft mehr, sein Mund kommt näher, und ich spüre seine Lippen auf meinen. Er streichelt mein Gesicht und hält mich fest.

Sonntag, 12. November 1989,
G./Südharz

Ich schrecke auf, als Omas Küchentür zuknallt. Draußen ist es hell. Brit schnarcht leise, das Gesicht im Kissen versteckt. Ich habe Kopfschmerzen, und nach und nach fällt mir alles wieder ein. Ich schließe die Augen und ziehe mir die Bettdecke über den Kopf.

Erst, als die Saalbeleuchtung anging, ließ ich Tom los, und obwohl ich mich benommen fühlte, erschien mir alles klar und einfach, und als er fragte, ob er mich nach Hause bringen dürfe, zögerte ich nicht. Ich wollte alles vergessen, was in den letzten Wochen passiert war, alles, was seit dem Sommer passiert war.

„Sollen wir deine Schwester mitnehmen?" Seine Frage holte mich zurück, ich erschrak und rutschte von seinen Knien.

Der Saal leerte sich schnell. Erst vor der Tür traf ich auf Brits Freundin. „Die war hackedicht. Die wollte nach Hause."

„Allein?", fragte ich und versuchte, meinen Schreck zu verbergen. „Hast du sie einfach so gehen lassen?"

Brits Freundin zuckte mit den Schultern und musterte mich durch grün getuschte Wimpern.

„Du warst ja beschäftigt", sagte sie. „Conny und ich wollten sie zusammen nach Hause schaffen, aber dann kam dein Typ, nicht der", mit einer Kopfbewegung deutete sie zu Tom, „der andere, der Dürre mit der Brille, der hat sie im Auto mitgenommen. War wohl auch besser so. Mit dem Laufen klappte es nicht mehr."

Sie starrte mich noch immer unverschämt an, aber es war mir egal, der Schreck wuchs und breitete sich immer tiefer in mir aus.

„Du lässt echt nichts anbrennen", bemerkte Brits Freundin, und ich sagte darauf nichts und ließ sie stehen mit ihrem dreisten Grinsen. Ich wollte nur noch weg. Allein. Aber Tom wartete auf mich und legte mir meine Jacke um die Schultern.

„Na, wer hat die Kleine entführt?"

„Sie ist schon zu Hause", sagte ich.

Auf dem Heimweg schwiegen wir, ich spürte Toms Unsicherheit und fühlte mich schuldig. Vor der Haustür bat ich ihn zu gehen, obwohl er mir leid tat mit seinen bittenden Augen. Ich glaube, er spürte, dass ich mich wieder von ihm entfernt hatte, und hoffte, dass er nicht mehr als das spürte, dass er nicht ahnte, woran ich die ganze Zeit dachte. In Bens Zimmer brannte Licht, und der weiße Skoda parkte vor Lehnes Garage.

„Lass mir Zeit", flüsterte ich und wusste, dass auch das nichts nützen würde. Ich küsste sein Grübchen, schob ihn sanft von mir und versuchte zu übersehen, wie sein Gesicht in sich zusammenfiel und er sich langsam umdrehte und ohne ein weiteres Wort die Straße hinaufging.

Ich fand meinen Hausschlüssel nicht, setzte mich auf die nassen Treppenstufen und legte den Kopf auf die Knie. Der Gedanke, hier in der Kälte einzuschlafen, hatte seinen Schrecken verloren. Wenn Tom und ich wenigstens in einer dunklen Ecken gesessen hätten.

Ich konnte nicht mal weinen.

Jemand kam mit schweren Schritten die Straße entlang.

„Na du, lässt dich keiner rein? Komm doch mit zu mir."

Als ich aufstand, spürte ich den Schlüssel in der inneren Jackentasche. Zitternd schloss ich die Tür auf.

Brit regt sich.

„Wie geht's dir?", frage ich leise. Sie hebt den Kopf und verdreht die Augen. „Weißt du, wer mich nach Hause gebracht hat?", fragt sie mit heiserer Stimme.

„Ja."

„Er musste zwei Mal anhalten, weil ich brechen musste. Mama hat die Hände überm Kopf zusammengeschlagen, als sie mich gesehen hat."

„Ach, Kleine." Ich setze mich auf den Bettrand und nehme ihre kalte Hand.

„Bist du jetzt wieder mit Tom zusammen? Der arme Bernd sah völlig geschockt aus. Mensch, Ania."

Ich schlucke laut. „Hat er irgendwas gesagt?"

„Nee. Gar nichts. Oder vielleicht doch ... ich weiß nichts mehr ... oh, mein Kopf."

„Ich hole dir was zu trinken."

An der Tür kommt mir Mama mit einer großen Tasse Tee entgegen.

„Konntest du nicht ein bisschen aufpassen?"

Ich drücke mich wortlos an ihr vorbei, schließe mich im Bad ein und schöpfe mir so lange kaltes Wasser ins Gesicht, bis die Haut spannt, binde meine Haare mit einem Schleifenband zusammen und schneide mir im Spiegel eine Grimasse.

Entschlossen gehe ich wieder nach oben, schleiche an der reglos im Bett liegenden Brit vorbei und schlüpfe in die Jeans. Ich öffne meine Schreibtischschublade und nehme den Brief heraus, den ich seit einer Woche versucht habe, abzuschicken. Es ist halb zehn.

Er lehnt an der Spüle, die Hände in den Hosentaschen. Er zeigt mir sein Morgengesicht mit weichem Mund und kleinen Augen und deutet auf die Kaffeemaschine.

„Willst du auch einen?"

Ich schüttele den Kopf. Ich bin noch nicht weiter als bis zur Türschwelle gekommen, am liebsten würde ich ihm um den Hals fallen, vielleicht wäre dann alles gut, aber ich fühle mich, als würde ich auf dem Linoleumboden festkleben.

„Ben, das gestern Abend mit Tom, das war ein Ausrutscher."

Er zieht die halbvolle Kaffeekanne unter dem Filter hervor.

„Wie geht's deiner Schwester?"

„Besser. Es tut mir so leid."

„Was? Dass ich mich um Brit kümmern musste, weil du andere Dinge zu tun hattest?"

Er spricht zu schnell. Der Kaffee in der Kanne schaukelt. Ich lehne meinen Kopf an den Türrahmen. Er gießt eine Tasse voll und rührt sie nicht an, hebt die Hände und lässt sie wieder fallen, eine ratlose Bewegung, die mich rührt, aber ich kann mir nicht erlauben, schwach zu werden.

„Was ist los, Ania?"

„Das weißt du doch selbst am besten."

Er trägt noch keine Brille. Er blinzelt.

„Was?", fragt er.

Der Brief ist knitterig geworden in meinen Fingern. Er verschränkt die Arme vor der Brust, also lege ich den weißen Umschlag auf den Küchentisch zwischen uns.

„Sag mir, was drin steht."

Ich senke den Kopf unter seinem Blick und fixiere seine behaarten Unterarme, die unter den hochgeschobenen Ärmeln des Pullovers hervorschauen. „Das sieht nach Abschied aus, stimmt's? Eigentlich wollte ich dich gestern fragen, warum du mich nicht mehr sehen willst, warum du mir nicht mehr schreibst. Was habe ich falsch gemacht?"

Ich wünsche mir nur noch, dass es vorübergeht, fast glaube ich, die Erleichterung schon zu spüren, die mich erfassen wird, wenn ich dieses Haus verlassen und allein sein werde.

„Das ist nicht fair, Ania."

Die Tränen rinnen aus meinen Augen, ich wische sie mit dem Handrücken weg.

„Wie lange geht das schon?"

„Was?"

„Na, das mit deinem Ex."

„Ich hab dir doch gesagt ..."

„Ach komm." Seine Stimme klingt hart in meinen Ohren.

Ich atme tief ein und schließe kurz die Augen.

„Was machst du überhaupt hier? Warum bist du nicht bei ihr, sie braucht dich doch gerade jetzt so sehr, aber wahrscheinlich interessiert dich das nicht, du kommst und gehst, wann du willst, du machst, was du willst, egal, was passiert, egal, wie es Miriam geht. Du machst es dir verdammt leicht!"

„Aber ..." Er öffnet den Mund und klappt ihn wieder zu.

„Ich habe es so satt, sie zu belügen. Und ich habe es satt, dich teilen zu müssen. Ich habe es satt, nachts im Bett zu liegen und mir vorzustellen, dass du gerade mit ihr schläfst."

Er sagt etwas, das ich nicht verstehen kann, und das Glitzern in seinen Augen macht mich noch wütender.

„Warum erzählst du mir nicht erstmal, was es Neues gibt?", frage ich.

Er schüttelt langsam den Kopf.

„Nun tu doch nicht so! Du verarschst mich doch! Was bin ich überhaupt noch für dich? Ich spiele doch gar keine Rolle mehr! Mir bleibt doch nichts anderes übrig, als ...", meine

Stimme überschlägt sich, und ich bemerke erst jetzt, wie laut ich geworden bin. Er schaut mich an, als hätte ich ihn geschlagen, und als er zögernd näherkommt, weiche ich zurück.

„Annuschka", sagt er kaum hörbar.

„Hier geht es nicht mehr um mich, Ben, hier geht es um Miriam und dich und euer ..." Trotz meiner Erregung bringe ich das Wort nicht über die Lippen.

„Euer was?"

Ich schnappe vor Wut nach Luft. „Jetzt steh doch wenigstens dazu!"

Ich knalle die Tür hinter mir zu und renne an Frau Lehne vorbei nach draußen und über die Straße und stoße mit Brit zusammen, die aus unserer Haustür kommt, mit einer Tafel Schokolade in der Hand.

In meinem Zimmer lasse ich mich aufs Bett fallen und bohre meinen Kopf ins Kissen und weine laut, bis ich erschöpft einschlafe.

Montag, 13. November 1989, Halle/Saale

In dem türkisfarbenen Strickpullover wirkt sie noch schmaler. Sie schleicht wortlos an mir vorbei, der Frühstücksbeutel baumelt in ihrer Hand. Ich gieße am Kantinenschalter Kondensmilch in meinen Kaffee und folge ihr nach draußen. Sie lehnt am Hofgeländer und hält ihr Gesicht in die Sonne.

„Wie geht es dir?" Ich puste in den dampfenden Kaffee.

„Geht so."

„Was macht das Baby?"

Sie senkt den Kopf. Sie schweigt, und ich habe das Gefühl, dass sie mehr und mehr in sich zusammensinkt.

„Was für ein Baby?", flüstert sie.

Ich kann hören, wie sie schluckt, ich spüre, dass sie noch etwas sagen will und halte den Atem an. In mir steigt Erleichterung auf, für die ich mich sofort schäme, denn es wäre schlimm, wenn sie es verloren hätte, noch schlimmer aber, wenn sie es bekommen würde.

„Ich wollte nur sehen, wie es dir damit geht."

Es dauert einen Moment, bis ihre Worte bei mir ankommen.

Ich trinke den Kaffee in großen Schlucken, aber auch das Brennen im Mund und in der Kehle hilft mir nicht weiter.

„Ich dachte, es würde mir gut tun, dich so fertig zu sehen. Aber ich fühlte mich nur noch mieser. Ist einfach nicht meine Art, sowas. Wahrscheinlich kann ich noch schlechter lügen als du. Und das will was heißen."

Sie zieht die Nase hoch und wirft ihren Kopf zurück. In meinen Händen wackelt die Kaffeetasse.

„So was kann passieren, dass man sich verliebt und dass es stark ist und man nichts dagegen tun kann. Es ist Scheiße, aber es kann passieren. Aber dass ihr mich so hintergangen habt."

Sie dreht mir ihr Gesicht zu. Ihre Augen sind trocken, die Wangen haben sich mit Farbe überzogen.

„Hat dir überhaupt schon mal jemand gesagt, was du für eine miese Lügnerin bist? Wie du ihn angeschmachtet hast, von Anfang an."

„Miriam, das mit Ben, das ..."

„Ben nennst du ihn, soso, und was sagt er zu dir?" Miriam lacht schrill auf: „Bis gestern hab ich immer noch versucht, es zu verdrängen, obwohl es eindeutig war, aber was tut man nicht alles. Ich habe mir eingeredet, dass alles sein kann, nur das nicht, dass sich mein Verdacht bei der nächsten Gelegenheit in Luft auflösen würde. Bis er gestern Abend bei mir aufkreuzte und schimpfte, weil ich ihm nichts von der Schwangerschaft erzählt habe."

Die Eisenstange des Geländers drückt sich in meinen Rücken.

„Und ich habe dir vertraut", sagt sie leise. Ihre Lippen beben, und ich kann nur zulassen, dass sie mich stehen lässt, dass sie allein über den Hof läuft in der zu weiten beigefarbenen Hose. Ich kann nur zusehen, wie sie immer kleiner wird. Die Kaffeetasse rutscht mir aus den Händen.

Mittwoch, 15. November 1989, G./Südharz

Miriam und ich. Lachend mit Maik und Rosi am Küchentisch. Mit Magnus vor der Kirche. Untergehakt auf der Demo mit nachdenklichen Gesichtern.

Ein Foto muss ich immer wieder anschauen. Es zeigt Ben und mich, wir stehen uns gegenüber, er hat seine Hand um meine gelegt und hält ein Feuerzeug an den Docht meiner Kerze. Unsere Köpfe berühren sich fast, und wir bekommen nicht mit, was um uns herum passiert. Auch nicht, dass Miriam die Kamera immer wieder auf uns gehalten haben muss. Und dass sie wahrscheinlich geweint hat.

Ich erinnere mich wieder, wie stark ich mich gefühlt habe, als ich in diesem Moment seine Hand spürte und seinen warmen Atem, und ich schiebe den Bilderstapel zur Seite. Immerhin ist der Kummer erträglicher als die Betäubtheit der letzten Tage. Der Nebel um mich herum hat sich verzogen, und ich nehme in Gedanken Abschied von Ben, von Miriam, von dieser kurzen, heftigen Zeit, die mir vielleicht bald nur noch wie ein Traum erscheinen wird.

Auf den Montagsdemos werden jetzt Kugelschreiber mit CDU-Aufdruck verteilt, und auf den Plakaten steht: „Ohne Westknete keine Westfete" oder „Freie Wahlen! Vereintes Deutschland!"

Ich weiß nicht, wie Ben sich damit fühlt. Wahrscheinlich fühlt er sich bestätigt in seiner Ahnung und zieht sich zurück in seine Dunkelkammer. Außer den Fotos fand ich in seinem Brief eine Einladung. Er feiert nächsten Samstag seinen Geburtstag, im Abrisshaus in Leipzig. Er wird zweiundzwanzig, unter der Einladung steht: „Es ist deine Entscheidung. Ben." Außerdem fragt er, ob er meine Bilder ausstellen dürfe, zusammen mit den Fotos von den Montagsdemos, er schreibt, ich solle mich melden, wenn ich etwas dagegen hätte.

Der Gedanke, dass meine Bilder ausgestellt werden, ist verlockend. Aber ich weiß nicht, ob ich zu seiner Party gehen werde. Ich kann Miriams Gesicht und unseren Streit nicht vergessen. Was für eine Zukunft sollen wir noch haben? Sollte ich nicht lieber alles, was war, abhaken und neu anfangen?

Am Wochenende fahre ich zu Suse. Ich werde ihr alles erzählen. Alles.

Samstag, 18. November 1989
F./Ems

Suse schenkt Rosé in zwei filigrane Gläser. Mir fallen die Augen zu, doch die Leere in mir ist verschwunden, gefüllt vom Zusammensein mit ihr, und ich fühle mich, als wäre ich zu Hause. Zu Hause bei Suse.

Nach einer Nacht im überfüllten D-Zug wartete sie auf dem Bahnsteig in Osnabrück auf mich, und wir gingen bummeln, bis die Läden schlossen und danach in ein kleines chinesisches Restaurant. Ich aß zum ersten Mal mit Stäbchen, obwohl mir der Kellner ein Besteck anbot, aber ich wollte es wagen, so wie Suse, und aß mit bemalten Plastestäbchen Hühnerfleisch und Gemüse und Reis aus einer kleinen Schüssel. Es schmeckte exotisch und ich konnte nicht aufhören zu essen, obwohl ich längst satt war, und Suse sagte: „Es gibt fast nichts Besseres hier."

Es ist nicht das Einzige, was ich heute zum ersten Mal getan habe, und allmählich wird mir die Puppenstubenwelt vertrauter.

Im CD-Player läuft die neueste Kuschelrock-CD. Suse hat sie mir geschenkt, nachdem ich fast mein ganzes Begrüßungsgeld für einen schwarzen Rollkragenpullover ausgegeben habe. Suse fragte nicht, für wen das edle Stück sein soll. Sie lächelte nur, so wie sie immer lächelt, wenn sie sich ihre Fragen für später aufhebt.

Sie trägt auch jetzt noch ihre engen schwarzen Jeans, sie hat mehrere Kilo abgenommen, und einen roten Pulli mit Rollkragen, der zu ihrer Haarfarbe und dem Lippenstift passt. Von hinten habe ich sie auf dem Bahnhof kaum erkannt.

Rüdiger steckt den Kopf zur Tür herein. „Ich bin vorne bei Henni, Billard spielen."

Er entblößt sein Gebiss. „Macht's euch schön, Mädels."

Als er die Tür zuschlägt, verzieht Suse das Gesicht.

„Ihr seid echt zu beneiden", sage ich und schnuppere am Wein.

Suse fährt sich mit den Fingern durch die kurz geschnittenen Haare. „Ach, Anni."

Sie lehnt sich auf der Couch zurück. „Der Job im Blumenladen ist genau das, wovon ich immer geträumt habe."

„Aber?" Die Traurigkeit in ihrer Stimme beunruhigt mich.

„Rüdiger muss viel arbeiten. Manchmal kommt er vor neun nicht nach Hause. Ich bin im Laden frühestens halb sieben fertig. Danach essen wir was und gucken Fernsehen. Oder er geht in die Kneipe. Die da unten, seine Tante, redet ständig davon, dass wir heiraten sollen."

Ihr Gesicht bleibt so ernst, dass ich mir das Grinsen verkneife. „Jeden zweiten Samstag, wenn ich nicht arbeiten muss, fahre ich nach Osnabrück und lasse mich durch die Stadt treiben. Unter all den Leuten fühle ich mich frei. Aber wenn ich wieder hier bin und meine Beute ausgepackt habe, ist alles genauso beschissen wie vorher. Weißte, meine Familie und meine Freunde, die ersetzt mir niemand."

„Komm wieder zurück."

„Komm du hierher."

„Ich muss doch erst fertigstudieren."

„Kannst du das nicht auch hier? Lass uns zusammen nach Hamburg gehen oder nach Bremen. Du studierst und ich arbeite. Lass uns ins Ausland. Nach Amerika. Oder nach Kanada."

„Würdest du Rüdiger verlassen?"

„Weiß nicht." Sie steht auf und holt eine Packung Kartoffelchips aus der Vitrine. Das Knistern der Chips, die in die schwarze Keramikschale fallen, übertönt unser Schweigen.

„Und?", fragt sie und hält mir die Schüssel unter die Nase. „Wann erfahre ich endlich mal, was bei dir so passiert? Und erzähl mir endlich, für wen der Pullover ist!"

Als alles gesagt ist, ist die Weinflasche leer.

Suse schaut mit versonnenem Gesicht vor sich hin. „Mensch, Anni, was hast du wegen diesem Typen schon alles durchgestanden."

Ich massiere meinen großen Zeh durch den Wollstrumpf hindurch.

„Er hat Fotos geschickt. Willst du sie sehen?"

„Her damit."

Ich springe auf und krame in meiner Tasche nach dem dicken weißen Umschlag. Ich bin so durcheinander, dass ich lange danach suchen muss. Suse breitet die Bilder vor sich aus und betrachtet die besonders lange, die ich nur flüchtig kenne, weil ich das, was darauf zu sehen war, nicht ertragen konnte. Und als ich mich mit der Sektflasche erkenne, mit zurückgeworfenem Kopf, im schwarzen Kleid, tanzend, breitet sich wieder Dunkelheit in mir aus.

„Gibt's davon noch mehr? Der Typ ist ein Profi. Und du auch." Sie streichelt meine Hand, und ich wünsche mir, dass sie mich in den Arm nimmt, doch dann legt sie mir eines der Fotos auf den Schoß. Ich brauche einen Moment, um zu begreifen, dass ich auf die Rückseite schaue und dass diese eng bekritzelt ist, und als Suse die Stehlampe einschaltet, wird Bens krakelige Schrift deutlicher.

Was du für mich bist

Sommersprossen auf blasser Haut.
Lockenpracht und Hexenaugen.
Manchmal nicht von dieser Welt.
Mein schönster Traum.
Herzklopfen und Gänsehaut.
Objekt der Begierde.
Droge.
Lust.
Sehnen.
Traurigkeit.
Wärme.
Immer wieder Hoffnung.
Freundin im Geiste.
Inspiration.
Lichtgestalt.
Manchmal fremd.
Dann wieder ganz nah.
Noch immer voller Geheimnis.
Einst unerreichbar.
Hoffentlich nicht verloren.
Das Beste, das mir je passiert ist.
Ein Grund, kein Vagabund mehr zu sein.

Ben.

Ich lese es wieder und wieder, ich lese es Suse vor, die schweigt und mit dem Korken der Weinflasche spielt.

„Wow", sagt sie.

Samstag, 25. November 1989
G./Südharz – Leipzig

Regentropfen sprenkeln die Windschutzscheibe. Nur selten kommt uns ein Auto entgegen. Suse hält das Lenkrad mit beiden Händen fest. Aus dem Kassettenradio haucht Tanita Tikaram „Twist In My Sobriety".
„Hast du noch mal mit Tom geredet?", fragt Suse.
„Ich hab ihm geschrieben."
„Der Arme."
„Es hätte einfach nicht passieren dürfen. Letzten Samstag war unser Einjähriges. Und ich habe es vergessen."
„Ach, Anni ..."
„Er kam mit Rosen, hat Mama gesagt, stand spätabends vor der Tür, völlig außer sich und ohne Urlaubsschein. Hoffentlich haben sie ihn nicht erwischt."
Ich krampfe meine Finger auf dem Schoß ineinander.
„Er wird darüber hinwegkommen", sagt Suse und fährt auf die Fernverkehrsstraße nach Halle auf. Es ist schon nach elf Uhr. Ich werde zu spät kommen. Aber ich werde kommen.
Der Tag verging mit Weihnachtseinkäufen in Göttingen. Mama hastete durch die Geschäfte, ein Pullover für Oma, ein Hemd für Papa. Brit suchte sich eine Jeans aus. Immer wieder Geld zählen und stumm rechnen. Zwischendurch belegte Brote und Tee aus der Thermoskanne. Papa wartete draußen und ließ die Menschenströme an sich vorüberziehen. Ich wurde immer nervöser. Als wir uns auf den Weg nach Hause mach-

ten, war es fünf Uhr. Wir brauchten fast eine Stunde, um aus Göttingen herauszukommen und dann nochmals vier Stunden bis nach Hause. Ab der Grenze nur noch Dunkelheit, Holperstraßen, fehlende Straßenschilder. Papa fuhr den anderen nach, und es dauerte lange, bis wir bemerkten, dass wir uns im Kreis bewegten. Es fing an zu regnen. Papa fluchte nur noch, Mama sagte nichts mehr und Brit wurde so schlecht, dass wir anhalten mussten.

Ich schwieg vor mich hin und versuchte, mir etwas Schönes vorzustellen und dachte doch nur wieder an den Kaschmirrolli von Camel, reduziert von 100 auf 80 D-Mark bei Karstadt in Osnabrück. Als Geschenk verpackt für heute Abend. Und an mein neues schwarzes Kleid, eng, kurz, Stretch und viel schöner als jenes, das ich bei meinem Fototermin trug.

„Darin wird er dich lieben", hat Suse gesagt.

Als wir endlich im Dorf ankamen, war es viertel elf. Der letzte Zug nach Leipzig fuhr in diesen Minuten ab. Ich weinte leise vor mich hin, mir war inzwischen alles egal, da stieß Brit mich mit dem Ellenbogen an.

„Guck mal, ist Suse da?"

Vor Wieperts Haus parkte der rote Polo.

„Halt an, Papa", rief ich.

„Ich hab noch nichts getrunken. Als wenn ich's geahnt hätte."

„Aber es ist doch schon so spät und bei dem Wetter brauchen wir zwei Stunden."

„Es ist halb elf, Ania. Los, wir fahren zu dir, du ziehst dich um, holst das Geschenk und dann nichts wie los!"

Ich fiel ihr um den Hals.

Es ist halb eins. Wir fahren schon die Rosa Luxemburg-Straße entlang und ich kann nicht mehr stillsitzen, klappe den Taschenspiegel auf und fahre mir mit den Fingern immer wieder durch die Haare.

„Du siehst super aus, Anni."

Suse wirkt hinter ihrem Lächeln wehmütig. Wir biegen in die kleine Straße ein und finden gleich einen Parkplatz.

„Da vorn ist es schon", sage ich und hake mich bei Suse ein. Immerhin regnet es nicht mehr.

Suse schüttelt den Kopf. „Mann, hier sieht's ja aus."

Ich kann nichts darauf sagen. Alles ist mir vertraut, der Dunst aus den Gullys, der Braunkohlequalm aus den Schornsteinen, und ich merke erst jetzt, wie sehr ich all das vermisst habe. Mein Herz klopft. Schon an der Straßenecke hören wir die Musik.

„Da geht's ja ganz schön ab", sagt Suse.

„Du wirst dich noch wundern."

Aus den Fensterhöhlen der Ruine flackert grünes und rotes Licht. Suse zögert, als ich zielstrebig auf den Eingang zulaufe. Gemeinsam stemmen wir die Tür auf. Schwere Luft kommt uns entgegen. Im Vorraum hängen Fotos an den Wänden, daneben an Schnüren befestigte Taschenlampen. Suse knipst eine an, und ich erkenne Bens Bilder. Das Friedensgebet in der Nikolaikirche. Die Gesichter der Demonstranten auf dem Ring. Polizisten und Passanten in der Innenstadt am Tag des Republikgeburtstags. Die Runde Ecke mit Kerzen auf der Treppe.

„Anni!" Suse zerrt an meinem Arm. „Guck dir das an!"

Ich drehe mich um und stehe mir selbst gegenüber, scheine über die ganze Wand zu tanzen, lachend, mit fliegendem Haar, das schwarze Kleid eng am Körper, die Arme erhoben, verfolgt von meinem Schatten. Suse drückt meine Hand.

„Ania. Im Oktober 1989", steht in krakeligen Druckbuchstaben auf der Wand unter dem Foto. Ich spüre eine Hand auf meiner Schulter. Maik umarmt mich fest und deutet auf die Bilder.

„Gefallen sie dir?" Ich kann nur nicken.

„Oben im Atelier gibt es noch mehr. Morgen Abend ist die Eröffnung. Das wird Bernds erste Ausstellung."

Die Leute bewegen sich wie in Trance zu hämmernden Beats.

Der DJ mit riesigen Kopfhörern flattert hinter dem Pult wie ein großes Insekt.

Ich ziehe Suse weiter, sehe stur geradeaus und schüttele die Hände ab, die nach mir greifen. „Ja, ich bin's", würde ich am liebsten schreien und habe das Gefühl, Spießruten zu laufen in meinem Kleid, das dem auf dem Foto so ähnelt.

Ich erkenne Ben erst, als ich direkt vor ihm stehe. Er unterhält sich mit Rosi, ein Bierglas in der Hand, er trägt ein schwarzes Hemd, es steht ihm gut. Er schaut für einen Moment ungläubig, bevor sein Gesicht aufleuchtet. Und doch ist es erst Rosi, die mich drückt, ohne etwas zu sagen, bis ich ihn endlich umarme und in sein Ohr sage:

„Alles Gute zum Geburtstag!"

Dank

dem Verlag duotincta, vor allem Ansgar Köb und Jürgen Volk für die Wiederentdeckung der „Montagsnächte" und die angenehme und engagierte Zusammenarbeit,

André Hille und Jonas Plöttner für das gute Zusammenwirken an der Erstauflage,

den Mitarbeitern des Archivs Bürgerbewegung e.V. und des Museums in der „Runden Ecke" in Leipzig für die Möglichkeit zur Recherche, die kompetente Beratung und die Gespräche,

den Literatur-Dozenten der Bundesakademie für kulturelle Bildung in Wolfenbüttel, vor allem Olaf Kutzmutz und Stefan Ulrich Meyer für die Begleitung des Projektes und die konstruktive Kritik,

an Werner Irro in Hamburg für die engagierte Unterstützung,

vor allem aber an meine Familie und all meine Freunde und Kollegen, ob in Heidelberg, Leipzig, Waiblingen, Magdeburg, Sangerhausen, Rathenow, Nürnberg, Düsseldorf oder Berlin, die mir über vier Jahre hinweg mit Rat und Tat zur Seite standen, unzählige Textversionen gelesen und mir immer wieder Mut gemacht haben.

Glossar

agra-Gelände
Messegelände der Landwirtschaftsausstellung der DDR „agra" in Markkleeberg südlich von Leipzig

„Aufbruch '89"
Gründungsaufruf des Neuen Forums, der offen die Verhältnisse in der DDR beschrieb und als erste und wichtigste Maßnahme einen demokratischen Dialog zwischen allen gesellschaftlichen Kräften forderte. Das Neue Forum verstand sich als „politische Plattform" und forderte alle Bürgerinnen und Bürger der DDR auf, durch ihre Unterschrift der Bewegung beizutreten und aktiv an der „Umgestaltung unserer Gesellschaft" mitzuwirken.

Bausoldat
Angehöriger der Baueinheiten der NVA, Verweigerer des „Dienstes an der Waffe" in der DDR

„bei der Fahne sein"
zu DDR-Zeiten umgangssprachlich für „bei der NVA sein"

Blechbüchse
umgangssprachliche Bezeichnung für das damalige Konsument-Kaufhaus in der Leipziger Innenstadt

DT64
Jugendsender des DDR-Rundfunks, gegründet 1964 anlässlich des Deutschlandtreffens der Jugend in Ost-Berlin

EOS
Erweiterte Oberschule, Abiturstufe im Bildungssystem der DDR

Espenhain
umgangssprachlich für das VEB Braunkohleveredlungskombinat (BKK) in Espenhain, 20 km südlich von Leipzig. Der VEB BKK war einer der größten Braunkohle verarbeitenden Betriebe der DDR.

FDJ
Freie Deutsche Jugend, staatliche Jugendorganisation der DDR (ab der 8. Schulklasse). Die FDJ-Kleidung war ein „Blauhemd" mit einem Sonnenemblem auf dem linken Ärmel. Der Gruß der FDJler war „Freundschaft".

FRÖSI
„Fröhlich sein und singen",
14tägig erscheinende Zeitschrift der Thälmann-Pioniere

GOL
Grundorganisationsleitung der FDJ an den Schulen

„Grüne"
Einsatzkräfte der Volkspolizei in grünen Uniformen

Jubelwoche
umgangssprachlich für die offiziellen Feierlichkeiten zum 40. Jahrestag der DDR-Gründung am 7. Oktober 1989, die eine ganze Woche dauerten.

LPG
Landwirtschaftliche Produktionsgenossenschaft

LVZ
„Leipziger Volkszeitung", Tageszeitung
zu DDR-Zeiten Organ der Bezirksleitung Leipzig der SED

ND
„Neues Deutschland", Tageszeitung,
zu DDR-Zeiten Organ des Zentralkomitees der SED und größte überregionale Tageszeitung der DDR

Neues Forum (NF)
Bürgerbewegung in der DDR, die im September 1989 entstand und als erste Bürgerbewegung der Wendezeit mit ihrem Gründungsaufruf „Aufbruch '89" an die Öffentlichkeit trat.

Niko
umgangssprachlich für die Nikolaikirche in Leipzig

„nl"
„neues leben",
Monatsillustrierte für Jugendliche in der DDR

NVA
Nationale Volksarmee,
Armee der DDR

„die Partei"
umgangssprachlich für SED

Pionierorganisation/Pionierknoten
Staatliche Kinderorganisation der DDR,
Jungpioniere (1. bis 3. Schulklasse) trugen blaue Halstücher, Thälmannpioniere (4. bis 7. Schulklasse) trugen rote Halstücher, die im sogenannten Pionierknoten gebunden wurden.

POS
Polytechnische Oberschule,
1. bis 10. Klasse im Bildungssystem der DDR

Rote Woche oder M/L-Vorbereitungswoche
Herbstsemestereinführungswoche an allen Hoch- und Fachschulen der DDR mit Vorlesungen und Seminaren in Marxismus/Leninismus

„Runde Ecke"
zu DDR Zeiten umgangssprachlich für das Staatssicherheits-Gebäude in Leipzig,
heute Museum und Gedenkstätte

Samisdate
(aus dem Russischen: Selbst-Verlag)
hektographierte innerkirchliche Zeitschriften, z. B. Informationshefte, die von den Oppositionsgruppen der DDR ver-

breitet wurden. Samisdate waren neben den Westmedien die einzige Möglichkeit, das Informationsmonopol der staatlichen Medien der DDR zu unterwandern und nichtkonforme Texte einem breiteren Publikum zugänglich zu machen.

SED
Sozialistische Einheitspartei Deutschlands, führende Partei der DDR, umgangssprachlich nur „die Partei" genannt.

Spati
umgangssprachliche Bezeichnung für Bausoldat

Stasi
umgangssprachliche Abkürzung für das Ministerium für Staatssicherheit der DDR (MfS). Das MfS umfasste den Inlands- und Auslandsgeheimdienst der DDR sowie die Ermittlungsbehörde für politische Straftaten.

VP
Volkspolizei in der DDR

Quellenverzeichnis

Zitate aus der Predigt Christoph Wonnebergers in der Nikolaikirche vom 25. September 1989, in: Christian Dietrich und Uwe Schwabe (Hrsg.): Freunde und Feinde. Friedensgebete in Leipzig zwischen 1981 und dem 9. Oktober 1989. Dokumente, Leipzig: Evangelische Verlagsanstalt 1994, S. 68–70.

Gedicht von Thomas Brasch: „Was ich habe, will ich nicht verlieren", in: Thomas Brasch: Kargo, Frankfurt am Main: Suhrkamp-Verlag 1977, S. 117.

Zitat aus dem Offenen Brief an E. Honecker vom 8. Oktober 1989, in: Reinhard Bernhof: Herbstmarathon. Innenräume einer Revolution, Leipzig: Plöttner Verlag 2006, S. 120.

Flugblatt mit dem Appell kirchlicher Basisgruppen zur Gewaltlosigkeit; Aufruf der Leipziger Sechs vom 9. Oktober 1989, in: Ekkehard Kuhn: Wir sind das Volk, Berlin: Ullstein-Verlag 1999, S. 124f.

Gewandhausgespräch vom 22. Oktober 1989, in: Thomas Ahbe, Michael Hofmann und Volker Stiehler: Wir bleiben hier. Erinnerungen an den Leipziger Herbst '89, Leipzig: Kiepenheuer 1999, S. 161–164.

Stefanie Schleemilch

Letzte Runde

Stefanie Schleemilch beschreibt manchmal düster und melancholisch, manchmal kühl und distanziert, nie aber dem Klischee verfallend, wie ein Individuum im Angesicht der Auflösung dem Tod begegnet.

Paperback. 152 Seiten / ISBN 978-3-946086-04-8
E-Book. ISBN 978-3-946086-05-5

László, der in jungen Jahren aus Ungarn in die Schweiz geflohen ist, sitzt in seiner leeren Wohnung und wartet auf einen jungen Mann. Auf dem Tisch stehen ein paar Flaschen Portwein und Brandy, daneben liegt ein Stapel Manuskripte von Dominik: Das Vermächtnis von Lászlós altem Freund, das er vor der Vernichtung bewahren möchte und deshalb ausgerechnet einem Unbekannten überlassen muss. Aus der Begegnung wird ein Gespräch, das eine Verbundenheit offenbart, die alles in ein anderes Licht taucht:
Vor dem Antritt seiner letzten Fahrt reist László in die eigene Vergangenheit und beginnt an die letzten Geheimnisse seines Lebens zu rühren, ein Leben, das sich aus Scheitern, Liebe, Schuld und Ideologie formte.

Verlag duotincta

ÜBERALL IM BUCHHANDEL!

Buchtrailer, Leseprobe und vieles mehr ...
www.duotincta.de

Wolfgang Eicher

Die Insel

Da liegt einer. Es ist ein Krankenhaus. Er weiß etwas. Darum ist er hier. Die Insel hat ihn entwurzelt. Ich mag ihn küssen. Ich habe mich verliebt.

Paperback. 244 Seiten / ISBN 978-3-946086-07-9

Er ist vom Meer gekommen. Ich war noch nie am Meer. Ich werde ihm meine Geschichte erzählen, und er mir die seine. Dann werden wir aus unseren Geschichten ausbrechen. Wir werden ein Abenteuer wagen. Das Abenteuer trägt die Namen Liebe und Leben.
Noch glaubt er daran nicht. Er ist neu hier. Er muss noch schlafen. Er muss sich erholen. Ich lausche seinen Atemzügen.
Wenn er mir das Meer zeigt, werde ich ihn heiraten. Er wird mir ganz sicher das Meer zeigen. Das Meer ist nämlich schön, wunderschön.
Ob ich mich ein wenig zu ihm legen kann?
Achtung, da kommt die Schwester!

ÜBERALL IM BUCHHANDEL!

Buchtrailer, Leseprobe und vieles mehr ...
www.duotincta.de

Holger Dauer

Schattenheld

Das Wunder von Bern und der Absturz ins Bodenlose: Herbst 1969. Ein Mann streift durch die abendlichen Straßen, betritt eine Kneipe, setzt sich an einen Tisch – und bleibt nicht lange allein. Denn rasch wird klar: Der Mann war einer der „Helden von Bern", stand 1954 für Deutschland im Finale.

Paperback. 176 Seiten / ISBN 978-3-946086-16-1

Doch die Zeiten der Siege und des Stolzes sind längst vorbei, jedenfalls für ihn. Es blieben Scham, Einsamkeit und die Blicke der anderen. Für ein paar Biere und Schnäpse gibt er die Erinnerungen an einen großen Tag am Stammtisch zum Besten.
Ein Jahr im Rampenlicht, ein Leben im Schatten: Schonungslos und zugleich einfühlsam erzählt Holger Dauer eine Geschichte des Scheiterns inmitten eines allgegenwärtigen Aufschwungs. Schattenheld ist eine kritisch-poetische Ehrerbietung an die legendären Weltmeister, ein Psychogramm der frühen Bundesrepublik und einer euphorisierten jungen Nation, die in Vielem noch die alte war.

Verlag duotincta

ÜBERALL IM BUCHHANDEL!

Buchtrailer, Leseprobe und vieles mehr ...
www.duotincta.de

Birgit Rabisch

Wir kennen uns nicht

Mutter und Tochter – eine oft konfliktreiche Beziehung, geprägt von der Unfähigkeit, sich in die Welt der jeweils anderen einzufühlen. In diesem Roman lügen sich beide an, tricksen und fühlen sich missverstanden.

Paperback. 206 Seiten / ISBN 978-3-946084-22-2

Mutter Lena, eine ehemalige feministische Bestsellerautorin, lebt vereinsamt in ihrer großen Villa. Tochter Ariane fühlte sich als Kind von Lena vernachlässigt und als leicht erkennbare Figur ihrer Romane bloßgestellt. Sie selbst arbeitet als Verhaltensforscherin über „Lügen und Tricksen unter Raben".
In wechselnder Perspektive erzählen Mutter und Tochter von einer gemeinsamen Vergangenheit, die völlig unterschiedlich erlebt wurde und immer mehr auch ein Porträt des Konfliktes zwischen der Generation 68 und ihren pragmatischeren Erben wird. Dabei vermengen sich gelebtes Leben und literarische Fiktion, während in der Gegenwart das Gespinst aus vermeintlichen Gewissheiten nach und nach zerlöchert wird.

ÜBERALL IM BUCHHANDEL!

Buchtrailer, Leseprobe und vieles mehr ...
www.duotincta.de